Arthur Conan Doyle

# Best of Sherlock Holmes
## Die besten Sherlock Holmes Geschichten

Arthur Conan Doyle

# Best of Sherlock Holmes

# Die besten Sherlock Holmes Geschichten

6 Erzählungen

Aus dem Englischen neu
übersetzt von Kai Kilian

Anaconda

Den englischen Texten dieser Ausgabe liegt folgende Edition zugrunde: Arthur Conan Doyle: *The Complete Sherlock Holmes*. With a Preface by Christopher Morley. New York 1938.

Die Deutsche Nationalbibliothek verzeichnet diese Publikation in der Deutschen Nationalbibliografie; detaillierte bibliografische Daten sind im Internet unter http://dnb.d-nb.de abrufbar.


Umschlagmotiv: Jonathan Barry, »Mr Sherlock Holmes« (2008), Private Collection / bridgemanart.com
Umschlaggestaltung: www.katjaholst.de
Satz und Layout: GEM mbH, Ratingen
Printed in Czech Republic 2009
ISBN 978-3-86647-379-9
www.anacondaverlag.de
info@anaconda-verlag.de

# Contents / Inhalt

# A Scandal in Bohemia

## I

To Sherlock Holmes she is always *the* woman. I have seldom heard him mention her under any other name. In his eyes she eclipses and predominates the whole of her sex. It was not that he felt any emotion akin to love for Irene Adler. All emotions, and that one particularly, were abhorrent to his cold, precise but admirably balanced mind. He was, I take it, the most perfect reasoning and observing machine that the world has seen; but as a lover he would have placed himself in a false position. He never spoke of the softer passions, save with a gibe and a sneer. They were admirable things for the observer—excellent for drawing the veil from men's motives and actions. But for the trained reasoner to admit such intrusions into his own delicate and finely adjusted temperament was to introduce a distracting factor which might throw a doubt upon all his mental results. Grit in a sensitive instrument, or a crack in one of his own high-power lenses, would not be more disturbing than a strong emotion in a nature such as his. And yet there was but one woman to him, and that woman was the late Irene Adler, of dubious and questionable memory.

I had seen little of Holmes lately. My marriage had drifted us away from each other. My own complete happiness, and the home-centred interests which rise up around the man who first finds himself master of his own establishment, were sufficient to absorb all my attention; while Holmes, who loathed every form of society with his whole Bohemian soul, remained in our lodgings in Baker Street, buried among his old books, and alternating from

# Ein Skandal in Böhmen

## I

Für Sherlock Holmes ist sie stets *die* Frau geblieben. Selten nur habe ich ihn sie anders nennen hören. In seinen Augen übertrifft und beherrscht sie ihr ganzes Geschlecht. Nicht dass er für Irene Adler so etwas wie Liebe empfunden hätte. Alle Gefühle, und dieses im Besonderen, waren seinem kühlen, präzisen, dennoch bewundernswert ausgewogenen Geist zuwider. Für mich war er die vollkommenste Denk- und Beobachtungsmaschine, die die Welt je gesehen hat; als Liebhaber jedoch hätte er sich in eine falsche Lage gebracht. Nie sprach er über die sanfteren Leidenschaften, es sei denn mit Hohn und mit Spott. Für den Beobachter waren sie eine prächtige Sache – vorzüglich geeignet, den Schleier über Motiven und Handlungen der Menschen zu lüften. Für den geübten Denker hingegen wäre das Zulassen solcher Einflüsse auf sein feinnerviges und peinlich geordnetes Seelenleben gleichbedeutend mit dem Eindringen eines verwirrenden Moments, das alle Ergebnisse seines Denkens zweifelhaft werden ließe. Sand in einem empfindlichen Instrument oder ein Sprung in einem seiner starken Vergrößerungsgläser könnten für eine Natur wie die seine nicht störender sein als eine heftige Gefühlsregung. Und doch gab es für ihn nur eine Frau, und diese Frau war die verstorbene Irene Adler, zweifelhaften und fragwürdigen Angedenkens.

In letzter Zeit hatte ich Holmes kaum gesehen. Meine Heirat hatte uns voneinander entfernt. Mein vollkommenes Glück sowie jene häuslichen Interessen, die einem Mann erwachsen, der zum ersten Mal Herr seines eigenen Hausstandes ist, genügten, um meine Aufmerksamkeit vollauf zu beanspruchen; Holmes dagegen, der jede Form von Geselligkeit mit seiner ganzen Bohemien-Seele verabscheute, blieb, vergraben inmitten seiner alten Bücher, in unserer Wohnung in der Baker Street und wech-

week to week between cocaine and ambition, the drowsiness of the drug, and the fierce energy of his own keen nature. He was still, as ever, deeply attracted by the study of crime, and occupied his immense faculties and extraordinary powers of observation in following out those clues, and clearing up those mysteries which had been abandoned as hopeless by the official police. From time to time I heard some vague account of his doings: of his summons to Odessa in the case of the Trepoff murder, of his clearing up of the singular tragedy of the Atkinson brothers at Trincomalee, and finally of the mission which he had accomplished so delicately and successfully for the reigning family of Holland. Beyond these signs of his activity, however, which I merely shared with all the readers of the daily press, I knew little of my former friend and companion.

One night–it was on the twentieth of March, 1888–I was returning from a journey to a patient (for I had now returned to civil practice), when my way led me through Baker Street. As I passed the well-remembered door, which must always be associated in my mind with my wooing, and with the dark incidents of the *Study in Scarlet,* I was seized with a keen desire to see Holmes again, and to know how he was employing his extraordinary powers. His rooms were brilliantly lit, and, even as I looked up, I saw his tall, spare figure pass twice in a dark silhouette against the blind. He was pacing the room swiftly, eagerly, with his head sunk upon his chest and his hands clasped behind him. To me, who knew his every mood and habit, his attitude and manner told their own story. He was at work again. He had risen out of his drug-created dreams and was hot upon the scent of some new problem. I rang the bell and was shown up to the chamber which had formerly been in part my own.

selte im Wochenrhythmus zwischen Kokain und Ehrgeiz, der Schläfrigkeit durch die Droge und der wilden Tatkraft seines lebhaften Wesens. Wie eh und je fühlte er sich vom Studium des Verbrechens zutiefst angezogen und verwandte seine ungeheuren Geistesgaben und außergewöhnlichen Beobachtungskünste darauf, jenen Hinweisen nachzugehen und jene Rätsel zu lösen, die die Polizei als hoffnungslos aufgegeben hatte. Von Zeit zu Zeit hörte ich vage Berichte über das, was er tat: über seine Berufung nach Odessa im Mordfall Trepoff, über seine Aufklärung der einzigartigen Tragödie der Atkinson-Brüder in Trincomalee und schließlich über den Auftrag, den er mit so viel Feingefühl und Erfolg für das holländische Königshaus erledigt hatte. Über diese Anzeichen seiner Aktivität hinaus, die ich schlicht mit sämtlichen Lesern der Tagespresse teilte, erfuhr ich jedoch kaum etwas über meinen früheren Freund und Gefährten.

Eines Abends – es war der 20. März 1888 – kehrte ich von einem Patientenbesuch zurück (denn ich hatte wieder privat zu praktizieren begonnen), da führte mich mein Weg durch die Baker Street. Als ich an der wohlbekannten Tür vorbeikam, die mir stets mit der Zeit meines Werbens und den düsteren Geschehnissen der *Studie in Scharlachrot* verbunden sein wird, befiel mich der lebhafte Wunsch, Holmes wiederzusehen und zu erfahren, womit er seine außergewöhnlichen Talente gerade beschäftigte. Seine Zimmer waren strahlend hell erleuchtet, und eben als ich hinaufschaute, sah ich seine große, hagere Gestalt zweimal als dunkle Silhouette an der Gardine vorübergehen. Er schritt rasch und angespannt durch den Raum, das Kinn auf der Brust, die Hände hinter dem Rücken verschränkt. Für mich, der ich jede seiner Stimmungen und Gewohnheiten kannte, sprachen seine Haltung und sein Verhalten Bände. Er war wieder bei der Arbeit. Er hatte sich aus seinen Drogenträumen erhoben und war irgendeinem neuen Rätsel dicht auf der Spur. Ich läutete, dann wurde ich hinauf zu dem Zimmer geführt, das früher teils mein eigenes gewesen war.

His manner was not effusive. It seldom was; but he was glad, I think, to see me. With hardly a word spoken, but with a kindly eye, he waved me to an armchair, threw across his case of cigars, and indicated a spirit case and a gasogene in the corner. Then he stood before the fire, and looked me over in his singular introspective fashion.

'Wedlock suits you,' he remarked. 'I think, Watson, that you have put on seven and a half pounds since I saw you.'

'Seven,' I answered.

'Indeed, I should have thought a little more. Just a trifle more, I fancy, Watson. And in practice again, I observe. You did not tell me that you intended to go into harness.'

'Then, how do you know?'

'I see it, I deduce it. How do I know that you have been getting yourself very wet lately, and that you have a most clumsy and careless servant girl?'

'My dear Holmes,' said I, 'this is too much. You would certainly have been burned, had you lived a few centuries ago. It is true that I had a country walk on Thursday and came home in a dreadful mess; but as I have changed my clothes I can't imagine how you deduce it. As to Mary Jane, she is incorrigible, and my wife has given her notice; but there, again, I fail to see how you work it out.'

He chuckled to himself and rubbed his long, nervous hands together.

'It is simplicity itself,' said he; 'my eyes tell me that on the inside of your left shoe, just where the firelight strikes it, the leather is scored by six almost parallel cuts. Obviously they have been caused by someone who has very carelessly scraped round the edges of the sole in order to remove crusted mud from it. Hence, you see, my dou-

Er zeigte keinerlei Überschwang. Das tat er selten; aber ich glaube, er war froh, mich zu sehen. Fast ohne ein Wort, doch mit freundlichem Blick wies er mir einen Sessel, warf mir seine Zigarrenkiste zu und deutete auf einige Karaffen und einen Sodasiphon in der Zimmerecke. Nun stand er vor dem Kamin und musterte mich kurz in seiner seltsam eindringlichen Art.

»Die Ehe bekommt Ihnen«, bemerkte er. »Ich glaube, Watson, Sie haben siebeneinhalb Pfund zugelegt, seit ich Sie das letzte Mal sah.«

»Sieben«, antwortete ich.

»Wirklich, ich würde denken, es wäre ein wenig mehr. Eine Winzigkeit nur, schätze ich, Watson. Und Sie praktizieren wieder, wie ich sehe. Sie haben mir gar nicht erzählt, dass Sie wieder ins Geschirr gehen wollten.«

»Woher wissen Sie es dann?«

»Ich sehe es, ich folgere es. Woher weiß ich wohl, dass Sie kürzlich sehr nass geworden sind und dass Sie ein höchst ungeschicktes, nachlässiges Dienstmädchen haben?«

»Mein lieber Holmes«, sagte ich, »das ist zu viel. Hätten Sie vor ein paar Jahrhunderten gelebt, ich bin sicher, Sie wären verbrannt worden. Ich habe zwar am Donnerstag tatsächlich einen Landspaziergang gemacht und schrecklich ausgesehen, als ich nach Hause kam; aber da ich meine Kleider gewechselt habe, ist mir nicht klar, woraus Sie das folgern konnten. Was Mary Jane angeht, die ist unverbesserlich, meine Frau hat sie entlassen; doch auch hier ist mir schleierhaft, wie Sie dahintergekommen sind.«

Er lachte in sich hinein und rieb seine langen, sehnigen Hände.

»Nichts einfacher als das«, sagte er. »Meine Augen sagen mir, dass auf der Innenseite Ihres linken Schuhs, just wo der Schein des Feuers hinfällt, das Leder von sechs fast parallelen Schnitten gezeichnet ist. Offenbar sind sie von jemandem verursacht worden, der nachlässig um die Sohle herumgekratzt hat, um verkrusteten Schmutz zu entfernen. Daher also meine doppelte Folge-

ble deduction that you had been out in vile weather, and that you had a particularly malignant boot-slitting specimen of the London slavey. As to your practice, if a gentleman walks into my rooms smelling of iodoform, with a black mark of nitrate of silver upon his right forefinger, and a bulge on the right side of his top-hat to show where he has secreted his stethoscope, I must be dull, indeed, if I do not pronounce him to be an active member of the medical profession.'

I could not help laughing at the ease with which he explained his process of deduction. 'When I hear you give your reasons,' I remarked, 'the thing always appears to me to be so ridiculously simple that I could easily do it myself, though at each successive instance of your reasoning I am baffled until you explain your process. And yet I believe that my eyes are as good as yours.'

'Quite so,' he answered, lighting a cigarette, and throwing himself down into an armchair. 'You see, but you do not observe. The distinction is clear. For example, you have frequently seen the steps which lead up from the hall to this room.'

'Frequently.'

'How often?'

'Well, some hundreds of times.'

'Then how many are there?'

'How many? I don't know.'

'Quite so! You have not observed. And yet you have seen. That is just my point. Now, I know that there are seventeen steps, because I have both seen and observed. By the way, since you are interested in these little problems, and since you are good enough to chronicle one or two of my trifling experiences, you may be interested in this.' He threw over a sheet of thick, pink-tinted note-

rung, dass Sie bei scheußlichem Wetter unterwegs waren und unter allen dienstbaren Geistern Londons ein besonders tückisches, schuhschlitzendes Exemplar erwischt haben. Was Ihre Praxis angeht: Wenn ein Gentleman meine Wohnung betritt, der nach Jodoform riecht, der am rechten Zeigefinger einen schwarzen Silbernitratfleck und dessen Zylinder rechts eine Beule hat, die verrät, wo er sein Stethoskop versteckt, dann müsste ich wirklich schwer von Begriff sein, wenn ich ihn nicht zum aktiven Mitglied der ärztlichen Zunft erklärte.«

Angesichts der Leichtigkeit, mit der er seinen Folgerungsprozess erläuterte, musste ich lachen. »Wenn ich Sie Ihre Gründe so darlegen höre«, sagte ich, »erscheint mir die Sache immer so lächerlich einfach zu sein, dass ich es selbst leicht nachmachen könnte, und dennoch bin ich über jeden neuen Ihrer Schlüsse auch aufs Neue verblüfft, bis Sie mir Ihre Schritte erklären. Dabei glaube ich, meine Augen sind ebenso gut wie Ihre.«

»Ganz recht«, antwortete er, zündete sich eine Zigarette an und warf sich in einen Sessel. »Sie sehen, aber Sie beobachten nicht. Die Unterscheidung ist klar. Zum Beispiel haben Sie schon oft die Stufen gesehen, die von der Diele zu diesem Raum heraufführen.«

»Oft.«

»Wie oft?«

»Na ja, einige Hundert Mal.«

»Und wie viele sind es?«

»Wie viele? Das weiß ich nicht.«

»Eben! Sie haben nicht beobachtet. Und doch haben Sie gesehen. Darauf wollte ich hinaus. Nun, ich weiß, es sind siebzehn Stufen, weil ich sowohl gesehen als auch beobachtet habe. Übrigens: Da Sie sich für diese kleinen Probleme begeistern und da Sie so gütig waren, eine oder zwei meiner unbedeutenden Erfahrungen aufzuzeichnen, könnte es sein, dass das hier Sie interessiert.« Er warf mir einen Bogen dickes, rosafarbenes Briefpapier

paper which had been lying open upon the table. 'It came by the last post,' said he. 'Read it aloud.'

The note was undated, and without either signature or address.

> There will call upon you to-night, at a quarter to eight o'clock [it said], a gentleman who desires to consult you upon a matter of the very deepest moment. Your recent services to one of the royal houses of Europe have shown that you are one who may safely be trusted with matters which are of an importance which can hardly be exaggerated. This account of you we have from all quarters received. Be in your chamber then at that hour, and do not take it amiss if your visitor wear a mask.

'This is indeed a mystery,' I remarked. 'What do you imagine that it means?'

'I have no data yet. It is a capital mistake to theorize before one has data. Insensibly one begins to twist facts to suit theories, instead of theories to suit facts. But the note itself. What do you deduce from it?'

I carefully examined the writing, and the paper upon which it was written.

'The man who wrote it was presumably well to do,' I remarked, endeavouring to imitate my companion's processes. 'Such paper could not be bought under half a crown a packet. It is peculiarly strong and stiff.'

'Peculiar—that is the very word,' said Holmes. 'It is not an English paper at all. Hold it up to the light.'

I did so, and saw a large *E* with a small *g*, a *P*, and a large *G* with a small *t* woven into the texture of the paper.

zu, der offen auf dem Tisch gelegen hatte. »Das kam mit der letzten Post«, sagte er. »Lesen Sie laut.«

Die Nachricht war undatiert und trug weder Unterschrift noch Adresse.

> Heute Abend um Viertel vor acht [stand da] wird ein Gentleman Sie aufsuchen, der Sie in einer Angelegenheit von höchster Wichtigkeit zu konsultieren wünscht. Die Dienste, die Sie jüngst einem der Königshäuser Europas erwiesen, haben gezeigt, dass Ihnen bedenkenlos Dinge anvertraut werden können, deren Bedeutsamkeit nicht hoch genug zu bewerten ist. Man hat uns diese Einschätzung allseitig bestätigt. Seien Sie also zur genannten Zeit in Ihrem Zimmer, und nehmen Sie keinen Anstoß, falls Ihr Besucher eine Maske trägt.

»Das ist wahrlich mysteriös«, bemerkte ich. »Was, denken Sie, bedeutet das?«

»Ich habe noch keine Fakten. Es ist ein schwerer Fehler, Theorien aufzustellen, bevor man Fakten hat. Unbewusst fängt man an, die Tatsachen zu verdrehen, damit sie die Theorien stützen, anstatt diese den Tatsachen anzupassen. Aber zur Nachricht selbst. Was folgern Sie daraus?«

Sorgfältig untersuchte ich den Text und das Papier, auf dem er geschrieben war.

»Der Mann, der das geschrieben hat, ist vermutlich wohlhabend«, bemerkte ich, wobei ich versuchte, die Denkweise meines Gefährten zu imitieren. »Ein Papier wie dieses kostet nicht weniger als eine halbe Krone pro Päckchen. Es ist eigentümlich dick und steif.«

»Eigentümlich – das ist das richtige Wort«, sagte Holmes. »Es ist gar kein englisches Papier. Halten Sie es gegen das Licht.«

Das tat ich und erkannte ein großes *E* mit einem kleinen *g*, ein *P* und ein großes *G* mit einem kleinen *t* in der Textur des Papiers.

'What do you make of that?' asked Holmes.

'The name of the maker, no doubt; or his monogram, rather.'

'Not at all. The *G* with the small *t* stands for "Gesellschaft," which is the German for "Company." It is a customary contraction like our "Co." *P*, of course, stands for "Papier." Now for the *Eg*. Let us glance at our Continental Gazetteer.' He took down a heavy brown volume from his shelves. 'Eglow, Eglonitz—here we are, Egria. It is in a German-speaking country—in Bohemia, not far from Carlsbad. "Remarkable as being the scene of the death of Wallenstein, and for its numerous glass-factories and paper-mills." Ha, ha, my boy, what do you make of that?' His eyes sparkled, and he sent up a great blue triumphant cloud from his cigarette.

'The paper was made in Bohemia,' I said.

'Precisely. And the man who wrote the note is a German. Do you note the peculiar construction of the sentence—"This account of you we have from all quarters received." A Frenchman or Russian could not have written that. It is the German who is so uncourteous to his verbs. It only remains, therefore, to discover what is wanted by this German who writes upon Bohemian paper and prefers wearing a mask to showing his face. And here he comes, if I am not mistaken, to resolve all our doubts.'

As he spoke there was the sharp sound of horses' hoofs and grating wheels against the curb, followed by a sharp pull at the bell. Holmes whistled.

'A pair, by the sound,' said he. 'Yes,' he continued, glancing out of the window. 'A nice little brougham and a pair of beauties. A hundred and fifty guineas apiece. There's money in this case, Watson, if there is nothing else.'

»Was halten Sie davon?«, fragte Holmes.

»Der Name des Herstellers, kein Zweifel; oder besser sein Monogramm.«

»Keineswegs. Das *G* mit dem kleinen *t* steht für das deutsche Wort ›Gesellschaft‹, eine ebenso geläufige Abkürzung wie unser ›Co.‹ für ›Company‹. *P* steht natürlich für ›Papier‹. Nun zum *Eg*. Werfen wir einen Blick in unser ›Lexikon kontinentaler Ortschaften‹.« Er zog einen schweren braunen Band aus dem Regal. »Eglow, Eglonitz – da haben wir's, Eger. Es liegt in einer deutschsprachigen Gegend – in Böhmen, nicht weit von Karlsbad. ›Bekannt als Schauplatz von Wallensteins Tod sowie für seine zahlreichen Glasfabriken und Papiermühlen.‹ Ha, ha, mein Junge, was sagen Sie jetzt?« Seine Augen funkelten, und von seiner Zigarette ließ er eine große blaue Triumphwolke aufsteigen.

»Das Papier wurde in Böhmen hergestellt«, sagte ich.

»Genau. Und der Verfasser der Nachricht ist ein Deutscher. Fällt Ihnen der eigenartige Satzbau auf – ›Man hat uns diese Einschätzung allseitig bestätigt.‹? Kein Franzose oder Russe könnte so etwas schreiben. Allein der Deutsche ist seinen Verben gegenüber so unhöflich. Es bleibt also nur noch herauszufinden, was dieser Deutsche will, der auf böhmischem Papier schreibt und lieber eine Maske trägt, als sein Gesicht zu zeigen. Und da kommt er auch schon, wenn ich nicht irre, um all unsere Zweifel zu zerstreuen.«

Noch während er sprach, waren der harte Klang von Pferdehufen und das Knirschen von Wagenrädern am Randstein zu hören, gefolgt von einem heftigen Zug an der Türglocke. Holmes pfiff.

»Ein Zweispänner, dem Klang nach«, sagte er. »Ja«, fuhr er fort und sah aus dem Fenster. »Ein netter kleiner Brougham und zwei hübsche Tiere. Hundertfünfzig Guineen pro Stück. In diesem Fall steckt Geld, Watson, wenn auch sonst vielleicht nichts.«

'I think that I had better go, Holmes.'

'Not a bit, Doctor. Stay where you are. I am lost without my Boswell. And this promises to be interesting. It would be a pity to miss it.'

'But your client–'

'Never mind him. I may want your help, and so may he. Here he comes. Sit down in that armchair, Doctor, and give us your best attention.'

A slow and heavy step, which had been heard upon the stairs and in the passage, paused immediately outside the door. Then there was a loud and authoritative tap.

'Come in!' said Holmes.

A man entered who could hardly have been less than six feet six inches in height, with the chest and limbs of a Hercules. His dress was rich with a richness which would, in England, be looked upon as akin to bad taste. Heavy bands of astrakhan were slashed across the sleeves and fronts of his double-breasted coat, while the deep blue cloak which was thrown over his shoulders was lined with flame-coloured silk and secured at the neck with a brooch which consisted of a single flaming beryl. Boots which extended halfway up his calves, and which were trimmed at the tops with rich brown fur, completed the impression of barbaric opulence which was suggested by his whole appearance. He carried a broad-brimmed hat in his hand, while he wore across the upper part of his face, extending down past the cheekbones, a black vizard mask, which he had apparently adjusted that very moment, for his hand was still raised to it as he entered. From the lower part of the face he appeared to be a man of strong character, with a thick, hanging lip, and a long, straight chin suggestive of resolution pushed to the length of obstinacy.

'You had my note?' he asked with a deep harsh voice and a strongly marked German accent. 'I told you that I

»Ich sollte wohl besser gehen, Holmes.«

»Nicht doch, Doktor. Bleiben Sie, wo Sie sind. Ich bin verloren ohne meinen Boswell. Und das hier scheint interessant zu werden. Es wäre ein Jammer, es zu verpassen.«

»Aber Ihr Klient ...«

»Kümmern Sie sich nicht um ihn. Ich könnte Ihre Hilfe brauchen, und er genauso. Da kommt er. Setzen Sie sich in diesen Sessel, Doktor, und schenken Sie uns Ihre ganze Aufmerksamkeit.«

Langsame, schwere Schritte, die schon auf der Treppe und im Flur zu hören gewesen waren, stoppten unmittelbar vor der Tür. Es folgte ein lautes, gebieterisches Klopfen.

»Herein!«, sagte Holmes.

Ein Mann betrat das Zimmer, wohl kaum kleiner als sechs Fuß sechs Zoll, mit der Brust und den Gliedern eines Herkules. Seine Kleidung war prunkvoll in einer Weise, die in England als Ausdruck schlechten Geschmacks gegolten hätte. Breite Streifen von Astrachanpelz zierten Revers und Ärmel seines zweireihigen Rocks, während der tiefblaue Umhang, den er über die Schultern geworfen hatte, von flammroter Seide gesäumt und am Hals mit einer Brosche befestigt war, die aus einem einzigen feurigen Beryll bestand. Stiefel, die bis zur Hälfte seiner Waden reichten und an den Schäften mit dichtem braunen Pelz besetzt waren, vervollständigten den Eindruck barbarischer Opulenz, den seine ganze Erscheinung hervorrief. Er hielt einen breitkrempigen Hut in der Hand, und der obere Teil seines Gesichts war bis unterhalb der Wangenknochen hinter einer schwarzen Maske verborgen, die er anscheinend gerade erst zurechtgerückt hatte, denn als er eintrat, war seine andere Hand noch erhoben. Dem unteren Teil seines Gesichts nach schien er ein Mann von starkem Charakter zu sein, mit dicker, hängender Unterlippe und einem geraden, ausladenden Kinn, das Entschlossenheit nahe an der Grenze zur Starrköpfigkeit andeutete.

»Meine Nachricht hat Sie erreicht?«, fragte er mit tiefer, harscher Stimme und starkem deutschen Akzent. »Ich ließ Sie wis-

would call.' He looked from one to the other of us, as if uncertain which to address.

'Pray take a seat,' said Holmes. 'This is my friend and colleague, Dr. Watson, who is occasionally good enough to help me in my cases. Whom have I the honour to address?'

'You may address me as the Count Von Kramm, a Bohemian nobleman. I understand that this gentleman, your friend, is a man of honour and discretion, whom I may trust with a matter of the most extreme importance. If not, I should much prefer to communicate with you alone.'

I rose to go, but Holmes caught me by the wrist and pushed me back into my chair. 'It is both, or none,' said he. 'You may say before this gentleman anything which you may say to me.'

The Count shrugged his broad shoulders. 'Then I must begin,' said he, 'by binding you both to absolute secrecy for two years; at the end of that time the matter will be of no importance. At present it is not too much to say that it is of such weight it may have an influence upon European history.'

'I promise,' said Holmes.

'And I.'

'You will excuse this mask,' continued our strange visitor. 'The august person who employs me wishes his agent to be unknown to you, and I may confess at once that the title by which I have just called myself is not exactly my own.'

'I was aware of it,' said Holmes drily.

'The circumstances are of great delicacy, and every precaution has to be taken to quench what might grow to be an immense scandal and seriously compromise one of the reigning families of Europe. To speak plainly, the

sen, ich würde Sie aufsuchen.« Er blickte zwischen uns hin und her, offenbar unsicher, an wen er sich wenden sollte.

»Bitte nehmen Sie Platz«, sagte Holmes. »Das ist mein Freund und Kollege Dr. Watson, der hin und wieder so freundlich ist, mir bei meinen Fällen zu helfen. Mit wem habe ich die Ehre?«

»Sie dürfen mich Graf von Kramm nennen, einen böhmischen Edelmann. Ich nehme an, dieser Gentleman, Ihr Freund, ist ein Mann von Ehre und Diskretion, dem ich in einer Angelegenheit von allerhöchster Wichtigkeit trauen kann. Andernfalls zöge ich es vor, mit Ihnen allein zu sprechen.«

Ich stand auf, um zu gehen, aber Holmes fasste mein Handgelenk und drückte mich wieder in meinen Sessel. »Beide oder keiner«, sagte er. »Was immer Sie mir zu sagen haben, können Sie auch vor diesem Gentleman sagen.«

Der Graf zuckte seine breiten Schultern. »Dann muss ich damit beginnen«, sagte er, »dass ich Sie beide für zwei Jahre zu absoluter Geheimhaltung verpflichte; nach dieser Frist wird die Sache keinerlei Bedeutung mehr haben. Derzeit aber ist es nicht übertrieben, wenn ich sage, dass sie von solcher Tragweite ist, dass sie Einfluss auf die Geschichte Europas haben könnte.«

»Ich verspreche es«, sagte Holmes.

»Ich ebenfalls.«

»Sie werden diese Maske entschuldigen«, fuhr unser seltsamer Besucher fort. »Die erlauchte Person, in deren Diensten ich stehe, wünscht, dass ihr Vertreter Ihnen unbekannt bleibt, und ich darf gleich gestehen, dass der Titel, mit dem ich mich eben vorgestellt habe, nicht ganz der meine ist.«

»Das war mir klar«, sagte Holmes trocken.

»Die Umstände sind überaus heikel, und es sind alle Vorkehrungen zu treffen, um einer Sache, die sich zu einem unerhörten Skandal auswachsen und eine der Herrscherfamilien Europas ernstlich kompromittieren könnte, den Riegel vorzuschieben.

matter implicates the great House of Ormstein, hereditary kings of Bohemia.'

'I was also aware of that,' murmured Holmes, settling himself down in his armchair and closing his eyes.

Our visitor glanced with some apparent surprise at the languid, lounging figure of the man who had been no doubt depicted to him as the most incisive reasoner and most energetic agent in Europe. Holmes slowly reopened his eyes and looked impatiently at his gigantic client.

'If your Majesty would condescend to state your case,' he remarked, 'I should be better able to advise you.'

The man sprang from his chair and paced up and down the room in uncontrollable agitation. Then, with a gesture of desperation, he tore the mask from his face and hurled it upon the ground. 'You are right,' he cried, 'I am the King. Why should I attempt to conceal it?'

'Why, indeed?' murmured Holmes. 'Your Majesty had not spoken before I was aware that I was addressing Wilhelm Gottsreich Sigismond von Ormstein, Grand Duke of Cassel-Felstein, and hereditary King of Bohemia.'

'But you can understand,' said our strange visitor, sitting down once more and passing his hand over his high white forehead, 'you can understand that I am not accustomed to doing such business in my own person. Yet the matter was so delicate that I could not confide it to an agent without putting myself in his power. I have come incognito from Prague for the purpose of consulting you.'

'Then, pray consult,' said Holmes, shutting his eyes once more.

'The facts are briefly these: Some five years ago, during a lengthy visit to Warsaw, I made the acquaintance of the well-known adventuress, Irene Adler. The name is no doubt familiar to you.'

Um es ganz offen zu sagen, die Angelegenheit betrifft das hohe Haus derer von Ormstein, Erbkönige von Böhmen.«

»Auch das war mir klar«, murmelte Holmes, während er sich in seinem Sessel zurücklehnte und die Augen schloss.

Mit sichtlicher Überraschung musterte unser Besucher die lustlos dasitzende Gestalt des Mannes, der ihm gewiss als schärfster Denker und tatkräftigster Ermittler Europas beschrieben worden war. Holmes öffnete langsam die Augen und sah seinen riesenhaften Klienten ungeduldig an.

»Wenn Eure Majestät sich herablassen würden, Ihren Fall zu schildern«, bemerkte er, »könnte ich Sie besser beraten.«

Der Mann sprang aus seinem Sessel und schritt in unbezwingbarer Erregung im Raum auf und ab. Schließlich riss er sich mit einer Geste der Verzweiflung die Maske vom Gesicht und schleuderte sie zu Boden. »Sie haben recht«, rief er, »ich bin der König. Warum soll ich versuchen, es zu verheimlichen?«

»Exakt, wozu?«, murmelte Holmes. »Eure Majestät hatten noch nichts gesagt, da wusste ich bereits, dass ich mit Wilhelm Gottsreich Sigismund von Ormstein sprach, Großherzog von Kassel-Falstein und Erbkönig von Böhmen.«

»Aber Sie werden verstehen«, sagte unser seltsamer Besucher, indem er wieder Platz nahm und mit der Hand über seine hohe weiße Stirn strich, »Sie werden verstehen, dass ich es nicht gewohnt bin, derlei Geschäfte persönlich zu erledigen. Die Sache ist jedoch so delikat, dass ich sie keinem Beauftragten anvertrauen konnte, ohne mich ihm auszuliefern. Ich bin inkognito aus Prag gekommen, um Sie zu konsultieren.«

»Nun, dann konsultieren Sie bitte«, sagte Holmes und schloss erneut die Augen.

»Kurz, die Fakten sind folgende: Vor etwa fünf Jahren, während eines längeren Aufenthalts in Warschau, lernte ich die bekannte Abenteurerin Irene Adler kennen. Der Name ist Ihnen sicher geläufig.«

'Kindly look her up in my index, Doctor,' murmured Holmes without opening his eyes. For many years he had adopted a system of docketing all paragraphs concerning men and things, so that it was difficult to name a subject or a person on which he could not at once furnish information. In this case I found her biography sandwiched in between that of a Hebrew rabbi and that of a staff-commander who had written a monograph upon the deep-sea fishes.

'Let me see,' said Holmes. 'Hum! Born in New Jersey in the year 1858. Contralto–hum! La Scala, hum! Prima donna Imperial Opera of Warsaw–yes! Retired from operatic stage–ha! Living in London–quite so! Your Majesty, as I understand, became entangled with this young person, wrote her some compromising letters, and is now desirous of getting those letters back.'

'Precisely so. But how–'

'Was there a secret marriage?'

'None.'

'No legal papers or certificates?'

'None.'

'Then I fail to follow your Majesty. If this young person should produce her letters for blackmailing or other purposes, how is she to prove their authenticity?'

'There is the writing.'

'Pooh, pooh! Forgery.'

'My private note-paper.'

'Stolen.'

'My own seal.'

'Imitated.'

'My photograph.'

'Bought.'

'We were both in the photograph.'

'Oh, dear! That is very bad! Your Majesty has indeed committed an indiscretion.'

»Suchen Sie sie bitte in meinem Index, Doktor«, murmelte Holmes, ohne die Augen zu öffnen. Seit vielen Jahren verwendete er ein System, mit dem er alle Artikel über Personen und Dinge erfasste, sodass es schwierig war, ein Thema oder einen Menschen zu nennen, zu dem er nicht sogleich Informationen liefern konnte. In diesem Fall fand ich ihre Biografie eingeklemmt zwischen der eines Rabbiners und der eines Stabskommandeurs, der eine Monografie über Tiefseefische geschrieben hatte.

»Lassen Sie mal sehen«, sagte Holmes. »Hm! Geboren in New Jersey im Jahr 1858. Altistin – hm! La Scala, hm! Primadonna der Kaiserlichen Oper Warschau – ja! Rückzug vom Opernbetrieb – ha! Lebt in London – na also! Wie ich annehme, haben Eure Majestät sich mit dieser jungen Person eingelassen, ihr einige verfängliche Briefe geschrieben und wünschen nun, diese Briefe zurückzubekommen.«

»Völlig richtig. Aber wie ...«

»Gab es eine heimliche Eheschließung?«

»Nein.«

»Keine rechtsgültigen Papiere oder Urkunden?«

»Keine.«

»Dann kann ich Eurer Majestät nicht folgen. Falls diese junge Person die Briefe für eine Erpressung oder andere Zwecke benutzt, wie soll sie ihre Echtheit beweisen?«

»Durch die Handschrift.«

»Pah! Eine Fälschung.«

»Mein privates Briefpapier.«

»Gestohlen.«

»Mein persönliches Siegel.«

»Nachgemacht.«

»Meine Fotografie.«

»Gekauft.«

»Das Bild zeigt uns beide.«

»Du meine Güte! Das ist in der Tat sehr schlecht! Majestät haben da wirklich eine Indiskretion begangen.«

'I was mad–insane.'

'You have compromised yourself seriously.'

'I was only Crown Prince then. I was young. I am but thirty now.'

'It must be recovered.'

'We have tried and failed.'

'Your Majesty must pay. It must be bought.'

'She will not sell.'

'Stolen, then.'

'Five attempts have been made. Twice burglars in my pay ransacked her house. Once we diverted her luggage when she travelled. Twice she has been waylaid. There has been no result.'

'No sign of it?'

'Absolutely none.'

Holmes laughed. 'It is quite a pretty little problem,' said he.

'But a very serious one to me,' returned the King reproachfully.

'Very, indeed. And what does she propose to do with the photograph?'

'To ruin me.'

'But how?'

'I am about to be married.'

'So I have heard.'

'To Clotilde Lothman von Saxe-Meningen, second daughter of the King of Scandinavia. You may know the strict principles of her family. She is herself the very soul of delicacy. A shadow of a doubt as to my conduct would bring the matter to an end.'

'And Irene Adler?'

'Threatens to send them the photograph. And she will do it. I know that she will do it. You do not know her, but she has a soul of steel. She has the face of the most

»Ich war verrückt – wahnsinnig.«

»Sie haben sich ernstlich kompromittiert.«

»Ich war damals nur Kronprinz. Ich war jung. Ich bin heute erst dreißig.«

»Es muss beschafft werden.«

»Wir haben es versucht und sind gescheitert.«

»Eure Majestät müssen bezahlen. Man muss es kaufen.«

»Sie verkauft nicht.«

»Dann also stehlen.«

»Es gab fünf solcher Versuche. Zweimal heuerte ich Einbrecher an, die ihr Haus durchwühlten. Einmal leiteten wir ihr Gepäck um, als sie reiste. Zweimal hat man ihr aufgelauert. Alles ohne Erfolg.«

»Keine Spur von dem Bild?«

»Absolut keine.«

Holmes lachte. »Wahrlich ein hübsches kleines Problem«, sagte er.

»Für mich allerdings ein sehr ernstes«, erwiderte der König vorwurfsvoll.

»Sehr, in der Tat. Und was gedenkt sie mit der Fotografie zu tun?«

»Mich zu ruinieren.«

»Aber wie?«

»Ich werde bald heiraten.«

»Ich hörte davon.«

»Nämlich Clothilde Lothman von Sachsen-Meiningen, zweite Tochter des skandinavischen Königs. Sie wissen vielleicht um die strikten Prinzipien ihrer Familie. Sie selbst ist ein Ausbund an Feinfühligkeit. Der Schatten eines Zweifels auf meinem Leumund und die ganze Sache wäre zu Ende.«

»Und Irene Adler?«

»Droht damit, ihnen die Fotografie zu schicken. Und sie wird es tun. Ich weiß, dass sie es tun wird. Sie kennen sie nicht, aber sie hat eine eiserne Seele. Sie hat das Gesicht der schönsten aller

beautiful of women, and the mind of the most resolute of men. Rather than I should marry another woman, there are no lengths to which she would not go—none.'

'You are sure that she has not sent it yet?'

'I am sure.'

'And why?'

'Because she has said that she would send it on the day when the betrothal was publicly proclaimed. That will be next Monday.'

'Oh, then we have three days yet,' said Holmes with a yawn. 'That is very fortunate, as I have one or two matters of importance to look into just at present. Your Majesty will, of course, stay in London for the present?'

'Certainly. You will find me at the Langham under the name of the Count Von Kramm.'

'Then I shall drop you a line to let you know how we progress.'

'Pray do so. I shall be all anxiety.'

'Then, as to money?'

'You have *carte blanche.*'

'Absolutely?'

'I tell you that I would give one of the provinces of my kingdom to have that photograph.'

'And for present expenses?'

The King took a heavy chamois leather bag from under his cloak and laid it on the table.

'There are three hundred pounds in gold and seven hundred in notes,' he said.

Holmes scribbled a receipt upon a sheet of his notebook and handed it to him.

'And Mademoiselle's address?' he asked.

'Is Briony Lodge, Serpentine Avenue, St. John's Wood.'

Holmes took a note of it. 'One other question,' said he. 'Was the photograph a cabinet?'

Frauen und den Verstand des entschlossensten aller Männer. Bevor sie mich eine andere Frau heiraten lässt, wird sie alle Hebel in Bewegung setzen – alle.«

»Sie sind sicher, dass sie das Bild noch nicht abgeschickt hat?«

»Ich bin sicher.«

»Und warum?«

»Weil sie gesagt hat, sie werde es an dem Tag abschicken, an dem das Verlöbnis öffentlich bekannt gemacht wird. Das ist kommenden Montag.«

»Oh, dann bleiben uns ja noch drei Tage«, sagte Holmes mit einem Gähnen. »Ein glücklicher Umstand, denn ich habe heute noch ein, zwei wichtige Dinge zu prüfen. Eure Majestät werden natürlich vorerst in London bleiben?«

»Gewiss. Sie finden mich im ›Langham‹, unter dem Namen des Grafen von Kramm.«

»Dann werde ich Sie schriftlich wissen lassen, wie wir vorankommen.«

»Bitte tun Sie das. Ich bin äußerst besorgt.«

»Wie steht es mit dem Geld?«

»Sie haben *carte blanche*.«

»Absolut?«

»Ich sage Ihnen, ich würde eine der Provinzen meines Königreichs geben, um diese Fotografie zu bekommen.«

»Und für laufende Ausgaben?«

Der König holte einen schweren Beutel aus Sämischleder unter seinem Umhang hervor und legte ihn auf den Tisch.

»Das sind dreihundert Pfund in Gold und siebenhundert in Banknoten«, sagte er.

Holmes kritzelte eine Quittung auf ein Blatt aus seinem Notizbuch und reichte sie ihm.

»Und die Adresse von Mademoiselle?«, fragte er.

»Lautet Briony Lodge, Serpentine Avenue, St. John's Wood.«

Holmes notierte es. »Eine Frage noch«, sagte er. »Die Fotografie hat Kabinettformat?«

'It was.'

'Then, good-night, your Majesty, and I trust that we shall soon have some good news for you. And good-night, Watson,' he added, as the wheels of the royal brougham rolled down the street. 'If you will be good enough to call to-morrow afternoon at three o'clock I should like to chat this little matter over with you.'

## II

At three o'clock precisely I was at Baker Street, but Holmes had not yet returned. The landlady informed me that he had left the house shortly after eight o'clock in the morning. I sat down beside the fire, however, with the intention of awaiting him, however long he might be. I was already deeply interested in his inquiry, for, though it was surrounded by none of the grim and strange features which were associated with the two crimes which I have already recorded, still, the nature of the case and the exalted station of his client gave it a character of its own. Indeed, apart from the nature of the investigation which my friend had on hand, there was something in his masterly grasp of a situation, and his keen, incisive reasoning, which made it a pleasure to me to study his system of work, and to follow the quick, subtle methods by which he disentangled the most inextricable mysteries. So accustomed was I to his invariable success that the very possibility of his failing had ceased to enter into my head.

It was close upon four before the door opened, and a drunken-looking groom, ill-kempt and side-whiskered, with an inflamed face and disreputable clothes, walked into the room. Accustomed as I was to my friend's amazing powers in the use of disguises, I had to look three times before I was certain that it was indeed he. With a

»Ja.«

»Nun denn, gute Nacht, Eure Majestät, ich bin sicher, wir werden bald gute Nachrichten für Sie haben. Und gute Nacht, Watson«, fügte er hinzu, als die Räder des königlichen Brougham die Straße hinabrollten. »Wenn Sie so nett sein wollen, morgen Nachmittag um drei Uhr vorbeizukommen, dann würde ich gern mit Ihnen über diese kleine Angelegenheit plaudern.«

## II

Punkt drei Uhr traf ich in der Baker Street ein, doch Holmes war noch nicht zurück. Die Wirtin teilte mir mit, er habe das Haus um kurz nach acht Uhr morgens verlassen. Ich setzte mich trotzdem an den Kamin, in der Absicht, auf ihn zu warten, wie lange er auch fortblieb. Sein Fall hatte mich längst gefesselt, denn auch wenn er keine derart grausigen und seltsamen Züge trug wie die zwei von mir bereits aufgezeichneten Verbrechen, so verliehen ihm seine Merkmale und die hohe Stellung des Klienten doch einen eigenen Charakter. Abgesehen von der Art der Untersuchungen, mit denen mein Freund sich befasste, gab es da etwas in seiner souveränen Einschätzung der Lage und seinem kühlen, scharfen Denken, das es mir zum Vergnügen machte, seine Arbeitsweise zu studieren und den raschen, subtilen Methoden zu folgen, mit denen er die unentwirrbarsten Rätsel löste. Ich war schon so sehr an seine ständigen Erfolge gewöhnt, dass mir die Möglichkeit seines Scheiterns gar nicht mehr in den Kopf kam.

Es war kurz vor vier, als sich endlich die Tür öffnete und ein betrunken wirkender Stallbursche, ungekämmt und backenbärtig, mit rot glühendem Gesicht und liederlicher Kleidung, ins Zimmer trat. Ich wusste zwar um die erstaunlichen Verkleidungskünste meines Freundes, doch ich musste dreimal hinschauen, ehe ich sicher sein konnte, dass tatsächlich er es war.

nod he vanished into the bedroom, whence he emerged in five minutes tweed-suited and respectable, as of old. Putting his hands into his pockets, he stretched out his legs in front of the fire and laughed heartily for some minutes.

'Well, really!' he cried, and then he choked and laughed again until he was obliged to lie back, limp and helpless, in the chair.

'What is it?'

'It's quite too funny. I am sure you could never guess how I employed my morning, or what I ended by doing.'

'I can't imagine. I suppose that you have been watching the habits, and perhaps the house, of Miss Irene Adler.'

'Quite so, but the sequel was rather unusual. I will tell you, however. I left the house a little after eight o'clock this morning in the character of a groom out of work. There is a wonderful sympathy and freemasonry among horsy men. Be one of them, and you will know all that there is to know. I soon found Briony Lodge. It is a *bijou* villa, with a garden at the back, but built out in front right up to the road, two stories. Chubb lock to the door. Large sitting-room on the right side, well furnished, with long windows almost to the floor, and those preposterous English window fasteners which a child could open. Behind there was nothing remarkable, save that the passage window could be reached from the top of the coach-house. I walked round it and examined it closely from every point of view, but without noting anything else of interest.

'I then lounged down the street and found, as I expected, that there was a mews in a lane which runs down by one wall of the garden. I lent the ostlers a hand in rubbing down their horses, and received in exchange

Mit einem Nicken verschwand er im Schlafzimmer und tauchte fünf Minuten später im Tweedanzug und gewohnt respektabel wieder auf. Er steckte die Hände in die Taschen und streckte vor dem Kamin die Beine aus, dann lachte er eine Weile herzhaft.

»Also, wirklich!«, rief er, verschluckte sich und lachte wieder, bis er sich schlaff und hilflos im Sessel zurücklehnen musste.

»Was ist?«

»Es ist einfach zu komisch. Ich bin sicher, Sie werden nie erraten, wie ich meinen Vormittag verbracht und was ich zuletzt getan habe.«

»Keine Ahnung. Ich vermute, Sie haben die Gewohnheiten und vielleicht das Haus von Miss Irene Adler ausgekundschaftet.«

»Ganz recht, aber das Nachspiel war ziemlich ungewöhnlich. Nun denn, ich erzähle es Ihnen. Heute Morgen um kurz nach acht Uhr verließ ich das Haus, verkleidet als arbeitsloser Stallbursche. Unter Pferdeleuten herrschen wunderbares Einverständnis und Kameradschaft. Man muss nur einer von ihnen sein, schon erfährt man alles, was es zu wissen gibt. Die Briony Lodge war schnell gefunden. Ein Schmuckstück von Villa, rückwärtig mit Garten, vorn aber bis an die Straße gebaut, zwei Etagen. An der Tür ein Chubb-Schloss. Rechts ein großes Wohnzimmer, wohlmöbliert, mit langen Fenstern fast bis zum Boden und diesen lachhaften englischen Riegeln, die ein Kind öffnen könnte. Dahinter nichts Bemerkenswertes, außer dass sich das Korridorfenster vom Dach der Remise aus erreichen lässt. Ich ging um das Haus herum und untersuchte es gründlich von allen Seiten, konnte jedoch nichts Interessantes mehr beobachten.

Dann schlenderte ich die Straße entlang und stellte wie erwartet fest, dass es in einer Gasse, die an einer der Gartenmauern verläuft, einen Stall gibt. Ich ging den Burschen beim Abreiben der Pferde zur Hand und bekam dafür zwei Pence, ein Glas Ale-

twopence, a glass of half and half, two fills of shag tobacco, and as much information as I could desire about Miss Adler, to say nothing of half a dozen other people in the neighbourhood in whom I was not in the least interested, but whose biographies I was compelled to listen to.'

'And what of Irene Adler?' I asked.

'Oh, she has turned all the men's heads down in that part. She is the daintiest thing under a bonnet on this planet. So say the Serpentine-mews, to a man. She lives quietly, sings at concerts, drives out at five every day, and returns at seven sharp for dinner. Seldom goes out at other times, except when she sings. Has only one male visitor, but a good deal of him. He is dark, handsome, and dashing; never calls less than once a day, and often twice. He is a Mr. Godfrey Norton, of the Inner Temple. See the advantages of a cabman as a confidant. They had driven him home a dozen times from Serpentine-mews, and knew all about him. When I had listened to all they had to tell, I began to walk up and down near Briony Lodge once more, and to think over my plan of campaign.

'This Godfrey Norton was evidently an important factor in the matter. He was a lawyer. That sounded ominous. What was the relation between them, and what the object of his repeated visits? Was she his client, his friend, or his mistress? If the former, she had probably transferred the photograph to his keeping. If the latter, it was less likely. On the issue of this question depended whether I should continue my work at Briony Lodge, or turn my attention to the gentleman's chambers in the Temple. It was a delicate point, and it widened the field of my inquiry. I fear that I bore you with these details, but I have to let you see my little difficulties, if you are to understand the situation.'

'I am following you closely,' I answered.

und-Porter, für zwei Pfeifen Shagtabak und so viele Auskünfte über Miss Adler, wie ich mir nur wünschen konnte, ganz zu schweigen von dem halben Dutzend anderer Leute in der Nachbarschaft, an denen ich zwar nicht das leiseste Interesse hatte, deren Biografien ich mir aber anhören musste.«

»Und was ist mit Irene Adler?«, fragte ich.

»Oh, sie hat sämtlichen Männern der Gegend den Kopf verdreht. Auf diesem Planeten ist sie das niedlichste Ding, das eine Haube trägt. Im Serpentine-Stall sagen das alle. Sie führt ein ruhiges Leben, singt auf Konzerten, fährt täglich um fünf Uhr aus und kehrt pünktlich um sieben zum Dinner zurück. Sonst geht sie selten aus, es sei denn, sie singt. Sie hat nur einen männlichen Besucher, den allerdings oft. Er ist dunkelhaarig, stattlich und elegant; er kommt nie seltener als einmal pro Tag, oft sogar zweimal. Ein gewisser Mr Godfrey Norton aus dem Inner Temple. Sie sehen, es hat Vorzüge, Kutscher zu Vertrauten zu haben. Sie haben ihn Dutzende Male vom Serpentine-Stall nach Hause gefahren und wissen alles über ihn. Nachdem ich mir angehört hatte, was sie zu erzählen wussten, ging ich aufs Neue vor der Briony Lodge auf und ab und begann, mir meinen Schlachtplan zurechtzulegen.

Dieser Godfrey Norton war offenbar ein wichtiger Faktor in der Sache. Ein Anwalt. Das klang ominös. Welcher Art war ihre Beziehung und was der Zweck seiner wiederholten Besuche? War sie seine Klientin, seine Freundin, seine Mätresse? Im ersten Fall hatte sie ihm die Fotografie vermutlich zur Aufbewahrung übergeben. Im letzteren war das weniger wahrscheinlich. Von der Antwort auf diese Frage hing nun ab, ob ich meine Arbeit bei der Briony Lodge fortsetzen oder meine Aufmerksamkeit den Räumen des Gentleman im Temple zuwenden sollte. Das war ein heikler Punkt, denn er erweiterte das Feld meiner Ermittlungen. Ich fürchte, ich langweile Sie mit diesen Einzelheiten, aber ich muss Ihnen meine kleinen Schwierigkeiten verdeutlichen, damit Sie die Situation begreifen.«

»Ich höre Ihnen aufmerksam zu«, antwortete ich.

'I was still balancing the matter in my mind when a hansom cab drove up to Briony Lodge, and a gentleman sprang out. He was a remarkably handsome man, dark, aquiline, and moustached—evidently the man of whom I had heard. He appeared to be in a great hurry, shouted to the cabman to wait, and brushed past the maid who opened the door with the air of a man who was thoroughly at home.

'He was in the house about half an hour, and I could catch glimpses of him in the windows of the sitting-room, pacing up and down, talking excitedly, and waving his arms. Of her I could see nothing. Presently he emerged, looking even more flurried than before. As he stepped up to the cab, he pulled a gold watch from his pocket and looked at it earnestly. "Drive like the devil," he shouted, "first to Gross & Hankey's in Regent Street, and then to the church of St. Monica in the Edgware Road. Half a guinea if you do it in twenty minutes!"

'Away they went, and I was just wondering whether I should not do well to follow them when up the lane came a neat little landau, the coachman with his coat only half-buttoned, and his tie under his ear, while all the tags of his harness were sticking out of the buckles. It hadn't pulled up before she shot out of the hall door and into it. I only caught a glimpse of her at the moment, but she was a lovely woman, with a face that a man might die for.

'"The Church of St. Monica, John," she cried, "and half a sovereign if you reach it in twenty minutes."

'This was quite too good to lose, Watson. I was just balancing whether I should run for it, or whether I should perch behind her landau when a cab came through the street. The driver looked twice at such a shabby fare, but I jumped in before he could object. "The Church of St.

»Ich war noch dabei, die Sache im Geiste abzuwägen, als ein Hansom vor der Briony Lodge hielt und ein Gentleman heraussprang. Ein bemerkenswert stattlicher Mann, dunkelhaarig, mit Adlernase und Schnurrbart – offensichtlich derjenige, von dem ich gehört hatte. Er schien in großer Eile zu sein, rief dem Kutscher zu, er solle warten, und rauschte an dem Mädchen, das die Tür öffnete, vorbei wie jemand, der sich ganz wie zu Hause fühlt.

Eine halbe Stunde etwa blieb er im Haus, und hin und wieder konnte ich durchs Wohnzimmerfenster sehen, wie er auf und ab lief, sich echauffierte und mit den Armen fuchtelte. Von ihr sah ich nichts. Dann kam er wieder heraus und schien noch gehetzter als zuvor. Als er an den Wagen trat, zog er eine goldene Uhr aus der Tasche und warf einen ernsten Blick darauf. ›Fahren Sie wie der Teufel‹, rief er, ›erst zu Gross & Hankey's in der Regent Street, dann zur St.-Monica-Kirche in der Edgware Road. Eine halbe Guinee, wenn Sie's in zwanzig Minuten schaffen!‹

Weg war der Wagen, und ich überlegte gerade, ob es nicht besser wäre, ihm zu folgen, als ein hübscher kleiner Landauer die Gasse heraufkam, der Kutscher mit nur halb zugeknöpftem Rock und der Krawatte unter dem Ohr, während am Geschirr sämtliche Riemen aus den Schnallen ragten. Er stand noch nicht ganz, da schoss sie schon aus der Haustür und sprang hinein. Ich konnte in diesem Moment nur einen kurzen Blick auf sie erhaschen, doch sie ist eine schöne Frau, mit einem Gesicht, für das mancher sein Leben gäbe.

›Die St.-Monica-Kirche, John‹, rief sie, ›und einen halben Sovereign, wenn Sie in zwanzig Minuten dort sind.‹

Die Gelegenheit war zu gut, um sie zu verpassen, Watson. Ich überlegte gerade, ob ich laufen oder hinten auf ihrem Landauer aufsitzen sollte, da kam eine Droschke die Straße herunter. Einen derart schäbigen Fahrgast sah sich der Fahrer natürlich zweimal an, aber ich sprang hinein, bevor er protestieren konnte. ›Die St.-

Monica," said I, "and half a sovereign if you reach it in twenty minutes." It was twenty-five minutes to twelve, and of course it was clear enough what was in the wind.

'My cabby drove fast. I don't think I ever drove faster, but the others were there before us. The cab and the landau with their steaming horses were in front of the door when I arrived. I paid the man and hurried into the church. There was not a soul there save the two whom I had followed and a surpliced clergyman, who seemed to be expostulating with them. They were all three standing in a knot in front of the altar. I lounged up the side aisle like any other idler who has dropped into a church. Suddenly, to my surprise, the three at the altar faced round to me, and Godfrey Norton came running as hard as he could towards me.

'"Thank God," he cried. "You'll do. Come! Come!"

'"What then?" I asked.

'"Come, man, come, only three minutes, or it won't be legal."

'I was half-dragged up to the altar, and before I knew where I was I found myself mumbling responses which were whispered in my ear, and vouching for things of which I knew nothing, and generally assisting in the secure tying up of Irene Adler, spinster, to Godfrey Norton, bachelor. It was all done in an instant, and there was the gentleman thanking me on the one side and the lady on the other, while the clergyman beamed on me in front. It was the most preposterous position in which I ever found myself in my life, and it was the thought of it that started me laughing just now. It seems that there had been some informality about their license, that the clergyman absolutely refused to marry them without a witness of some sort, and that my lucky appearance saved

Monica-Kirche‹, sagte ich, ›und einen halben Sovereign, wenn Sie in zwanzig Minuten dort sind.‹ Es war fünf nach halb zwölf, und es war mehr als klar, was in der Luft lag.

Mein Kutscher fuhr schnell. Ich glaube nicht, dass ich je schneller gefahren bin, aber die andern waren vor uns dort. Mit dampfenden Pferden standen Hansom und Landauer vor der Tür, als ich ankam. Ich bezahlte den Mann und hastete in die Kirche. Keine Menschenseele war zu sehen, außer den beiden, denen ich gefolgt war, und einem Priester im Chorrock, der sie zurechtzuweisen schien. Alle drei standen dicht beieinander vor dem Altar. Ich schlenderte durch das Seitenschiff wie irgendein Müßiggänger, der zufällig in eine Kirche gerät. Zu meiner Überraschung drehten die drei am Altar sich plötzlich zu mir um, und Godfrey Norton kam, so schnell er konnte, auf mich zugestürmt.

›Gott sei Dank!‹, rief er. ›Sie werden reichen. Kommen Sie! Kommen Sie!‹

›Was gibt's?‹, fragte ich.

›Kommen Sie her, Mann, kommen Sie, nur noch drei Minuten, sonst ist es nicht rechtsgültig.‹

Ich wurde förmlich zum Altar gezerrt, und bevor ich begriff, wo ich war, hörte ich mich Antworten murmeln, die man mir ins Ohr flüsterte, und Dinge bezeugen, von denen ich nichts wusste, und sah mich alles in allem die dauerhafte Verbindung von Irene Adler, Jungfer, und Godfrey Norton, Junggeselle, befördern. Im Nu war alles erledigt, und der Gentleman auf der einen und die Lady auf der anderen Seite standen da und dankten mir, während der Priester mich von vorn anstrahlte. Es war die absurdeste Situation meines ganzen Lebens, und der Gedanke eben daran brachte mich vorhin zum Lachen. Anscheinend hatte es einen Formfehler in ihren Papieren gegeben, weshalb der Priester sich rundheraus weigerte, sie ohne einen Zeugen zu trauen, und mein zufälliges Auftauchen den Bräutigam davor bewahrte, auf die Straße stürmen und einen Trauzeugen suchen zu müssen. Die

the bridegroom from having to sally out into the streets in search of a best man. The bride gave me a sovereign, and I mean to wear it on my watch-chain in memory of the occasion.'

'This is a very unexpected turn of affairs,' said I; 'and what then?'

'Well, I found my plans very seriously menaced. It looked as if the pair might take an immediate departure, and so necessitate very prompt and energetic measures on my part. At the church door, however, they separated, he driving back to the temple, and she to her own house. "I shall drive out in the park at five as usual," she said as she left him. I heard no more. They drove away in different directions, and I went off to make my own arrangements.'

'Which are?'

'Some cold beef and a glass of beer,' he answered, ringing the bell. 'I have been too busy to think of food, and I am likely to be busier still this evening. By the way, Doctor, I shall want your co-operation.'

'I shall be delighted.'

'You don't mind breaking the law?'

'Not in the least.'

'Nor running a chance of arrest?'

'Not in a good cause.'

'Oh, the cause is excellent!'

'Then I am your man.'

'I was sure that I might rely on you.'

'But what is it you wish?'

'When Mrs. Turner has brought in the tray I will make it clear to you. Now,' he said as he turned hungrily on the simple fare that our landlady had provided, 'I must discuss it while I eat, for I have not much time. It is nearly five now. In two hours we must be on the scene of

Braut gab mir einen Sovereign, und ich habe vor, ihn als Andenken an dieses Ereignis an meiner Uhrkette zu tragen.«

»Eine ziemlich unerwartete Wendung der Dinge«, sagte ich. »Und dann?«

»Nun, ich sah meine Pläne ernstlich bedroht. Wie es aussah, hätte das Paar auch unverzüglich abreisen und damit prompte und energische Maßnahmen meinerseits nötig machen können. Doch an der Kirchentür trennten sie sich, er fuhr zurück zum Temple und sie zu ihrem Haus. ›Ich werde wie immer um fünf in den Park fahren‹, sagte sie zum Abschied. Mehr hörte ich nicht. Sie fuhren in verschiedene Richtungen davon, und ich ging, um meine eigenen Vorkehrungen zu treffen.«

»Die da wären?«

»Kaltes Rindfleisch und ein Glas Bier«, antwortete er und läutete die Glocke. »Ich war zu beschäftigt, um ans Essen zu denken, und heute Abend werde ich wahrscheinlich noch beschäftigter sein. Übrigens, Doktor, ich bedarf Ihrer Mitarbeit.«

»Mit dem größten Vergnügen.«

»Macht es Ihnen etwas aus, das Gesetz zu brechen?«

»Nicht im Geringsten.«

»Oder möglicherweise verhaftet zu werden?«

»Nicht für eine gute Sache.«

»Oh, die Sache ist exzellent!«

»Dann bin ich Ihr Mann.«

»Ich wusste, ich kann mich auf Sie verlassen.«

»Was soll ich denn für Sie tun?«

»Sobald Mrs Turner das Tablett gebracht hat, werde ich es Ihnen erklären. Nun«, sagte er, als er sich hungrig dem einfachen Mahl zuwandte, das unsere Wirtin bereitet hatte, »ich muss das besprechen, während ich esse, denn ich habe nicht viel Zeit. Es ist jetzt fast fünf. In zwei Stunden müssen wir am Schauplatz sein. Miss

action. Miss Irene, or Madame, rather, returns from her drive at seven. We must be at Briony Lodge to meet her.'

'And what then?'

'You must leave that to me. I have already arranged what is to occur. There is only one point on which I must insist. You must not interfere, come what may. You understand?'

'I am to be neutral?'

'To do nothing whatever. There will probably be some small unpleasantness. Do not join in it. It will end in my being conveyed into the house. Four or five minutes afterwards the sitting-room window will open. You are to station yourself close to that open window.'

'Yes.'

'You are to watch me, for I will be visible to you.'

'Yes.'

'And when I raise my hand–so–you will throw into the room what I give you to throw, and will, at the same time, raise the cry of fire. You quite follow me?'

'Entirely.'

'It is nothing very formidable,' he said, taking a long cigar-shaped roll from his pocket. 'It is an ordinary plumber's smoke-rocket, fitted with a cap at either end to make it self-lighting. Your task is confined to that. When you raise your cry of fire, it will be taken up by quite a number of people. You may then walk to the end of the street, and I will rejoin you in ten minutes. I hope that I have made myself clear?'

'I am to remain neutral, to get near the window, to watch you, and at the signal to throw in this object, then to raise the cry of fire, and to wait you at the corner of the street.'

'Precisely.'

Irene, oder besser Madame, kommt um sieben von ihrer Ausfahrt zurück. Briony Lodge – wir müssen dort sein, um sie zu treffen.«

»Und was dann?«

»Das müssen Sie mir überlassen. Ich habe bereits alles arrangiert. Es gibt nur einen Punkt, auf den ich bestehen muss. Sie dürfen sich nicht einmischen, egal was geschieht. Haben Sie das verstanden?«

»Ich soll unbeteiligt bleiben?«

»Sie sollen gar nichts tun. Es wird vermutlich einige kleine Unerfreulichkeiten geben. Gehen Sie nicht dazwischen. Es wird damit enden, dass man mich ins Haus bringt. Vier oder fünf Minuten später wird sich das Wohnzimmerfenster öffnen. Sie werden sich dicht an diesem offenen Fenster postieren.«

»Ja.«

»Sie behalten mich im Auge, denn Sie werden mich sehen können.«

»Ja.«

»Und wenn ich meine Hand hebe – so –, werden Sie etwas, das ich Ihnen noch gebe, in den Raum werfen und dabei ›Feuer!‹ rufen. Sie können mir folgen?«

»Vollkommen.«

»Es ist nicht besonders gefährlich«, sagte er und zog eine lange zigarrenartige Walze aus der Tasche. »Eine gewöhnliche Rauchpatrone, wie Klempner sie benutzen, an den Enden je eine Kappe, um sie zu zünden. Genau das ist Ihre Aufgabe. Sobald Sie ›Feuer!‹ rufen, werden eine ganze Menge Leute in den Schrei einstimmen. Sie können dann zum Ende der Straße gehen, ich stoße zehn Minuten später zu Ihnen. Ich hoffe, ich habe mich klar ausgedrückt?«

»Ich soll unbeteiligt bleiben, dicht ans Fenster kommen, Sie im Auge behalten und auf Ihr Zeichen hin diesen Gegenstand in den Raum werfen, dann ›Feuer!‹ rufen und an der Straßenecke auf Sie warten.«

»Exakt.«

'Then you may entirely rely on me.'

'That is excellent. I think, perhaps, it is almost time that I prepare for the new *rôle* I have to play.'

He disappeared into his bedroom and returned in a few minutes in the character of an amiable and simple-minded Nonconformist clergyman. His broad black hat, his baggy trousers, his white tie, his sympathetic smile, and general look of peering and benevolent curiosity were such as Mr. John Hare alone could have equalled. It was not merely that Holmes changed his costume. His expression, his manner, his very soul seemed to vary with every fresh part that he assumed. The stage lost a fine actor, even as science lost an acute reasoner, when he became a specialist in crime.

It was a quarter past six when we left Baker Street, and it still wanted ten minutes to the hour when we found ourselves in Serpentine Avenue. It was already dusk, and the lamps were just being lighted as we paced up and down in front of Briony Lodge, waiting for the coming of its occupant. The house was just such as I had pictured it from Sherlock Holmes's succinct description, but the locality appeared to be less private than I expected. On the contrary, for a small street in a quiet neighbourhood, it was remarkably animated. There was a group of shabbily dressed men smoking and laughing in a corner, a scissors-grinder with his wheel, two guardsmen who were flirting with a nurse-girl, and several well-dressed young men who were lounging up and down with cigars in their mouths.

'You see,' remarked Holmes, as we paced to and fro in front of the house, 'this marriage rather simplifies matters. The photograph becomes a double-edged weapon now. The chances are that she would be as averse to its being seen by Mr. Godfrey Norton, as our client is to its

»Nun, Sie können sich ganz auf mich verlassen.«

»Ausgezeichnet. Ich glaube, es wird langsam Zeit, dass ich mich auf meine neue Rolle vorbereite.«

Er verschwand in seinem Schlafzimmer und kam nach wenigen Minuten als liebenswerter, einfältiger Nonkonformisten-Priester zurück. Den breiten schwarzen Hut, die ausgebeulten Hosen, die weiße Halsbinde, das sympathische Lächeln und den allgemeinen Ausdruck eifriger, gütiger Neugier hätte einzig Mr John Hare auf ähnliche Weise zur Schau tragen können. Holmes hatte nicht einfach seine Kleidung gewechselt. Sein Tonfall, seine Haltung, ja sein Wesen schien sich mit jeder neuen Rolle, in die er schlüpfte, zu verändern. Der Bühne ging ein glänzender Schauspieler und der Wissenschaft ein scharfer Denker verloren, als er zum Verbrechensexperten wurde.

Es war Viertel nach sechs, als wir die Baker Street verließen, und zehn Minuten vor sieben, als wir die Serpentine Avenue erreichten. Es dämmerte bereits, und die Straßenlampen wurden angezündet, während wir vor der Briony Lodge auf und ab gingen und auf die Ankunft der Bewohnerin warteten. Das Haus war genau so, wie ich es mir nach Sherlock Holmes' knapper Beschreibung vorgestellt hatte, doch die Gegend schien weniger abgeschieden zu sein als erwartet. Im Gegenteil, für eine kleine Straße in einem ruhigen Viertel war sie auffallend belebt. Ein paar schäbig gekleidete Männer rauchten und lachten an einer Ecke, ein Scherenschleifer hockte bei seinem Schleifstein, zwei Gardisten schäkerten mit einem Kindermädchen, und mehrere gut gekleidete Jünglinge schlenderten mit Zigarren in den Mundwinkeln die Straße auf und ab.

»Sie sehen«, bemerkte Holmes, als wir vor dem Haus hin und her gingen, »diese Heirat vereinfacht die Sache erheblich. Die Fotografie wird jetzt zum zweischneidigen Schwert. Möglicherweise ist die Lady ebenso dagegen, dass Mr Godfrey Norton das Bild sieht, wie unser Klient dagegen ist, dass seine Prinzessin es

coming to the eyes of his princess. Now the question is—Where are we to find the photograph?'

'Where, indeed?'

'It is most unlikely that she carries it about with her. It is cabinet size. Too large for easy concealment about a woman's dress. She knows that the King is capable of having her waylaid and searched. Two attempts of the sort have already been made. We may take it, then, that she does not carry it about with her.'

'Where, then?'

'Her banker or her lawyer. There is that double possibility. But I am inclined to think neither. Women are naturally secretive, and they like to do their own secreting. Why should she hand it over to anyone else? She could trust her own guardianship, but she could not tell what indirect or political influence might be brought to bear upon a business man. Besides, remember that she had resolved to use it within a few days. It must be where she can lay her hands upon it. It must be in her own house.'

'But it has twice been burgled.'

'Pshaw! They did not know how to look.'

'But how will you look?'

'I will not look.'

'What then?'

'I will get her to show me.'

'But she will refuse.'

'She will not be able to. But I hear the rumble of wheels. It is her carriage. Now carry out my orders to the letter.'

As he spoke the gleam of the side-lights of a carriage came round the curve of the avenue. It was a smart little landau which rattled up to the door of Briony Lodge. As it pulled up, one of the loafing men at the corner dashed forward to open the door in the hope of earning a cop-

zu Gesicht bekommt. Die Frage ist bloß: Wo finden wir die Fotografie?«

»Allerdings, wo?«

»Es ist höchst unwahrscheinlich, dass sie sie bei sich trägt. Das Format ist Kabinett. Zu groß, um einfach in den Kleidern einer Frau verborgen zu werden. Sie weiß, dass der König imstande ist, ihr auflauern und sie durchsuchen zu lassen. Zwei derartige Versuche hat es bereits gegeben. Gehen wir also davon aus, dass sie sie nicht bei sich trägt.«

»Wo ist das Bild dann?«

»Bei ihrem Bankier oder bei ihrem Anwalt. Diese zwei Möglichkeiten bestehen. Ich neige jedoch zu keiner von beiden. Frauen tun von Natur aus gern heimlich, und sie behalten ihre Geheimnisse für sich. Warum sollte sie es jemandem übergeben? Sich selbst kann sie trauen, aber woher weiß sie, ob auf einen Geschäftsmann nicht indirekter oder politischer Druck ausgeübt wird? Bedenken Sie auch, dass sie beschlossen hat, das Bild in wenigen Tagen zu verwenden. Es muss irgendwo in ihrer Reichweite sein. Es muss in ihrem Haus sein.«

»Aber dort ist zweimal eingebrochen worden.«

»Pah! Die wussten nicht, wie man sucht.«

»Und wie wollen Sie suchen?«

»Ich werde nicht suchen.«

»Was dann?«

»Ich werde sie dazu bringen, es mir zu zeigen.«

»Aber sie wird sich weigern.«

»Das wird sie nicht können. Aber ich höre das Rumpeln von Rädern. Das ist ihr Wagen. Führen Sie jetzt Wort für Wort meine Anweisungen aus.«

Noch während er sprach, erschienen die Seitenlampen einer Kutsche an der Biegung der Allee. Ein schmucker kleiner Landauer ratterte bis vor die Tür der Briony Lodge. Als er anhielt, stürzte einer der Eckensteher hinzu, um die Tür zu öffnen und sich ein Kupferstück zu verdienen, doch ein anderer Faulenzer,

per, but was elbowed away by another loafer, who had rushed up with the same intention. A fierce quarrel broke out, which was increased by the two guardsmen, who took sides with one of the loungers, and by the scissors-grinder, who was equally hot upon the other side. A blow was struck, and in an instant the lady, who had stepped from her carriage, was the centre of a little knot of flushed and struggling men, who struck savagely at each other with their fists and sticks. Holmes dashed into the crowd to protect the lady; but just as he reached her he gave a cry and dropped to the ground, with the blood running freely down his face. At his fall the guardsmen took to their heels in one direction and the loungers in the other, while a number of better-dressed people, who had watched the scuffle without taking part in it, crowded in to help the lady and to attend to the injured man. Irene Adler, as I will still call her, had hurried up the steps; but she stood at the top with her superb figure outlined against the lights of the hall, looking back into the street.

'Is the poor gentleman much hurt?' she asked.

'He is dead,' cried several voices.

'No, no, there's life in him!' shouted another. 'But he'll be gone before you can get him to hospital.'

'He's a brave fellow,' said a woman. 'They would have had the lady's purse and watch if it hadn't been for him. They were a gang, and a rough one, too. Ah, he's breathing now.'

'He can't lie in the street. May we bring him in, marm?'

'Surely. Bring him into the sitting-room. There is a comfortable sofa. This way, please!'

Slowly and solemnly he was borne into Briony Lodge and laid out in the principal room, while I still observed the proceedings from my post by the window. The lamps

der in gleicher Absicht herangerauscht war, stieß ihn beiseite. Ein heftiger Streit entbrannte, der noch geschürt wurde von den beiden Gardisten, die sich auf die Seite des einen Bummlers schlugen, und dem Scherenschleifer, der sich ebenso hitzig auf die des anderen stellte. Ein Schlag folgte, und unversehens fand sich die Lady, die aus der Kutsche gestiegen war, inmitten eines Knäuels rotgesichtiger, kämpfender Männer wieder, die mit Fäusten und Stöcken wüst aufeinander einschlugen. Holmes drängte sich ins Gewühl, um die Lady zu schützen; doch just als er sie erreichte, stieß er einen Schrei aus und ging zu Boden, das Gesicht blutüberströmt. Bei seinem Sturz gaben die Gardisten in die eine, die Bummler in die andere Richtung Fersengeld, während eine Anzahl besser gekleideter Leute, die der Rangelei unbeteiligt zugesehen hatten, sich herandrängte, um der Lady zu helfen und den Verletzten zu versorgen. Irene Adler, wie ich sie weiter nennen will, eilte die Stufen hinauf; oben jedoch blieb sie stehen, ihre herrliche Gestalt umrissen von den Lichtern der Diele, und blickte zurück zur Straße.

»Ist der arme Gentleman arg verletzt?«, fragte sie.

»Er ist tot«, riefen mehrere Stimmen.

»Nein, nein, noch nicht ganz!«, schrie eine andere. »Aber er wird sterben, bevor ihn jemand ins Hospital bringen kann.«

»Er ist ein mutiger Kerl«, sagte eine Frau. »Wäre er nicht gewesen, sie hätten der Lady Tasche und Uhr abgenommen. Das war eine Bande, und eine grobe noch dazu. Ah, er atmet wieder.«

»Er kann nicht hier auf der Straße liegen. Dürfen wir ihn reinbringen, Ma'm?«

»Natürlich. Bringen Sie ihn ins Wohnzimmer. Da steht ein bequemes Sofa. Hier entlang, bitte!«

Langsam und feierlich wurde er in die Briony Lodge getragen und im großen Zimmer niedergelegt, während ich die Vorgänge weiter von meinem Posten beim Fenster aus beobachtete.

had been lit, but the blinds had not been drawn, so that I could see Holmes as he lay upon the couch. I do not know whether he was seized with compunction at that moment for the part he was playing, but I know that I never felt more heartily ashamed of myself in my life than when I saw the beautiful creature against whom I was conspiring, or the grace and kindliness with which she waited upon the injured man. And yet it would be the blackest treachery to Holmes to draw back now from the part which he had intrusted to me. I hardened my heart, and took the smoke-rocket from under my ulster. After all, I thought, we are not injuring her. We are but preventing her from injuring another.

Holmes had sat up upon the couch, and I saw him motion like a man who is in need of air. A maid rushed across and threw open the window. At the same instant I saw him raise his hand, and at the signal I tossed my rocket into the room with a cry of 'Fire!' The word was no sooner out of my mouth than the whole crowd of spectators, well dressed and ill–gentlemen, ostlers, and servant-maids–joined in a general shriek of 'Fire!' Thick clouds of smoke curled through the room and out at the open window. I caught a glimpse of rushing figures, and a moment later the voice of Holmes from within assuring them that it was a false alarm. Slipping through the shouting crowd I made my way to the corner of the street, and in ten minutes was rejoiced to find my friend's arm in mine, and to get away from the scene of uproar. He walked swiftly and in silence for some few minutes until we had turned down one of the quiet streets which lead towards the Edgware Road.

'You did it very nicely, Doctor,' he remarked. 'Nothing could have been better. It is all right.'

'You have the photograph?'

Man hatte die Lampen angezündet, die Vorhänge jedoch nicht zugezogen, sodass ich Holmes auf der Couch liegen sehen konnte. Ich weiß nicht, ob er in jenem Moment Skrupel empfand wegen der Rolle, die er spielte, aber ich weiß, dass ich mich in meinem ganzen Leben nie so sehr geschämt habe wie damals, als ich das bezaubernde Wesen sah, gegen das ich konspirierte, und die Anmut und Güte, mit der sie sich um den Verletzten kümmerte. Und doch, es wäre der finsterste Verrat an Holmes gewesen, mich nun aus der mir anvertrauten Rolle fortzustehlen. Ich wappnete mein Herz und holte die Rauchpatrone unter meinem Ulster hervor. Wenigstens, dachte ich, schaden wir ihr nicht. Wir hindern sie nur daran, einem anderen zu schaden.

Holmes hatte sich auf der Couch aufgerichtet, und ich sah ihn sich gebärden wie jemand, der Atemnot hat. Ein Mädchen stürzte zum Fenster und riss es auf. Im selben Augenblick sah ich, wie er die Hand hob, und auf das Signal hin warf ich mit dem Schrei »Feuer!« meine Patrone ins Zimmer. Das Wort war kaum über meine Lippen, da begannen schon sämtliche Zuschauer, gut wie schlecht gekleidete – Gentlemen, Stallknechte, Dienstmädchen –, wie aus einem Mund »Feuer!« zu schreien. Dicke Rauchwolken quollen durch den Raum und zum Fenster hinaus. Undeutlich sah ich gehetzte Gestalten, und kurz darauf hörte ich drinnen Holmes' Stimme versichern, es sei falscher Alarm. Ich schlüpfte durch die schreiende Menge, schaffte es bis zur Straßenecke und war hocherfreut, als ich zehn Minuten später den Arm meines Freundes in dem meinen fühlte und wir uns vom Schauplatz des Aufruhrs entfernten. Für einige Minuten ging er zügig und schwieg, bis wir in eine der ruhigen Straßen abgebogen waren, die zur Edgware Road führen.

»Sehr gut gemacht, Doktor«, bemerkte er. »Es hätte nicht besser sein können. Alles ist in Ordnung.«

»Sie haben die Fotografie?«

'I know where it is.'

'And how did you find out?'

'She showed me, as I told you she would.'

'I am still in the dark.'

'I do not wish to make a mystery,' said he, laughing. 'The matter was perfectly simple. You, of course, saw that everyone in the street was an accomplice. They were all engaged for the evening.'

'I guessed as much.'

'Then, when the row broke out, I had a little moist red paint in the palm of my hand. I rushed forward, fell down, clapped my hand to my face, and became a piteous spectacle. It is an old trick.'

'That also I could fathom.'

'Then they carried me in. She was bound to have me in. What else could she do? And into her sitting-room, which was the very room which I suspected. It lay between that and her bedroom, and I was determined to see which. They laid me on a couch, I motioned for air, they were compelled to open the window, and you had your chance.'

'How did that help you?'

'It was all-important. When a woman thinks that her house is on fire, her instinct is at once to rush to the thing which she values most. It is a perfectly overpowering impulse, and I have more than once taken advantage of it. In the case of the Darlington Substitution Scandal it was of use to me, and also in the Arnsworth Castle business. A married woman grabs at her baby—an unmarried one reaches for her jewel-box. Now it was clear to me that our lady of to-day had nothing in the house more precious to her than what we are in quest of. She would rush to secure it. The alarm of fire was admirably done. The smoke and shouting were enough to shake nerves of

»Ich weiß, wo sie ist.«

»Und wie haben Sie das herausgefunden?«

»Sie hat es mir gezeigt, wie ich es Ihnen sagte.«

»Ich tappe weiter im Dunkeln.«

»Ich will kein Geheimnis daraus machen«, sagte er lachend. »Die Sache war ganz einfach. Sie haben natürlich begriffen, dass alle auf der Straße Komplizen waren. Sie wurden eigens für diesen Abend engagiert.«

»So viel dachte ich mir.«

»Nun, als das Gerangel begann, hatte ich ein wenig feuchte rote Farbe in der Handfläche. Ich stürmte los, fiel, schlug mir die Hand vors Gesicht und bot einen mitleiderregenden Anblick. Das ist ein alter Trick.«

»Auch das konnte ich mir noch denken.«

»Dann trug man mich hinein. Sie musste mich einfach hineinlassen. Was sonst hätte sie tun können? Noch dazu in ihr Wohnzimmer, genau der Raum, den ich im Visier hatte. Möglich war noch ihr Schlafzimmer, und ich war entschlossen herauszufinden, welches es war. Sie legten mich auf eine Couch, ich rang nach Luft, sie mussten das Fenster öffnen, und dann kam Ihr Part.«

»Und das hat Ihnen geholfen?«

»Das war das Allerwichtigste. Wenn eine Frau glaubt, ihr Haus stehe in Flammen, eilt sie instinktiv sofort zu dem Gegenstand, den sie am meisten schätzt. Der Impuls ist absolut unwiderstehlich, und ich habe mehr als einmal davon profitiert. Er war mir schon im Fall des Austausch-Skandals in Darlington von Nutzen, und ebenso in der Sache Arnsworth Castle. Eine verheiratete Frau ergreift ihr Baby – eine unverheiratete langt nach ihrem Schmuckkästchen. Nun, mir war klar, dass unsere Lady heute nichts Wertvolleres im Haus hatte als das, was wir suchen. Sie würde es also eilends in Sicherheit bringen. Der Feueralarm war ausgezeichnet gemacht. Rauch und Geschrei reichten aus, um Nerven aus Stahl zu erschüttern. Sie reagierte wunderbar.

steel. She responded beautifully. The photograph is in a recess behind a sliding panel just above the right bell-pull. She was there in an instant, and I caught a glimpse of it as she half-drew it out. When I cried out that it was a false alarm, she replaced it, glanced at the rocket, rushed from the room, and I have not seen her since. I rose, and, making my excuses, escaped from the house. I hesitated whether to attempt to secure the photograph at once; but the coachman had come in, and as he was watching me narrowly it seemed safer to wait. A little over-precipitance may ruin all.'

'And now?' I asked.

'Our quest is practically finished. I shall call with the King to-morrow, and with you, if you care to come with us. We will be shown into the sitting-room to wait for the lady, but it is probable that when she comes she may find neither us nor the photograph. It might be a satisfaction to his Majesty to regain it with his own hands.'

'And when will you call?'

'At eight in the morning. She will not be up, so that we shall have a clear field. Besides, we must be prompt, for this marriage may mean a complete change in her life and habits. I must wire to the King without delay.'

We had reached Baker Street and had stopped at the door. He was searching his pockets for the key when someone passing said:

'Good-night, Mister Sherlock Holmes.'

There were several people on the pavement at the time, but the greeting appeared to come from a slim youth in an ulster who had hurried by.

'I've heard that voice before,' said Holmes, staring down the dimly lit street. 'Now, I wonder who the deuce that could have been.'

Die Fotografie befindet sich in einer Nische hinter einem Klapppaneel, direkt über dem rechten Klingelzug. Augenblicklich stand sie davor, und ich konnte das Bild kurz sehen, als sie es halb herauszog. Bei meinem Ruf, es sei falscher Alarm, steckte sie es zurück, blickte kurz auf die Patrone und stürzte aus dem Zimmer; seither habe ich sie nicht gesehen. Ich stand auf, entschuldigte mich und verließ das Haus. Ich war unschlüssig, ob ich versuchen sollte, das Bild umgehend sicherzustellen; doch der Kutscher war hereingekommen, und da er mich nicht aus den Augen ließ, schien es besser, zu warten. Ein wenig Übereiltheit kann alles verderben.«

»Und jetzt?«, fragte ich.

»Unser Auftrag ist so gut wie erledigt. Morgen werde ich mit dem König dort vorsprechen, und mit Ihnen, falls Ihnen etwas daran liegt. Man wird uns ins Wohnzimmer führen, um auf die Lady zu warten, doch vermutlich wird sie dort weder uns noch die Fotografie finden, wenn sie kommt. Es dürfte Seiner Majestät eine Genugtuung sein, das Bild eigenhändig wiederzubeschaffen.«

»Und wann werden Sie dort vorsprechen?«

»Um acht Uhr morgens. Sie wird noch nicht auf sein, wir sollten also leichtes Spiel haben. Allerdings müssen wir pünktlich sein, denn diese Heirat könnte ihr Leben und ihre Gewohnheiten völlig verändern. Ich muss unverzüglich dem König drahten.«

Wir hatten die Baker Street erreicht und standen vor der Tür. Er suchte gerade in seinen Taschen nach dem Schlüssel, als jemand vorbeiging und sagte:

»Gute Nacht, Mister Sherlock Holmes.«

Es waren mehrere Leute auf dem Gehweg, doch der Gruß schien von einem schlanken Jüngling in einem Ulster zu kommen, der vorübergeeilt war.

»Die Stimme habe ich schon einmal gehört«, sagte Holmes und starrte die trüb erleuchtete Straße hinab. »Ich frage mich, wer zum Teufel das war.«

## III

I slept at Baker Street that night, and we were engaged upon our toast and coffee in the morning when the King of Bohemia rushed into the room.

'You have really got it!' he cried, grasping Sherlock Holmes by either shoulder and looking eagerly into his face.

'Not yet.'

'But you have hopes?'

'I have hopes.'

'Then, come. I am all impatience to be gone.'

'We must have a cab.'

'No, my brougham is waiting.'

'Then that will simplify matters.'

We descended and started off once more for Briony Lodge.

'Irene Adler is married,' remarked Holmes.

'Married! When?'

'Yesterday.'

'But to whom?'

'To an English lawyer named Norton.'

'But she could not love him.'

'I am in hopes that she does.'

'And why in hopes?'

'Because it would spare your Majesty all fear of future annoyance. If the lady loves her husband, she does not love your Majesty. If she does not love your Majesty, there is no reason why she should interfere with your Majesty's plan.'

'It is true. And yet–! Well! I wish she had been of my own station! What a queen she would have made!' He relapsed into a moody silence, which was not broken until we drew up in Serpentine Avenue.

## III

Ich schlief diese Nacht in der Baker Street, und wir saßen am nächsten Morgen gerade bei Toast und Kaffee, als der König von Böhmen ins Zimmer stürmte.

»Sie haben es wirklich!«, rief er, packte Sherlock Holmes bei den Schultern und sah ihm gespannt ins Gesicht.

»Noch nicht.«

»Aber Sie haben Hoffnung?«

»Ich habe Hoffnung.«

»Dann kommen Sie. Ich kann es kaum erwarten.«

»Wir brauchen eine Droschke.«

»Nein, mein Brougham wartet.«

»Nun, das vereinfacht die Sache.«

Wir gingen hinunter und machten uns abermals auf zur Briony Lodge.

»Irene Adler ist verheiratet«, bemerkte Holmes.

»Verheiratet! Seit wann?«

»Seit gestern.«

»Aber mit wem?«

»Mit einem englischen Anwalt namens Norton.«

»Aber sie kann ihn nicht lieben.«

»Ich hoffe doch sehr, dass sie das tut.«

»Und warum hoffen Sie das?«

»Weil das Eurer Majestät alle Furcht vor künftiger Behelligung ersparen würde. Wenn die Lady ihren Gatten liebt, dann liebt sie Eure Majestät nicht. Und wenn sie Eure Majestät nicht liebt, gibt es keinen Grund, weshalb sie Eurer Majestät Pläne durchkreuzen sollte.«

»Das ist wahr. Und dennoch …! Ach! Wären wir nur von gleichem Stand gewesen! Welch eine Königin hätte sie abgegeben!« Er fiel in ein bedrücktes Schweigen, das er nicht brach, bis wir in der Serpentine Avenue vorfuhren.

The door of Briony Lodge was open, and an elderly woman stood upon the steps. She watched us with a sardonic eye as we stepped from the brougham.

'Mr. Sherlock Holmes, I believe?' said she.

'I am Mr. Holmes,' answered my companion, looking at her with a questioning and rather startled gaze.

'Indeed! My mistress told me that you were likely to call. She left this morning with her husband by the 5:15 train from Charing Cross for the Continent.'

'What!' Sherlock Holmes staggered back, white with chagrin and surprise. 'Do you mean that she has left England?'

'Never to return.'

'And the papers?' asked the King hoarsely. 'All is lost.'

'We shall see.' He pushed past the servant and rushed into the drawing-room, followed by the King and myself. The furniture was scattered about in every direction, with dismantled shelves and open drawers, as if the lady had hurriedly ransacked them before her flight. Holmes rushed at the bell-pull, tore back a small sliding shutter, and, plunging in his hand, pulled out a photograph and a letter. The photograph was of Irene Adler herself in evening dress, the letter was superscribed to 'Sherlock Holmes, Esq. To be left till called for.' My friend tore it open, and we all three read it together. It was dated at midnight of the preceding night and ran in this way:

> MY DEAR MR. SHERLOCK HOLMES—
> You really did it very well. You took me in completely. Until after the alarm of fire, I had not a suspicion. But then, when I found how I had betrayed myself, I began to think. I had been warned against you months ago. I had been told that if the King

Die Tür der Briony Lodge war geöffnet, und eine ältere Frau stand auf den Stufen. Als wir aus dem Brougham stiegen, betrachtete sie uns mit hämischem Blick.

»Mr Sherlock Holmes, nehme ich an?«, sagte sie.

»Ich bin Mr Holmes«, antwortete mein Gefährte und starrte sie fragend und ziemlich entgeistert an.

»Wirklich! Meine Herrin sagte mir, Sie würden vermutlich vorbeikommen. Sie ist heute Morgen mit ihrem Gatten abgereist, mit dem Zug um 5 Uhr 15 ab Charing Cross Richtung Kontinent.«

»Was?« Sherlock Holmes taumelte zurück, bleich vor Verblüffung und Ärger. »Sie meinen, sie hat England verlassen?«

»Und kommt nie wieder zurück.«

»Und die Papiere?«, fragte der König heiser. »Es ist alles verloren.«

»Wir werden sehen.« Holmes schob sich an der Dienerin vorbei und hastete in den Salon, gefolgt vom König und mir. Die Möbel standen überall durcheinander, mit leeren Regalen und offenen Schubladen, als ob die Lady sie vor ihrer Flucht in aller Eile geplündert hätte. Holmes stürzte zum Klingelzug, riss eine kleine Klappe auf, steckte die Hand hinein und zog eine Fotografie und einen Umschlag hervor. Die Fotografie zeigte Irene Adler im Abendkleid, der Umschlag trug die Aufschrift »Herrn Sherlock Holmes. Zur persönlichen Abholung«. Mein Freund riss ihn auf, und wir lasen den Brief alle drei gemeinsam. Er war auf Mitternacht der vergangenen Nacht datiert und lautete wie folgt:

> Mein lieber Mr Sherlock Holmes,
> Sie waren wirklich sehr gut. Sie hatten mich schon hinters Licht geführt. Bis nach dem Feueralarm hegte ich keinen Verdacht. Dann aber, als ich merkte, dass ich mich verraten hatte, begann ich nachzudenken. Ich war bereits vor Monaten vor Ihnen gewarnt worden. Man

employed an agent it would certainly be you. And your address had been given me. Yet, with all this, you made me reveal what you wanted to know. Even after I became suspicious, I found it hard to think evil of such a dear, kind old clergyman. But, you know, I have been trained as an actress myself. Male costume is nothing new to me. I often take advantage of the freedom which it gives. I sent John, the coachman, to watch you, ran upstairs, got into my walking-clothes, as I call them, and came down just as you departed.

Well, I followed you to your door, and so made sure that I was really an object of interest to the celebrated Mr. Sherlock Holmes. Then I, rather imprudently, wished you good-night, and started for the Temple to see my husband.

We both thought the best resource was flight, when pursued by so formidable an antagonist; so you will find the nest empty when you call to-morrow. As to the photograph, your client may rest in peace. I love and am loved by a better man than he. The King may do what he will without hindrance from one whom he has cruelly wronged. I keep it only to safeguard myself, and to preserve a weapon which will always secure me from any steps which he might take in the future. I leave a photograph which he might care to possess; and I remain, dear Mr. Sherlock Holmes, very truly yours,

IRENE NORTON, née ADLER.

'What a woman—oh, what a woman!' cried the King of Bohemia, when we had all three read this epistle. 'Did I not tell you how quick and resolute she was? Would she

hatte mir gesagt, falls der König einen Agenten beauftragt, dann mit Sicherheit Sie. Und man hatte mir Ihre Adresse gegeben. Trotz alledem brachten Sie mich dazu, Ihnen zu enthüllen, was Sie wissen wollten. Selbst als ich Verdacht geschöpft hatte, fiel es mir schwer, von einem so lieben, netten alten Priester Schlechtes zu denken. Doch wissen Sie, auch ich bin eine ausgebildete Schauspielerin. Ein Männerkostüm ist mir nicht fremd. Ich profitiere oft von der Freiheit, die es verleiht. Ich schickte John, den Kutscher, um auf Sie aufzupassen, lief nach oben, schlüpfte in meine Spazierkleider, wie ich sie nenne, und kam hinunter, als Sie eben fortgingen.

Dann folgte ich Ihnen bis vor Ihre Tür und versicherte mich, dass ich tatsächlich Gegenstand des Interesses des gefeierten Mr Sherlock Holmes war. Dann, reichlich unüberlegt, wünschte ich Ihnen eine gute Nacht und begab mich zum Temple, um meinen Mann aufzusuchen. Wir beide dachten, wenn man von einem so formidablen Gegner verfolgt wird, ist Flucht wohl das Beste; Sie werden das Nest also leer finden, wenn Sie morgen vorbeikommen. Was die Fotografie angeht, so kann Ihr Klient ruhig schlafen. Mich liebt ein Besserer als er, und ich liebe ihn. Der König mag tun, was er will, ohne gehindert zu werden von einer, die er grausam betrogen hat. Ich behalte sie nur zu meinem Schutz und um eine Waffe zu haben, die mich stets gegen alle Schritte absichert, die er künftig unternehmen könnte. Ich hinterlasse eine Fotografie, die er vielleicht gern haben möchte; und ich verbleibe, lieber Mr Sherlock Holmes, ganz die Ihre

IRENE NORTON, vormals ADLER

»Welch eine Frau – oh, welch eine Frau!«, rief der König von Böhmen, als wir drei den Brief gelesen hatten. »Sagte ich Ihnen nicht, wie wach und entschlossen sie ist? Hätte sie nicht eine

not have made an admirable queen? Is it not a pity that she was not on my level?'

'From what I have seen of the lady she seems indeed to be on a very different level to your Majesty,' said Holmes coldly. 'I am sorry that I have not been able to bring your Majesty's business to a more successful conclusion.'

'On the contrary, my dear sir,' cried the King. 'Nothing could be more successful. I know that her word is inviolate. The photograph is now as safe as if it were in the fire.'

'I am glad to hear your Majesty say so.'

'I am immensely indebted to you. Pray tell me in what way I can reward you. This ring–' He slipped an emerald snake ring from his finger and held it out upon the palm of his hand.

'Your Majesty has something which I should value even more highly,' said Holmes.

'You have but to name it.'

'This photograph!'

The King stared at him in amazement.

'Irene's photograph!' he cried. 'Certainly, if you wish it.'

'I thank your Majesty. Then there is no more to be done in the matter. I have the honour to wish you a very good morning.' He bowed, and, turning away without observing the hand which the King had stretched out to him, he set off in my company for his chambers.

And that was how a great scandal threatened to affect the kingdom of Bohemia, and how the best plans of Mr. Sherlock Holmes were beaten by a woman's wit. He used to make merry over the cleverness of women, but I have not heard him do it of late. And when he speaks of Irene Adler, or when he refers to her photograph, it is always under the honourable title of *the* woman.

prächtige Königin abgegeben? Ist es nicht ein Jammer, dass sie nicht von meinem Schlag war?«

»Nach allem, was ich von der Lady gesehen habe, scheint sie tatsächlich von einem ganz anderen Schlag zu sein als Eure Majestät«, sagte Holmes kalt. »Ich bedaure, dass ich es nicht geschafft habe, die Angelegenheit Eurer Majestät zu einem erfolgreicheren Ende zu bringen.«

»Im Gegenteil, mein lieber Herr«, rief der König. »Kein Ende könnte erfolgreicher sein. Ich weiß, dass sie ihr Wort niemals bricht. Das Bild ist nun ebenso sicher, als wäre es verbrannt.«

»Ich freue mich, das von Eurer Majestät zu hören.«

»Ich stehe tief in Ihrer Schuld. Bitte sagen Sie mir, wie ich es Ihnen vergelten kann. Dieser Ring ...« Er streifte sich einen gewundenen Smaragdring vom Finger und legte ihn auf seine ausgestreckte Handfläche.

»Eure Majestät haben etwas, das ich für noch wertvoller halte«, sagte Holmes.

»Sagen Sie es.«

»Diese Fotografie!«

Der König starrte ihn voller Verwunderung an.

»Irenes Fotografie!«, rief er. »Sicher, wenn Sie es so möchten.«

»Ich danke Ihnen, Eure Majestät. Dann gibt es in dieser Sache nichts mehr zu tun. Ich habe die Ehre, Ihnen einen recht guten Morgen zu wünschen.« Er verbeugte sich, und ohne die Hand zu beachten, die der König ihm hinstreckte, wandte er sich ab und machte sich in meiner Begleitung auf zu seiner Wohnung.

So also hatte ein großer Skandal das Königreich Böhmen zu erschüttern gedroht, und so war der beste Plan eines Mr Sherlock Holmes von der Klugheit einer Frau durchkreuzt worden. Er pflegte sich oft über weibliche Schläue zu amüsieren, doch in letzter Zeit höre ich nichts dergleichen von ihm. Und wenn er von Irene Adler spricht oder ihre Fotografie erwähnt, dann stets unter dem ehrenvollen Titel *die* Frau.

# The Speckled Band

On glancing over my notes of the seventy odd cases in which I have during the last eight years studied the methods of my friend Sherlock Holmes, I find many tragic, some comic, a large number merely strange, but none commonplace; for, working as he did rather for the love of his art than for the acquirement of wealth, he refused to associate himself with any investigation which did not tend towards the unusual, and even the fantastic. Of all these varied cases, however, I cannot recall any which presented more singular features than that which was associated with the well-known Surrey family of the Roylotts of Stoke Moran. The events in question occurred in the early days of my association with Holmes, when we were sharing rooms as bachelors in Baker Street. It is possible that I might have placed them upon record before, but a promise of secrecy was made at the time, from which I have only been freed during the last month by the untimely death of the lady to whom the pledge was given. It is perhaps as well that the facts should now come to light, for I have reasons to know that there are widespread rumours as to the death of Dr. Grimesby Roylott which tend to make the matter even more terrible than the truth.

It was early in April in the year '83, that I woke one morning to find Sherlock Holmes standing, fully dressed, by the side of my bed. He was a late riser, as a rule, and as the clock on the mantelpiece showed me that it was only a quarter-past seven, I blinked up at him in some surprise, and perhaps just a little resentment, for I was myself regular in my habits.

# Das gesprenkelte Band

Überfliege ich meine Notizen zu den mehr als siebzig Fällen, bei denen ich während der letzten acht Jahre die Methoden meines Freundes Sherlock Holmes studiert habe, so finde ich viele tragische, ein paar komische, eine große Anzahl bloß seltsame, jedoch keinen gewöhnlichen darunter; da er nämlich eher aus Liebe zu seiner Kunst arbeitete, als um Reichtümer zu erwerben, lehnte er jede Art von Ermittlung ab, die nicht in den Bereich des Ungewöhnlichen oder sogar des Fantastischen fiel. Unter all diesen verschiedenen Fällen jedoch kann ich mich keines einzigen erinnern, der sonderbarere Züge getragen hätte als jener, der die wohlbekannte Familie der Roylotts aus Stoke Moran in Surrey betraf. Die besagten Ereignisse fielen in die frühe Zeit meiner Freundschaft zu Holmes, als wir uns eine Junggesellenwohnung in der Baker Street teilten. Ich hätte sie auch schon früher schriftlich festgehalten können, hätte ich damals nicht mein Wort gegeben zu schweigen, und davon hat mich im vergangenen Monat erst der frühe Tod jener Lady entbunden, der das Versprechen galt. Vielleicht ist es gut, dass die Fakten nun ans Licht kommen, denn ich weiß zuverlässig, dass über Dr. Grimesby Roylotts Tod Gerüchte im Umlauf sind, die die Sache noch schrecklicher machen als die Wahrheit selbst.

Anfang April des Jahres 1883 erwachte ich eines Morgens und sah Sherlock Holmes, fertig angekleidet, an meinem Bett stehen. In der Regel war er ein Langschläfer, und da die Uhr auf dem Kaminsims mir zeigte, dass es erst Viertel nach sieben war, blinzelte ich leicht überrascht zu ihm auf, vielleicht auch ein wenig ungehalten, denn ich selbst pflegte meinen Gewohnheiten treu zu bleiben.

'Very sorry to knock you up, Watson,' said he, 'but it's the common lot this morning. Mrs. Hudson has been knocked up, she retorted upon me, and I on you.'

'What is it, then? A fire?'

'No, a client. It seems that a young lady has arrived in a considerable state of excitement, who insists upon seeing me. She is waiting now in the sitting-room. Now, when young ladies wander about the metropolis at this hour of the morning, and knock sleepy people up out of their beds, I presume that it is something very pressing which they have to communicate. Should it prove to be an interesting case, you would, I am sure, wish to follow it from the outset. I thought, at any rate, that I should call you and give you the chance.'

'My dear fellow, I would not miss it for anything.'

I had no keener pleasure than in following Holmes in his professional investigations, and in admiring the rapid deductions, as swift as intuitions, and yet always founded on a logical basis, with which he unravelled the problems which were submitted to him. I rapidly threw on my clothes and was ready in a few minutes to accompany my friend down to the sitting-room. A lady dressed in black and heavily veiled, who had been sitting in the window, rose as we entered.

'Good morning, madam,' said Holmes cheerily. 'My name is Sherlock Holmes. This is my intimate friend and associate, Dr. Watson, before whom you can speak as freely as before myself. Ha! I am glad to see that Mrs. Hudson has had the good sense to light the fire. Pray draw up to it, and I shall order you a cup of hot coffee, for I observe that you are shivering.'

'It is not cold which makes me shiver,' said the woman in a low voice, changing her seat as requested.

'What, then?'

»Tut mir leid, Sie zu wecken, Watson«, sagte er, »aber heute Morgen trifft es uns alle. Mrs Hudson wurde geweckt, die gab es weiter an mich und ich nun an Sie.«

»Was gibt's denn? Ein Feuer?«

»Nein, eine Klientin. Wie es scheint, ist eine junge Lady in sehr erregtem Zustand hier eingetroffen, die darauf besteht, mich zu sprechen. Sie wartet im Wohnzimmer. Nun, wenn eine junge Dame zu solch früher Stunde durch London streift und schläfrige Menschen aus ihren Betten wirft, dann nehme ich an, dass sie etwas überaus Dringendes mitzuteilen hat. Sollte es sich als interessanter Fall erweisen, würden Sie doch dem Ganzen, da bin ich sicher, von Anfang an folgen wollen. Jedenfalls dachte ich, ich sollte Sie wecken und Ihnen die Chance dazu geben.«

»Lieber Freund, das lasse ich mir auf gar keinen Fall entgehen.«

Es gab für mich kein größeres Vergnügen, als Holmes bei seinen beruflichen Ermittlungen zu folgen und jene raschen Schlüsse, unvermittelt wie Intuitionen und doch immer logisch begründet, zu bewundern, mit denen er die Rätsel löste, die man ihm vorlegte. Ich warf mir schnell meine Kleider über und war wenige Minuten später bereit, meinen Freund hinunter ins Wohnzimmer zu begleiten. Eine Lady, schwarz gekleidet und dicht verschleiert, die am Fenster gesessen hatte, erhob sich, als wir eintraten.

»Guten Morgen, Madam«, sagte Holmes fröhlich. »Mein Name ist Sherlock Holmes. Dies ist mein enger Freund und Mitarbeiter, Dr. Watson, vor dem Sie so offen sprechen können wie vor mir. Ah! Gut zu sehen, dass Mrs Hudson so vernünftig war, den Kamin anzumachen. Bitte setzen Sie sich doch davor, und ich lasse eine Tasse heißen Kaffee für Sie bringen, denn ich sehe, Sie zittern.«

»Es ist nicht die Kälte, die mich zittern lässt«, sagte die Frau mit leiser Stimme, während sie im angebotenen Sessel Platz nahm.

»Was dann?«

'It is fear, Mr. Holmes. It is terror.' She raised her veil as she spoke, and we could see that she was indeed in a pitiable state of agitation, her face all drawn and gray, with restless, frightened eyes, like those of some hunted animal. Her features and figure were those of a woman of thirty, but her hair was shot with premature gray, and her expression was weary and haggard. Sherlock Holmes ran her over with one of his quick, all-comprehensive glances.

'You must not fear,' said he soothingly, bending forward and patting her forearm. 'We shall soon set matters right, I have no doubt. You have come in by train this morning, I see.'

'You know me, then?'

'No, but I observe the second half of a return ticket in the palm of your left glove. You must have started early, and yet you had a good drive in a dog-cart, along heavy roads, before you reached the station.'

The lady gave a violent start and stared in bewilderment at my companion.

'There is no mystery, my dear madam,' said he, smiling. 'The left arm of your jacket is spattered with mud in no less than seven places. The marks are perfectly fresh. There is no vehicle save a dog-cart which throws up mud in that way, and then only when you sit on the left-hand side of the driver.'

'Whatever your reasons may be, you are perfectly correct,' said she. 'I started from home before six, reached Leatherhead at twenty past, and came in by the first train to Waterloo. Sir, I can stand this strain no longer, I shall go mad if it continues. I have no one to turn to—none, save only one, who cares for me, and he, poor fellow, can be of little aid. I have heard of you, Mr. Holmes; I have heard of you from Mrs. Farintosh, whom you helped in the hour

»Furcht, Mr Holmes. Panische Angst.« Bei diesen Worten hob sie ihren Schleier, und wir konnten sehen, dass sie sich tatsächlich in einem bedauernswerten Zustand der Erregung befand, ihr Gesicht farblos und angespannt, mit unruhigen, angstvollen Augen, ähnlich denen eines gehetzten Tiers. Ihre Züge und ihre Gestalt waren die einer dreißigjährigen Frau, doch ihr Haar war von vorzeitigem Grau durchsetzt, und sie wirkte erschöpft und abgezehrt. Sherlock Holmes musterte sie kurz mit einem seiner wachen, alles erfassenden Blicke.

»Sie brauchen keine Angst zu haben«, sagte er besänftigend, indem er sich vorbeugte und ihren Unterarm tätschelte. »Wir werden sicher bald alles in Ordnung bringen. Wie ich sehe, sind Sie heute früh mit dem Zug angekommen.«

»Kennen Sie mich denn?«

»Nein, aber ich sehe die zweite Hälfte einer Rückfahrkarte in der Innenfläche Ihres linken Handschuhs. Sie müssen früh aufgebrochen sein, denn es gab noch eine längere Fahrt in einem Dogcart, über schlechte Straßen, bevor Sie den Bahnhof erreichten.«

Die Lady zuckte heftig zusammen und starrte meinen Gefährten verblüfft an.

»Es ist kein Geheimnis, verehrte Dame«, sagte er lächelnd. »Der linke Ärmel Ihres Mantels ist an nicht weniger als sieben Stellen mit Lehm bespritzt. Die Flecken sind ganz frisch. Kein Gefährt außer einem Dogcart wirft in dieser Weise den Schlamm auf, und auch nur wenn man linkerhand neben dem Kutscher sitzt.«

»Wie immer Sie darauf gekommen sind, Sie haben vollkommen recht«, sagte sie. »Ich verließ vor sechs Uhr das Haus, war um zwanzig nach in Leatherhead und nahm den ersten Zug zur Waterloo Station. Sir, ich kann diese Anspannung nicht länger ertragen, ich werde davon noch wahnsinnig. Ich habe niemanden, an den ich mich wenden könnte – niemanden außer einem, aber dieser arme Kerl wird mir kaum helfen können. Ich habe von Ihnen gehört, Mr Holmes; von Mrs Farintosh, der Sie in der

of her sore need. It was from her that I had your address. Oh, sir, do you not think that you could help me, too, and at least throw a little light through the dense darkness which surrounds me? At present it is out of my power to reward you for your services, but in a month or two I shall be married, with the control of my own income, and then at least you shall not find me ungrateful.'

Holmes turned to his desk and, unlocking it, drew out a small casebook, which he consulted.

'Farintosh,' said he. 'Ah, yes, I recall the case; it was concerned with an opal tiara. I think it was before your time, Watson. I can only say, madam, that I shall be happy to devote the same care to your case as I did to that of your friend. As to reward, my profession is its own reward; but you are at liberty to defray whatever expenses I may be put to, at the time which suits you best. And now I beg that you will lay before us everything that may help us in forming an opinion upon the matter.'

'Alas!' replied our visitor, 'the very horror of my situation lies in the fact that my fears are so vague, and my suspicions depend so entirely upon small points, which might seem trivial to another, that even he to whom of all others I have a right to look for help and advice looks upon all that I tell him about it as the fancies of a nervous woman. He does not say so, but I can read it from his soothing answers and averted eyes. But I have heard, Mr. Holmes, that you can see deeply into the manifold wickedness of the human heart. You may advise me how to walk amid the dangers which encompass me.'

'I am all attention, madam.'

'My name is Helen Stoner, and I am living with my stepfather, who is the last survivor of one of the oldest Saxon families in England, the Roylotts of Stoke Moran, on the western border of Surrey.'

Stunde ihrer ärgsten Not beigestanden haben. Sie war es, die mir Ihre Adresse gab. Oh, Sir, meinen Sie nicht, Sie könnten auch mir helfen und zumindest ein bisschen Licht in die tiefe Finsternis bringen, die mich umhüllt? Ich bin gegenwärtig außerstande, Sie für Ihre Dienste zu entlohnen, aber in ein, zwei Monaten werde ich verheiratet sein und meine Einkünfte selbst verwalten, und spätestens dann werden Sie mich nicht undankbar finden.«

Holmes ging zu seinem Schreibtisch, schloss ihn auf, zog ein kleines Notizbuch hervor und blätterte darin.

»Farintosh«, sagte er. »Ah, ja, ich erinnere mich an den Fall; es ging um ein Opal-Diadem. Ich glaube, das war vor Ihrer Zeit, Watson. Ich kann nur sagen, Madam, es wird mir eine Freude sein, Ihrem Fall die gleiche Sorgfalt zu widmen wie dem Ihrer Freundin. Was den Lohn angeht, so ist mein Beruf Lohn genug; es steht Ihnen jedoch frei, mögliche Auslagen, die mir nötig scheinen, zu einem Ihnen genehmen Zeitpunkt zu erstatten. Und nun bitte ich Sie, uns alles darzulegen, was uns dabei helfen könnte, uns in dieser Sache ein Urteil zu bilden.«

»Ach!«, erwiderte unser Gast, »das eigentlich Schreckliche an meiner Lage ist, dass meine Ängste so vage sind und mein Argwohn so restlos von Kleinigkeiten abhängt, die einem andern vielleicht unwichtig scheinen, dass selbst er, bei dem vor allen anderen ich Hilfe und Rat suchen darf, alles, was ich erzähle, für die Hirngespinste einer nervösen Frau hält. Er sagt es nicht, aber ich kann es an seinen beschwichtigenden Worten und abgewandten Augen ablesen. Doch ich habe gehört, Mr Holmes, dass Sie tiefe Einsicht in die mannigfaltige Bosheit des menschlichen Herzens haben. Vielleicht können Sie mir raten, wie ich mich verhalten soll inmitten der Fährnisse, die mich umgeben.«

»Ich bin ganz Ohr, Madam.«

»Mein Name ist Helen Stoner, und ich wohne bei meinem Stiefvater, dem letzten Überlebenden einer der ältesten angelsächsischen Familien in England, der Roylotts aus Stoke Moran, an der Westgrenze von Surrey.«

Holmes nodded his head. 'The name is familiar to me,' said he.

'The family was at one time among the richest in England, and the estates extended over the borders into Berkshire in the north, and Hampshire in the west. In the last century, however, four successive heirs were of a dissolute and wasteful disposition, and the family ruin was eventually completed by a gambler in the days of the Regency. Nothing was left save a few acres of ground, and the two-hundred-year-old house, which is itself crushed under a heavy mortgage. The last squire dragged out his existence there, living the horrible life of an aristocratic pauper; but his only son, my stepfather, seeing that he must adapt himself to the new conditions, obtained an advance from a relative, which enabled him to take a medical degree, and went out to Calcutta, where, by his professional skill and his force of character, he established a large practice. In a fit of anger, however, caused by some robberies which had been perpetrated in the house, he beat his native butler to death and narrowly escaped a capital sentence. As it was, he suffered a long term of imprisonment and afterwards returned to England a morose and disappointed man.

'When Dr. Roylott was in India he married my mother, Mrs. Stoner, the young widow of Major-General Stoner, of the Bengal Artillery. My sister Julia and I were twins, and we were only two years old at the time of my mother's re-marriage. She had a considerable sum of money, not less than a thousand a year, and this she bequeathed to Dr. Roylott entirely while we resided with him, with a provision that a certain annual sum should be allowed to each of us in the event of our marriage. Shortly after our return to England my mother died–she was killed eight years ago in a railway accident near Crewe. Dr. Roylott

Holmes nickte. »Der Name ist mir geläufig«, sagte er.

»Die Familie gehörte einmal zu den reichsten in England, und die Besitzungen erstreckten sich über die Grenzen bis nach Berkshire im Norden und Hampshire im Westen. Im letzten Jahrhundert jedoch neigten vier Erben in Folge zu Zügellosigkeit und Verschwendungssucht, und zur Zeit der Regency sorgte ein Spieler schließlich für den Ruin der Familie. Nichts blieb außer einigen Morgen Land und dem zweihundert Jahre alten Haus, auf dem jedoch eine schwere Hypothek lastet. Dort fristete der letzte Squire sein Dasein und führte das schreckliche Leben eines verarmten Adligen; aber sein einziger Sohn, mein Stiefvater, erkannte, dass er sich den neuen Umständen anpassen musste, ließ sich von einem Verwandten einen Kredit geben, finanzierte sich damit sein Medizinstudium und ging anschließend nach Kalkutta, wo er dank seines beruflichen Könnens und seiner Charakterstärke eine ansehnliche Praxis aufbaute. In einem Anfall von Wut jedoch, ausgelöst durch einige Diebstähle, die in seinem Haus verübt worden waren, prügelte er seinen indischen Butler zu Tode und entging nur knapp einem Todesurteil. Er verbüßte stattdessen eine lange Haftstrafe und kehrte danach als mürrischer, enttäuschter Mann nach England zurück.

Als Dr. Roylott in Indien war, heiratete er meine Mutter, Mrs Stoner, die junge Witwe des Generalmajors Stoner von der Bengalischen Artillerie. Meine Schwester Julia und ich waren Zwillinge, und wir waren erst zwei Jahre alt, als meine Mutter wieder heiratete. Sie verfügte über ein beträchtliches Vermögen, nicht weniger als tausend Pfund im Jahr, und überschrieb es zur Gänze Dr. Roylott, solange wir bei ihm wohnten, unter der Bedingung, dass uns beiden im Fall unserer Heirat jährlich eine gewisse Summe zustehe. Kurz nach unserer Rückkehr nach England starb meine Mutter – sie kam vor acht Jahren bei einem Eisenbahnunglück in der Nähe von Crewe ums Leben. Daraufhin gab

then abandoned his attempts to establish himself in practice in London and took us to live with him in the old ancestral house at Stoke Moran. The money which my mother had left was enough for all our wants, and there seemed to be no obstacle to our happiness.

'But a terrible change came over our stepfather about this time. Instead of making friends and exchanging visits with our neighbours, who had at first been overjoyed to see a Roylott of Stoke Moran back in the old family seat, he shut himself up in his house and seldom came out save to indulge in ferocious quarrels with whoever might cross his path. Violence of temper approaching to mania has been hereditary in the men of the family, and in my stepfather's case it had, I believe, been intensified by his long residence in the tropics. A series of disgraceful brawls took place, two of which ended in the police-court, until at last he became the terror of the village, and the folks would fly at his approach, for he is a man of immense strength, and absolutely uncontrollable in his anger.

'Last week he hurled the local blacksmith over a parapet into a stream, and it was only by paying over all the money which I could gather together that I was able to avert another public exposure. He had no friends at all save the wandering gipsies, and he would give these vagabonds leave to encamp upon the few acres of bramble-covered land which represent the family estate, and would accept in return the hospitality of their tents, wandering away with them sometimes for weeks on end. He has a passion also for Indian animals, which are sent over to him by a correspondent, and he has at this moment a cheetah and a baboon, which wander freely over his grounds and are feared by the villagers almost as much as their master.

Dr. Roylott seine Bemühungen auf, in London eine Praxis zu gründen, und zog mit uns in den alten Stammsitz nach Stoke Moran. Das Geld, das meine Mutter hinterlassen hatte, reichte aus, um unsere Bedürfnisse zu befriedigen, und nichts schien unserem Glück im Wege zu stehen.

Doch von da an veränderte sich unser Stiefvater auf schreckliche Weise. Statt sich mit unseren Nachbarn, die zunächst überglücklich gewesen waren, wieder einen Roylott aus Stoke Moran im alten Familiensitz zu sehen, anzufreunden, sie zu besuchen und einzuladen, schloss er sich in seinem Haus ein und verließ es nur selten, meist um sich in wilden Streitereien zu ergehen mit jedem, der seinen Weg kreuzte. Ein hitziges Temperament bis hin zur Raserei war bei den Männern der Familie schon immer erblich gewesen, und im Fall meines Stiefvaters war es, denke ich, durch seinen langen Aufenthalt in den Tropen noch verschlimmert worden. Es gab eine Reihe niederträchtiger Raufereien, von denen zwei vor dem Polizeigericht endeten, bis er schließlich zum Schrecken des Dorfes wurde und die Leute vor ihm Reißaus nahmen, denn er ist ein Mann von ungeheurer Kraft und vollkommen unkontrollierbar in seinem Zorn.

Letzte Woche hat er den ortsansässigen Schmied über ein Geländer in den Fluss geworfen, und nur weil ich ihm alles Geld gab, das ich auftreiben konnte, war es möglich, eine weitere öffentliche Bloßstellung zu vermeiden. Er hat überhaupt keine Freunde außer den Zigeunern, und er gestattet diesen Vagabunden, auf den wenigen Morgen brombeerüberwuchertem Land zu kampieren, die den Grundbesitz der Familie darstellen, was er sich mit der Gastlichkeit ihrer Zelte vergelten lässt, indem er manchmal wochenlang mit ihnen auf Wanderschaft geht. Außerdem hat er eine Vorliebe für indische Tiere, die ihm ein alter Geschäftsfreund schickt, und zurzeit besitzt er einen Geparden und einen Pavian, die auf dem Besitz frei herumlaufen und von den Dörflern fast ebenso sehr gefürchtet werden wie ihr Herr.

'You can imagine from what I say that my poor sister Julia and I had no great pleasure in our lives. No servant would stay with us, and for a long time we did all the work of the house. She was but thirty at the time of her death, and yet her hair had already begun to whiten, even as mine has.'

'Your sister is dead, then?'

'She died just two years ago, and it is of her death that I wish to speak to you. You can understand that, living the life which I have described, we were little likely to see anyone of our own age and position. We had, however, an aunt, my mother's maiden sister, Miss Honoria Westphail, who lives near Harrow, and we were occasionally allowed to pay short visits at this lady's house. Julia went there at Christmas two years ago, and met there a half-pay major of marines, to whom she became engaged. My stepfather learned of the engagement when my sister returned, and offered no objection to the marriage; but within a fortnight of the day which had been fixed for the wedding, the terrible event occurred which has deprived me of my only companion.'

Sherlock Holmes had been leaning back in his chair with his eyes closed and his head sunk in a cushion, but he half opened his lids now and glanced across at his visitor.

'Pray be precise as to details,' said he.

'It is easy for me to be so, for every event of that dreadful time is seared into my memory. The manor-house is, as I have already said, very old, and only one wing is now inhabited. The bedrooms in this wing are on the ground floor, the sitting-rooms being in the central block of the buildings. Of these bedrooms the first is Dr. Roylott's, the second my sister's, and the third my own. There is no

Sie werden sich also denken können, dass meine arme Schwester Julia und ich an unserem Leben keine große Freude hatten. Kein Dienstbote wollte bei uns bleiben, und lange Zeit erledigten wir alle Hausarbeit selbst. Sie war erst dreißig, als sie starb, und doch hatte ihr Haar schon begonnen, weiß zu werden, gerade so wie meines.«

»Ihre Schwester ist also tot?«

»Sie starb vor genau zwei Jahren, und es ist ihr Tod, über den ich mit Ihnen sprechen möchte. Sie verstehen sicher, dass die Lebensumstände, die ich Ihnen beschrieben habe, es uns kaum erlaubten, jemandem unseres Alters und unserer Stellung zu begegnen. Es gibt jedoch eine Tante, die unverheiratete Schwester meiner Mutter, Miss Honoria Westphail, die in der Nähe von Harrow lebt, und gelegentlich durften wir sie für kurze Zeit in ihrem Haus besuchen. Weihnachten vor zwei Jahren fuhr Julia dorthin und lernte einen Marinemajor auf Halbsold kennen, mit dem sie sich verlobte. Mein Stiefvater erfuhr von dieser Verlobung, als meine Schwester zurückkam, und erhob keinen Einwand gegen die Heirat; aber etwa zwei Wochen vor dem Tag, der für die Hochzeit angesetzt war, ereignete sich der schreckliche Vorfall, der mich meiner einzigen Gefährtin beraubt hat.«

Sherlock Holmes hatte zurückgelehnt in seinem Sessel gesessen, die Augen geschlossen, den Kopf in ein Kissen versunken, doch nun hob er die Lider ein wenig und warf seinem Gast einen Blick zu.

»Bitte, schildern Sie jede Einzelheit«, sagte er.

»Das ist leicht, denn alle Ereignisse dieser furchtbaren Zeit haben sich mir unwiderruflich ins Gedächtnis gebrannt. Das Herrenhaus ist, wie schon gesagt, sehr alt, und heute ist nur noch ein Flügel bewohnt. Die Schlafzimmer dieses Flügels liegen im Erdgeschoss, die Wohnräume im Haupttrakt des Gebäudes. Das erste dieser Schlafzimmer bewohnt Dr. Roylott, das zweite war das meiner Schwester, das dritte ist mein eigenes. Es gibt zwi-

communication between them, but they all open out into the same corridor. Do I make myself plain?'

'Perfectly so.'

'The windows of the three rooms open out upon the lawn. That fatal night Dr. Roylott had gone to his room early, though we knew that he had not retired to rest, for my sister was troubled by the smell of the strong Indian cigars which it was his custom to smoke. She left her room, therefore, and came into mine, where she sat for some time, chatting about her approaching wedding. At eleven o'clock she rose to leave me, but she paused at the door and looked back.

'"Tell me, Helen," said she, "have you ever heard anyone whistle in the dead of the night?"

'"Never," said I.

'"I suppose that you could not possibly whistle yourself, in your sleep?"

'"Certainly not. But why?"

'"Because during the last few nights I have always, about three in the morning, heard a low, clear whistle. I am a light sleeper, and it has awakened me. I cannot tell where it came from—perhaps from the next room, perhaps from the lawn. I thought that I would just ask you whether you had heard it."

'"No, I have not. It must be those wretched gipsies in the plantation."

'"Very likely. And yet if it were on the lawn, I wonder that you did not hear it also."

'"Ah, but I sleep more heavily than you."

'"Well, it is of no great consequence, at any rate." She smiled back at me, closed my door, and a few moments later I heard her key turn in the lock.'

'Indeed,' said Holmes. 'Was it your custom always to lock yourselves in at night?'

schen ihnen keine Verbindung, aber sie führen alle auf denselben Korridor. Mache ich mich verständlich?«

»Vollkommen.«

»Die Fenster der drei Zimmer öffnen sich auf eine Rasenfläche. In jener unheilvollen Nacht war Dr. Roylott früh in sein Zimmer gegangen, aber wir wussten, dass er sich nicht zur Ruhe gelegt hatte, denn meine Schwester wurde durch den Geruch der starken indischen Zigarren gestört, die er gewöhnlich rauchte. Sie verließ also ihr Zimmer und kam zu mir, saß dort eine Weile und plauderte über ihre bevorstehende Hochzeit. Um elf Uhr stand sie auf, um zu gehen, doch an der Tür hielt sie inne und wandte sich um.

›Helen‹, sagte sie, ›hast du jemals mitten in der Nacht jemanden pfeifen hören?‹

›Nie‹, sagte ich.

›Ich nehme an, du kannst es selbst auf keinen Fall gewesen sein, vielleicht im Schlaf?‹

›Bestimmt nicht. Warum denn?‹

›Weil ich in den letzten Nächten, immer gegen drei Uhr früh, ein leises, deutliches Pfeifen gehört habe. Ich habe einen leichten Schlaf, und es hat mich geweckt. Ich weiß nicht, woher es kam – vielleicht aus dem Nebenzimmer, vielleicht vom Rasen. Ich dachte, ich frage dich einfach, ob du es gehört hast.‹

›Nein, habe ich nicht. Es sind sicher diese scheußlichen Zigeuner auf dem Grundstück.‹

›Wahrscheinlich. Aber wenn es vom Rasen kommt, wundert es mich, dass du es nicht auch gehört hast.‹

›Ach, ich schlafe einfach fester als du.‹

›Na, wie auch immer, es hat keine große Bedeutung.‹ Sie lächelte mich an, schloss meine Tür, und kurz darauf hörte ich, wie sie ihre Tür verriegelte.«

»Tatsächlich«, sagte Holmes. »Haben Sie beide sich immer über Nacht eingeschlossen?«

'Always.'

'And why?'

'I think that I mentioned to you that the doctor kept a cheetah and a baboon. We had no feeling of security unless our doors were locked.'

'Quite so. Pray proceed with your statement.'

'I could not sleep that night. A vague feeling of impending misfortune impressed me. My sister and I, you will recollect, were twins, and you know how subtle are the links which bind two souls which are so closely allied. It was a wild night. The wind was howling outside, and the rain was beating and splashing against the windows. Suddenly, amid all the hubbub of the gale, there burst forth the wild scream of a terrified woman. I knew that it was my sister's voice. I sprang from my bed, wrapped a shawl round me, and rushed into the corridor. As I opened my door I seemed to hear a low whistle, such as my sister described, and a few moments later a clanging sound, as if a mass of metal had fallen. As I ran down the passage, my sister's door was unlocked, and revolved slowly upon its hinges. I stared at it horror-stricken, not knowing what was about to issue from it. By the light of the corridor-lamp I saw my sister appear at the opening, her face blanched with terror, her hands groping for help, her whole figure swaying to and fro like that of a drunkard. I ran to her and threw my arms round her, but at that moment her knees seemed to give way and she fell to the ground. She writhed as one who is in terrible pain, and her limbs were dreadfully convulsed. At first I thought that she had not recognized me, but as I bent over her she suddenly shrieked out in a voice which I shall never forget, "Oh, my God! Helen! It was the band! The speckled band!" There was something else which she would fain have said, and she stabbed with

»Immer.«

»Und warum?«

»Ich glaube schon erwähnt zu haben, dass der Doktor einen Geparden und einen Pavian hält. Wir fühlten uns nicht sicher mit unverschlossenen Türen.«

»Verstehe. Bitte fahren Sie fort mit Ihrem Bericht.«

»Ich konnte nicht schlafen in dieser Nacht. Eine undeutliche Ahnung drohenden Unheils bedrückte mich. Wie Sie sich erinnern, waren meine Schwester und ich Zwillinge, und Sie wissen ja, wie fein gewoben die Bande zwischen zwei so eng verwandten Seelen sind. Es war eine wilde Nacht. Draußen heulte der Wind, und der Regen spritzte und trommelte gegen die Fenster. Plötzlich, mitten im Tosen des Sturms, hörte ich den panischen Schrei einer verängstigten Frau. Ich erkannte die Stimme meiner Schwester sofort. Ich sprang aus dem Bett, warf mir ein Tuch um die Schultern und stürzte hinaus auf den Flur. Als ich meine Tür öffnete, glaubte ich, ein leises Pfeifen zu hören, wie von meiner Schwester beschrieben, und kurz darauf ein Klirren, so als wäre ein Stück Metall zu Boden gefallen. Ich hastete noch durch den Gang, da wurde die Tür meiner Schwester entriegelt und bewegte sich langsam in den Angeln. Von Entsetzen gepackt starrte ich auf den Spalt, denn ich wusste ja nicht, was hervorkommen würde. Im Licht der Flurlampe sah ich meine Schwester in der Öffnung erscheinen, ihr Gesicht schreckensbleich, ihre Hände nach Hilfe tastend, ihr ganzer Körper schwankend wie der einer Betrunkenen. Ich lief zu ihr und schlang meine Arme um sie, aber in dem Moment gaben ihre Knie nach und sie fiel zu Boden. Sie wand sich wie unter furchtbaren Schmerzen, und ihre Glieder waren schrecklich verkrampft. Zuerst dachte ich, sie habe mich nicht erkannt, doch als ich mich über sie beugte, schrie sie plötzlich mit einer Stimme, die ich nie vergessen werde: ›O Gott! Helen! Es war das Band! Das gesprenkelte Band!‹ Da war noch etwas, das sie sagen wollte, sie stieß mit ihrem Finger in die Luft in Richtung

her finger into the air in the direction of the doctor's room, but a fresh convulsion seized her and choked her words. I rushed out, calling loudly for my stepfather, and I met him hastening from his room in his dressing-gown. When he reached my sister's side she was unconscious, and though he poured brandy down her throat and sent for medical aid from the village, all efforts were in vain, for she slowly sank and died without having recovered her consciousness. Such was the dreadful end of my beloved sister.'

'One moment,' said Holmes; 'are you sure about this whistle and metallic sound? Could you swear to it?'

'That was what the county coroner asked me at the inquiry. It is my strong impression that I heard it, and yet, among the crash of the gale and the creaking of an old house, I may possibly have been deceived.'

'Was your sister dressed?'

'No, she was in her night-dress. In her right hand was found the charred stump of a match, and in her left a match-box.'

'Showing that she had struck a light and looked about her when the alarm took place. That is important. And what conclusions did the coroner come to?'

'He investigated the case with great care, for Dr. Roylott's conduct had long been notorious in the county, but he was unable to find any satisfactory cause of death. My evidence showed that the door had been fastened upon the inner side, and the windows were blocked by old-fashioned shutters with broad iron bars, which were secured every night. The walls were carefully sounded and were shown to be quite solid all round, and the flooring was also thoroughly examined, with the same result. The chimney is wide, but is barred up by four large sta-

des Zimmers des Doktors, doch ein weiterer Krampf packte sie und erstickte ihre Worte. Ich stürzte davon und rief laut nach meinem Stiefvater, und er eilte mir im Morgenmantel aus seinem Zimmer entgegen. Als er sich neben meine Schwester kniete, war sie bewusstlos, und obwohl er ihr Brandy in die Kehle schüttete und nach ärztlicher Hilfe aus dem Dorf schickte, war alles vergebens, denn sie sank langsam dahin und starb, ohne noch einmal zu sich zu kommen. Das war das schreckliche Ende meiner geliebten Schwester.«

»Einen Augenblick«, sagte Holmes. »Sind Sie sich mit diesem Pfeifen und dem metallischen Geräusch ganz sicher? Würden Sie das beschwören?«

»Das hat mich der ermittelnde Coroner der Grafschaft auch gefragt. Ich bin mir ziemlich sicher, es gehört zu haben, aber bei dem Getöse des Sturms und dem Knarren des alten Hauses habe ich mich vielleicht auch getäuscht.«

»War Ihre Schwester angekleidet?«

»Nein, sie trug ihr Nachthemd. In ihrer rechten Hand fand man den verkohlten Rest eines Streichholzes und in der linken eine Streichholzschachtel.«

»Ein Hinweis, dass sie Licht gemacht und sich umgeschaut hat, als sie Alarm schlug. Das ist wichtig. Und zu welchen Schlüssen kam der Coroner?«

»Er untersuchte den Fall sehr sorgfältig, denn Dr. Roylotts Verhalten war in der Grafschaft längst berüchtigt, aber er konnte die Todesursache nicht zweifelsfrei feststellen. Meine Aussage hat bezeugt, dass die Tür von innen verriegelt und die Fenster von altmodischen Läden mit breiten Eisenstangen versperrt waren, die jeden Abend fest verschlossen wurden. Die Wände wurden sorgfältig abgeklopft und erwiesen sich als rundum solide, und auch der Fußboden wurde genau überprüft, mit dem gleichen Ergebnis. Der Kamin ist zwar breit, aber mit vier großen Krampen vergittert. Es ist also erwiesen, dass meine Schwester allein

ples. It is certain, therefore, that my sister was quite alone when she met her end. Besides, there were no marks of any violence upon her.'

'How about poison?'

'The doctors examined her for it, but without success.'

'What do you think that this unfortunate lady died of, then?'

'It is my belief that she died of pure fear and nervous shock, though what it was that frightened her I cannot imagine.'

'Were there gipsies in the plantation at the time?'

'Yes, there are nearly always some there.'

'Ah, and what did you gather from this allusion to a band–a speckled band?'

'Sometimes I have thought that it was merely the wild talk of delirium, sometimes that it may have referred to some band of people, perhaps to these very gipsies in the plantation. I do not know whether the spotted handkerchiefs which so many of them wear over their heads might have suggested the strange adjective which she used.'

Holmes shook his head like a man who is far from being satisfied.

'These are very deep waters,' said he; 'pray go on with your narrative.'

'Two years have passed since then, and my life has been until lately lonelier than ever. A month ago, however, a dear friend, whom I have known for many years, has done me the honour to ask my hand in marriage. His name is Armitage–Percy Armitage–the second son of Mr. Armitage, of Crane Water, near Reading. My stepfather has offered no opposition to the match, and we are to be married in the course of the spring. Two days ago some repairs were started in the west wing of the

war, als sie den Tod fand. Außerdem trug sie keinerlei Zeichen von Gewalteinwirkung.«

»Was ist mit Gift?«

»Die Ärzte haben sie darauf untersucht, jedoch ohne Erfolg.«

»Woran, glauben Sie, ist die unglückliche Lady dann gestorben?«

»Ich glaube, sie starb an blanker Angst und nervösem Schock, obwohl ich mir nicht vorstellen kann, was sie so sehr erschreckt haben soll.«

»Waren zu diesem Zeitpunkt Zigeuner auf dem Landgut?«

»Ja, es sind fast immer welche da.«

»Aha, und was halten Sie von dieser Anspielung auf ein Band – ein gesprenkeltes Band?«

»Manchmal denke ich, es war nur wirres Gerede im Delirium, und manchmal, dass es sich auf eine Bande von Leuten bezogen haben könnte, vielleicht auf eben jene Zigeuner auf dem Gut. Ich weiß nicht, ob die gefleckten Tücher, die viele von ihnen auf dem Kopf tragen, sie auf die Verwendung dieses seltsamen Adjektivs gebracht haben könnten.«

Holmes schüttelte den Kopf wie jemand, der noch lange nicht überzeugt ist.

»Das sind sehr tiefe Wasser«, sagte er. »Bitte erzählen Sie weiter.«

»Zwei Jahre sind seither vergangen, und bis vor Kurzem war mein Leben einsamer denn je. Vor einem Monat aber hat mir ein lieber Freund, den ich seit vielen Jahren kenne, die Ehre erwiesen, um meine Hand anzuhalten. Sein Name ist Armitage – Percy Armitage, zweiter Sohn von Mr Armitage aus Crane Water bei Reading. Mein Stiefvater hat keinen Einwand gegen die Verbindung erhoben, und im Lauf des Frühlings wollen wir heiraten. Vor zwei Tagen begannen einige Ausbesserungsarbeiten im Westflügel des Gebäudes, und die Wand meines Schlafzim-

building, and my bedroom wall has been pierced, so that I have had to move into the chamber in which my sister died, and to sleep in the very bed in which she slept. Imagine, then, my thrill of terror when last night, as I lay awake, thinking over her terrible fate, I suddenly heard in the silence of the night the low whistle which had been the herald of her own death. I sprang up and lit the lamp, but nothing was to be seen in the room. I was too shaken to go to bed again, however, so I dressed, and as soon as it was daylight I slipped down, got a dog-cart at the Crown Inn, which is opposite, and drove to Leatherhead, from whence I have come on this morning with the one object of seeing you and asking your advice.'

'You have done wisely,' said my friend. 'But have you told me all?'

'Yes, all.'

'Miss Roylott, you have not. You are screening your stepfather.'

'Why, what do you mean?'

For answer Holmes pushed back the frill of black lace which fringed the hand that lay upon our visitor's knee. Five little livid spots, the marks of four fingers and a thumb, were printed upon the white wrist.

'You have been cruelly used,' said Holmes.

The lady coloured deeply and covered over her injured wrist. 'He is a hard man,' she said, 'and perhaps he hardly knows his own strength.'

There was a long silence, during which Holmes leaned his chin upon his hands and stared into the crackling fire.

'This is a very deep business,' he said at last. 'There are a thousand details which I should desire to know before I decide upon our course of action. Yet we have not a

mers wurde aufgestemmt, sodass ich in den Raum ziehen musste, in dem meine Schwester starb, und in eben dem Bett schlafen musste, in dem auch sie geschlafen hat. Nun, stellen Sie sich das Grauen vor, das mich befiel, als ich letzte Nacht wach lag und über ihr schreckliches Los nachdachte und plötzlich in der nächtlichen Stille jenes leise Pfeifen hörte, den Vorboten ihres Todes. Ich sprang auf und machte Licht, aber im Zimmer war nichts zu sehen. Ich war jedoch viel zu erschüttert, um wieder ins Bett zu gehen, und so zog ich mich an, schlich bei Tagesanbruch hinaus, fand beim Crown Inn gegenüber einen Dogcart und fuhr nach Leatherhead, von wo aus ich heute früh hierhergekommen bin, mit dem einzigen Ziel, Sie zu treffen und persönlich um Rat zu bitten.«

»Das war klug von Ihnen«, sagte mein Freund. »Aber haben Sie mir wirklich alles erzählt?«

»Ja, alles.«

»Miss Roylott, das haben Sie nicht. Sie decken Ihren Stiefvater.«

»Wieso, was meinen Sie?«

Als Antwort schob Holmes die Manschette aus schwarzer Spitze zurück, die jene Hand umsäumte, die unser Gast auf ihr Knie gelegt hatte. Fünf kleine bläuliche Male, die Abdrücke von vier Fingern und einem Daumen, zeichneten sich auf dem weißen Handgelenk ab.

»Man hat Sie misshandelt«, sagte Holmes.

Die Lady errötete heftig und bedeckte ihr verletztes Gelenk. »Er ist ein kräftiger Mann«, sagte sie, »und vielleicht weiß er selbst kaum um seine Kraft.«

Ein langes Schweigen folgte, und Holmes hielt sein Kinn auf die Hände gestützt und starrte ins prasselnde Feuer.

»Das ist eine ziemlich vertrackte Sache«, sagte er schließlich. »Es gibt tausend Einzelheiten, die ich gern kennen würde, bevor ich über unser Vorgehen entscheide. Doch wir haben keine Zeit

moment to lose. If we were to come to Stoke Moran to-day, would it be possible for us to see over these rooms without the knowledge of your stepfather?'

'As it happens, he spoke of coming into town to-day upon some most important business. It is probable that he will be away all day, and that there would be nothing to disturb you. We have a housekeeper now, but she is old and foolish, and I could easily get her out of the way.'

'Excellent. You are not averse to this trip, Watson?'

'By no means.'

'Then we shall both come. What are you going to do yourself?'

'I have one or two things which I would wish to do now that I am in town. But I shall return by the twelve o'clock train, so as to be there in time for your coming.'

'And you may expect us early in the afternoon. I have myself some small business matters to attend to. Will you not wait and breakfast?'

'No, I must go. My heart is lightened already since I have confided my trouble to you. I shall look forward to seeing you again this afternoon.' She dropped her thick black veil over her face and glided from the room.

'And what do you think of it all, Watson?' asked Sherlock Holmes, leaning back in his chair.

'It seems to me to be a most dark and sinister business.'

'Dark enough and sinister enough.'

'Yet if the lady is correct in saying that the flooring and walls are sound, and that the door, window, and chimney are impassable, then her sister must have been undoubtedly alone when she met her mysterious end.'

'What becomes, then, of these nocturnal whistles, and what of the very peculiar words of the dying woman?'

zu verlieren. Wenn wir noch heute nach Stoke Moran kämen, wäre es dann möglich, ohne Wissen Ihres Stiefvaters diese Zimmer zu inspizieren?«

»Zufällig sprach er davon, heute wegen einiger überaus wichtiger Geschäfte in die Stadt fahren zu wollen. Vermutlich wird er den ganzen Tag fortbleiben, sodass nichts Sie stören würde. Wir haben jetzt eine Haushälterin, aber sie ist alt und dumm, und ich könnte sie leicht mit irgendetwas ablenken.«

»Ausgezeichnet. Sie sind diesem Ausflug nicht abgeneigt, Watson?«

»Ganz und gar nicht.«

»Dann werden wir beide kommen. Und Sie, was haben Sie vor?«

»Es gibt ein oder zwei Dinge, die ich gern erledigen würde, da ich schon in der Stadt bin. Ich werde aber mit dem Zwölf-Uhr-Zug zurückfahren, um dort zu sein, wenn Sie eintreffen.«

»Sie können uns am frühen Nachmittag erwarten. Auch ich habe noch ein paar kleine geschäftliche Dinge zu regeln. Möchten Sie nicht zum Frühstück bleiben?«

»Nein, ich muss gehen. Mein Herz ist jetzt leichter, nachdem ich Ihnen meinen Kummer anvertraut habe. Ich freue mich darauf, Sie heute Nachmittag wiederzusehen.« Sie ließ den dichten schwarzen Schleier vor ihr Gesicht fallen und schwebte aus dem Raum.

»Was halten Sie von dem Ganzen, Watson?«, fragte Sherlock Holmes und lehnte sich in seinem Sessel zurück.

»Das scheint mir eine ziemlich dunkle und sinistre Sache zu sein.«

»Reichlich dunkel und reichlich sinister.«

»Und falls die Lady recht hat damit, dass Wände und Boden solide und dass Tür, Fenster und Kamin unüberwindlich sind, dann muss ihre Schwester ohne jeden Zweifel allein gewesen sein, als sie ihr mysteriöses Ende fand.«

»Und was ist mit diesen nächtlichen Pfiffen und mit den überaus merkwürdigen Worten der sterbenden Frau?«

'I cannot think.'

'When you combine the ideas of whistles at night, the presence of a band of gipsies who are on intimate terms with this old doctor, the fact that we have every reason to believe that the doctor has an interest in preventing his stepdaughter's marriage, the dying allusion to a band, and, finally, the fact that Miss Helen Stoner heard a metallic clang, which might have been caused by one of those metal bars that secured the shutters falling back into its place, I think that there is good ground to think that the mystery may be cleared along those lines.'

'But what, then, did the gipsies do?'

'I cannot imagine.'

'I see many objections to any such theory.'

'And so do I. It is precisely for that reason that we are going to Stoke Moran this day. I want to see whether the objections are fatal, or if they may be explained away. But what in the name of the devil!'

The ejaculation had been drawn from my companion by the fact that our door had been suddenly dashed open, and that a huge man had framed himself in the aperture. His costume was a peculiar mixture of the professional and of the agricultural, having a black tophat, a long frock-coat, and a pair of high gaiters, with a hunting-crop swinging in his hand. So tall was he that his hat actually brushed the cross bar of the doorway, and his breadth seemed to span it across from side to side. A large face, seared with a thousand wrinkles, burned yellow with the sun, and marked with every evil passion, was turned from one to the other of us, while his deep-set, bile-shot eyes, and his high, thin, fleshless nose, gave him somewhat the resemblance to a fierce old bird of prey.

'Which of you is Holmes?' asked this apparition.

»Da bin ich ratlos.«

»Wenn man sämtliche Punkte verbindet, das nächtliche Pfeifen, die Anwesenheit einer Zigeunerbande, die mit dem alten Doktor auf vertrautem Fuß steht, den Umstand, dass wir allen Anlass haben zu glauben, der Doktor sei daran interessiert, die Heirat seiner Stieftochter zu verhindern, die Anspielung der Sterbenden auf ein Band und schließlich die Tatsache, dass Miss Helen Stoner ein metallisches Klirren hörte, vielleicht verursacht von einer dieser Stangen zur Sicherung der Läden, die zurück in ihre Halterung fiel, so haben wir, glaube ich, guten Grund anzunehmen, dass des Rätsels Lösung innerhalb dieses Rahmens liegt.«

»Aber welche Rolle spielten dabei die Zigeuner?«

»Ich habe keine Ahnung.«

»Ich sehe viele Einwände gegen eine solche Theorie.«

»Ich ebenso. Genau deshalb fahren wir heute nach Stoke Moran. Ich möchte herausfinden, ob diese Einwände stichhaltig sind oder sich zerstreuen lassen. Aber was in drei Teufels Namen …!«

Der Ausruf entfuhr meinem Gefährten, weil plötzlich unsere Tür aufgestoßen worden war und ein riesiger Mann sich im Rahmen aufgebaut hatte. Seine Kleidung war eine sonderbare Mischung aus Akademischem und Bäuerlichem, denn er trug einen schwarzen Zylinder, einen langen Gehrock und ein Paar hohe Gamaschen, während in seiner Hand eine Jagdpeitsche schwang. Er war so groß, dass sein Hut den oberen Türbalken streifte, und seine Schultern schienen so breit wie die Öffnung. Ein massiges Gesicht, von tausend Runzeln zerfurcht, von der Sonne vergilbt und von allen üblen Leidenschaften gezeichnet, blickte zwischen uns hin und her, wobei seine tief liegenden galligen Augen und die hohe, dünne, fleischlose Nase ihm eine gewisse Ähnlichkeit mit einem grimmigen alten Raubvogel verliehen.

»Wer von Ihnen ist Holmes?«, fragte diese Erscheinung.

'My name, sir; but you have the advantage of me,' said my companion quietly.

'I am Dr. Grimesby Roylott, of Stoke Moran.'

'Indeed, Doctor,' said Holmes blandly. 'Pray take a seat.'

'I will do nothing of the kind. My stepdaughter has been here. I have traced her. What has she been saying to you?'

'It is a little cold for the time of the year,' said Holmes.

'What has she been saying to you?' screamed the old man furiously.

'But I have heard that the crocuses promise well,' continued my companion imperturbably.

'Ha! You put me off, do you?' said our new visitor, taking a step forward and shaking his hunting-crop. 'I know you, you scoundrel! I have heard of you before. You are Holmes, the meddler.'

My friend smiled.

'Holmes the busybody!'

His smile broadened.

'Holmes, the Scotland Yard Jack-in-office!'

Holmes chuckled heartily. 'Your conversation is most entertaining,' said he. 'When you go out close the door, for there is a decided draught.'

'I will go when I have said my say. Don't you dare to meddle with my affairs. I know that Miss Stoner has been here–I traced her! I am a dangerous man to fall foul of! See here.' He stepped swiftly forward, seized the poker, and bent it into a curve with his huge brown hands.

'See that you keep yourself out of my grip,' he snarled, and hurling the twisted poker into the fireplace he strode out of the room.

'He seems a very amiable person,' said Holmes, laughing. 'I am not quite so bulky, but if he had

»Das bin ich, Sir; aber ich weiß nicht, wer Sie sind«, sagte mein Gefährte ruhig.

»Ich bin Dr. Grimesby Roylott von Stoke Moran.«

»Natürlich, Doktor«, sagte Holmes verbindlich. »Bitte nehmen Sie Platz.«

»Ich werde nichts dergleichen tun. Meine Stieftochter ist hier gewesen. Ich bin ihr gefolgt. Was hat sie Ihnen erzählt?«

»Es ist etwas kalt für die Jahreszeit«, sagte Holmes.

»Was hat sie Ihnen erzählt?«, brüllte der alte Mann aufgebracht.

»Doch ich hörte, dass die Krokusse gute Fortschritte machen«, fuhr mein Gefährte ungerührt fort.

»Ha! Sie lassen mich auflaufen, was?«, sagte unser neuer Besucher, wobei er einen Schritt vortrat und seine Jagdpeitsche schüttelte. »Ich kenne dich, du Halunke! Ich habe von dir gehört. Du bist Holmes, der Schnüffler.«

Mein Freund lächelte.

»Holmes, der Besserwisser!«

Sein Lächeln wurde breiter.

»Holmes, der Wichtigtuer von Scotland Yard!«

Holmes kicherte herzhaft. »Ihr Umgangston ist höchst unterhaltsam«, sagte er. »Schließen Sie bitte die Tür, wenn Sie gehen, denn es zieht hier recht heftig.«

»Ich gehe, wenn alles gesagt ist. Wag ja nicht, mir in die Quere zu kommen. Ich weiß, dass Miss Stoner hier war – ich bin ihr gefolgt! Es ist gefährlich, sich mit mir anzulegen! Sieh her.« Er tat einen schnellen Schritt nach vorn, ergriff den Schürhaken und verbog ihn mit seinen riesigen braunen Pranken.

»Sieh zu, dass du mir nicht in die Hände fällst«, knurrte er, schleuderte den verbogenen Schürhaken in den Kamin und marschierte aus dem Raum.

»Er scheint eine recht liebenswerte Person zu sein«, sagte Holmes lachend. »Ich bin zwar nicht ganz so massig gebaut, aber

remained I might have shown him that my grip was not much more feeble than his own.' As he spoke he picked up the steel poker and, with a sudden effort, straightened it out again.

'Fancy his having the insolence to confound me with the official detective force! This incident gives zest to our investigation, however, and I only trust that our little friend will not suffer from her imprudence in allowing this brute to trace her. And now, Watson, we shall order breakfast, and afterwards I shall walk down to Doctors' Commons, where I hope to get some data which may help us in this matter.'

It was nearly one o'clock when Sherlock Holmes returned from his excursion. He held in his hand a sheet of blue paper, scrawled over with notes and figures.

'I have seen the will of the deceased wife,' said he. 'To determine its exact meaning I have been obliged to work out the present prices of the investments with which it is concerned. The total income, which at the time of the wife's death was little short of £1100, is now, through the fall in agricultural prices, not more than £750. Each daughter can claim an income of £250, in case of marriage. It is evident, therefore, that if both girls had married, this beauty would have had a mere pittance, while even one of them would cripple him to a very serious extent. My morning's work has not been wasted, since it has proved that he has the very strongest motives for standing in the way of anything of the sort. And now, Watson, this is too serious for dawdling, especially as the old man is aware that we are interesting ourselves in his affairs; so if you are ready, we shall call a cab and drive to Waterloo. I should be very much obliged if you would slip your revolver into your pocket. An Eley's No. 2 is an excellent

wenn er geblieben wäre, hätte ich ihm vielleicht gezeigt, dass mein Griff nicht viel schwächer ist als seiner.« Dabei hob er den stählernen Schürhaken auf und bog ihn in einem jähen Kraftakt wieder gerade.

»Er hat doch tatsächlich die Frechheit besessen, mich mit Ermittlungsbeamten zu verwechseln! Allerdings verleiht diese Episode unserem Fall etwas Würze, und ich hoffe nur, dass unsere kleine Freundin nicht leiden muss wegen ihres Leichtsinns, zuzulassen, dass dieses Scheusal ihr folgt. Und nun, Watson, werden wir frühstücken, und danach begebe ich mich zum Zivilgericht, wo ich einige Auskünfte zu erhalten hoffe, die uns in dieser Sache nützlich sein könnten.«

Es war fast ein Uhr, als Sherlock Holmes von seinem Ausflug zurückkam. In der Hand hielt er ein blaues Blatt Papier, vollgekritzelt mit Zahlen und Notizen.

»Ich habe mir das Testament seiner verstorbenen Gattin angesehen«, sagte er. »Für eine exakte Einschätzung musste ich den heutigen Wert der Einlagen berechnen, auf die es sich bezieht. Die Gesamteinkünfte, die zur Zeit des Todes der Ehefrau bei knapp 1100 Pfund lagen, belaufen sich heute, wegen des Preisverfalls in der Landwirtschaft, auf nicht mehr als 750 Pfund. Im Fall einer Heirat kann jede der Töchter ein Einkommen von 250 Pfund beanspruchen. Offenbar wäre unserem Prachtstück von Doktor, hätten beide Mädchen geheiratet, bloß noch ein Almosen geblieben, und selbst bei nur einer Heirat würden ihm tüchtig die Flügel gestutzt. Die vormittägliche Mühe hat sich gelohnt, denn dank ihr wissen wir nun, dass er die stärksten Motive hat, sich dergleichen in den Weg zu stellen. Nun denn, Watson, die Sache ist zu ernst, um Zeit zu vergeuden, vor allem da der alte Mann weiß, dass wir uns für seine Angelegenheiten interessieren; wenn Sie also bereit sind, rufen wir einen Wagen und fahren zur Waterloo Station. Ich wäre Ihnen sehr verbunden, wenn Sie Ihren Revolver einstecken woll-

argument with gentlemen who can twist steel pokers into knots. That and a tooth-brush are, I think, all that we need.'

At Waterloo we were fortunate in catching a train for Leatherhead, where we hired a trap at the station inn and drove for four or five miles through the lovely Surrey lanes. It was a perfect day, with a bright sun and a few fleecy clouds in the heavens. The trees and way side hedges were just throwing out their first green shoots, and the air was full of the pleasant smell of the moist earth. To me at least there was a strange contrast between the sweet promise of the spring and this sinister quest upon which we were engaged. My companion sat in the front of the trap, his arms folded, his hat pulled down over his eyes, and his chin sunk upon his breast, buried in the deepest thought. Suddenly, however, he started, tapped me on the shoulder, and pointed over the meadows.

'Look there!' said he.

A heavily timbered park stretched up in a gentle slope, thickening into a grove at the highest point. From amid the branches there jutted out the gray gables and high roof-tree of a very old mansion.

'Stoke Moran?' said he.

'Yes, sir, that be the house of Dr. Grimesby Roylott,' remarked the driver.

'There is some building going on there,' said Holmes; 'that is where we are going.'

'There's the village,' said the driver, pointing to a cluster of roofs some distance to the left; 'but if you want to get to the house, you'll find it shorter to get over this stile, and so by the foot-path over the fields. There it is, where the lady is walking.'

ten. Eine Eley's No. 2 ist ein vortreffliches Argument bei Gentlemen, die stählerne Schürhaken zu Knoten biegen können. Dies und eine Zahnbürste ist, glaube ich, alles, was wir brauchen.«

An der Waterloo Station hatten wir das Glück, direkt einen Zug nach Leatherhead zu erwischen, wo wir am Bahnhofslokal einen Einspänner mieteten und von dort aus vier oder fünf Meilen über reizende Feldwege durch Surrey fuhren. Es war ein herrlicher Tag mit strahlendem Sonnenschein und ein paar zarten Wolken am Himmel. Die Bäume und die Hecken am Wegrand ließen gerade ihre ersten grünen Triebe sprießen, und die Luft war erfüllt vom wohligen Duft feuchter Erde. Zumindest für mich bestand ein seltsamer Gegensatz zwischen der süßen Aussicht auf den Frühling und der unheimlichen Mission, auf der wir uns befanden. Mein Gefährte saß vorn auf dem Wagen, die Arme verschränkt, den Hut über die Augen gezogen, das Kinn auf die Brust gesenkt, und war tief in Gedanken vergraben. Plötzlich jedoch fuhr er auf, tippte mir auf die Schulter und zeigte über die Wiesen.

»Dort drüben!«, sagte er.

Ein baumbestandener Park streckte sich einen sanften Hang hinauf und verdichtete sich am höchsten Punkt zu einem Hain. Zwischen den Ästen ragten die finsteren Giebel und der hohe Firstbalken eines uralten Herrenhauses hervor.

»Stoke Moran?«, fragte er.

»Jawoll, Sir, das is' das Haus von Dr. Grimesby Roylott«, antwortete der Kutscher.

»Irgendwo da wird gebaut«, sagte Holmes. »Dort möchten wir hin.«

»Da drüben is' das Dorf«, sagte der Kutscher, wobei er auf eine Gruppe von Dächern links in der Ferne zeigte; »aber wenn Sie zum Haus wollen, dann wär's für Sie kürzer hier übern Zaun und dann auf dem Weg da übers Feld. Da vorn, wo die Lady langgeht.«

'And the lady, I fancy, is Miss Stoner,' observed Holmes, shading his eyes. 'Yes, I think we had better do as you suggest.'

We got off, paid our fare, and the trap rattled back on its way to Leatherhead.

'I thought it as well,' said Holmes, as we climbed the stile, 'that this fellow should think we had come here as architects, or on some definite business. It may stop his gossip. Good afternoon, Miss Stoner. You see that we have been as good as our word.'

Our client of the morning had hurried forward to meet us with a face which spoke her joy. 'I have been waiting so eagerly for you,' she cried, shaking hands with us warmly. 'All has turned out splendidly. Dr. Roylott has gone to town, and it is unlikely that he will be back before evening.'

'We have had the pleasure of making the doctor's acquaintance,' said Holmes, and in a few words he sketched out what had occurred. Miss Stoner turned white to the lips as she listened.

'Good heavens!' she cried, 'he has followed me, then.'

'So it appears.'

'He is so cunning that I never know when I am safe from him. What will he say when he returns?'

'He must guard himself, for he may find that there is someone more cunning than himself upon his track. You must lock yourself up from him to-night. If he is violent, we shall take you away to your aunt's at Harrow. Now, we must make the best use of our time, so kindly take us at once to the rooms which we are to examine.'

The building was of gray, lichen-blotched stone, with a high central portion and two curving wings, like the claws of a crab, thrown out on each side. In one of these wings the windows were broken and blocked with wooden boards, while the roof was partly caved in, a pic-

»Und die Lady, nehme ich an, ist Miss Stoner«, entgegnete Holmes und beschattete seine Augen. »Ja, ich denke, wir machen es am besten so, wie Sie vorschlagen.«

Wir stiegen aus und zahlten, und der Einspänner ratterte zurück Richtung Leatherhead.

»Ich hielt es für gut«, sagte Holmes, als wir über den Zaun stiegen, »den Burschen glauben zu lassen, wir seien als Architekten hier oder wegen irgendeines Geschäfts. Um seiner Geschwätzigkeit vorzubeugen. Guten Tag, Miss Stoner. Sie sehen, wir haben Wort gehalten.«

Unsere Klientin vom Morgen war uns entgegengeeilt, und ihr Gesicht strahlte vor Freude. »Ich habe ganz ungeduldig auf Sie gewartet«, rief sie und schüttelte uns herzlich die Hände. »Alles hat sich prächtig gefügt. Dr. Roylott ist in der Stadt, und es ist unwahrscheinlich, dass er vor dem Abend zurückkehrt.«

»Es war uns vergönnt, die Bekanntschaft des Doktors zu machen«, sagte Holmes und fasste mit wenigen Worten zusammen, was sich ereignet hatte. Miss Stoner wurde bleich und bleicher, während sie zuhörte.

»Um Himmels willen«, rief sie, »dann ist er mir ja gefolgt!«

»Es scheint so.«

»Er ist so gerissen, dass ich nie weiß, wann ich vor ihm sicher bin. Was wird er wohl sagen, wenn er zurückkommt?«

»Er muss auf der Hut sein, denn vielleicht ist ihm jemand auf der Spur, der gerissener ist als er. Sie sollten sich heute Nacht vor ihm einschließen. Falls er Gewalt anwendet, werden wir Sie fortbringen zu Ihrer Tante nach Harrow. Und jetzt sollten wir unsere Zeit bestmöglich nutzen, also führen Sie uns bitte gleich in die Räume, die es zu untersuchen gilt.«

Der Bau bestand aus grauem, flechtenbewachsenem Stein, mit einem hohen Haupttrakt und zwei geschwungenen Seitenflügeln, gebogen wie die Scheren eines Krebses. In einem der Flügel waren die Fenster zerbrochen und mit Holzbrettern verbarrikadiert, das Dach war teilweise eingesunken, ein Bild des Ver-

ture of ruin. The central portion was in little better repair, but the right-hand block was comparatively modern, and the blinds in the windows, with the blue smoke curling up from the chimneys, showed that this was where the family resided. Some scaffolding had been erected against the end wall, and the stone-work had been broken into, but there were no signs of any workmen at the moment of our visit. Holmes walked slowly up and down the ill-trimmed lawn and examined with deep attention the outsides of the windows.

'This, I take it, belongs to the room in which you used to sleep, the centre one to your sister's, and the one next to the main building to Dr. Roylott's chamber?'

'Exactly so. But I am now sleeping in the middle one.'

'Pending the alterations, as I understand. By the way, there does not seem to be any very pressing need for repairs at that end wall.'

'There were none. I believe that it was an excuse to move me from my room.'

'Ah! that is suggestive. Now, on the other side of this narrow wing runs the corridor from which these three rooms open. There are windows in it, of course?'

'Yes, but very small ones. Too narrow for anyone to pass through.'

'As you both locked your doors at night, your rooms were unapproachable from that side. Now, would you have the kindness to go into your room and bar your shutters?'

Miss Stoner did so, and Holmes, after a careful examination through the open window, endeavoured in every way to force the shutter open, but without success. There was no slit through which a knife could be passed to raise the bar. Then with his lens he tested the hinges, but they were of solid iron, built firmly into the massive masonry.

falls. Der Haupttrakt war in kaum besserem Zustand, doch der rechte Teil war vergleichsweise modern, und die Gardinen in den Fenstern und der blau aus den Schornsteinen kräuselnde Rauch zeigten, dass hier die Familie wohnte. An der Stirnwand hatte man Gerüste errichtet und das Mauerwerk aufgebrochen, aber zum Zeitpunkt unseres Besuchs waren keine Arbeiter zu sehen. Holmes schritt bedächtig über den ungepflegten Rasen und untersuchte mit größter Sorgfalt die Außenseiten der Fenster.

»Ich nehme an, dieses hier gehört zu dem Zimmer, in dem Sie bis jetzt schliefen, das mittlere zu dem Ihrer Schwester und dasjenige nahe beim Haupttrakt zu Dr. Roylotts Raum?«

»So ist es. Ich schlafe jetzt aber im mittleren Zimmer.«

»Für die Dauer des Umbaus, wie ich weiß. Übrigens sind für Reparaturen an dieser Stirnwand keine besonders dringenden Gründe erkennbar.«

»Es gab keine. Ich glaube, es war nur ein Vorwand, damit ich das Zimmer wechsle.«

»Ah! Sehr aufschlussreich. Nun, auf der anderen Seite dieses schmalen Flügels verläuft der Korridor, von dem aus man diese drei Räume betritt. Dort gibt es doch sicher Fenster?«

»Ja, allerdings sehr kleine. Zu eng, als dass jemand hindurchsteigen könnte.«

»Da Sie beide nachts Ihre Türen abschlossen, waren Ihre Zimmer von dieser Seite aus unzugänglich. Wären Sie jetzt bitte so freundlich, in Ihr Zimmer zu gehen und die Läden zu verriegeln?«

Das tat Miss Stoner, und nach einer gründlichen Untersuchung durch das offene Fenster mühte sich Holmes auf jede erdenkliche Weise, die Läden zu öffnen, allerdings ohne Erfolg. Es gab keinen Spalt, durch den man ein Messer hätte schieben können, um die Stange anzuheben. Daraufhin prüfte er mithilfe seiner Lupe die Angeln, doch sie waren aus massivem Eisen und

'Hum!' said he, scratching his chin in some perplexity, 'my theory certainly presents some difficulties. No one could pass these shutters if they were bolted. Well, we shall see if the inside throws any light upon the matter.'

A small side door led into the whitewashed corridor from which the three bedrooms opened. Holmes refused to examine the third chamber, so we passed at once to the second, that in which Miss Stoner was now sleeping, and in which her sister had met with her fate. It was a homely little room, with a low ceiling and a gaping fire-place, after the fashion of old country-houses. A brown chest of drawers stood in one corner, a narrow white-counterpaned bed in another, and a dressing-table on the left-hand side of the window. These articles, with two small wicker-work chairs, made up all the furniture in the room, save for a square of Wilton carpet in the centre. The boards round and the panelling of the walls were of brown, worm-eaten oak, so old and discoloured that it may have dated from the original building of the house. Holmes drew one of the chairs into a corner and sat silent, while his eyes travelled round and round and up and down, taking in every detail of the apartment.

'Where does that bell communicate with?' he asked at last, pointing to a thick bell-rope which hung down beside the bed, the tassel actually lying upon the pillow.

'It goes to the housekeeper's room.'

'It looks newer than the other things?'

'Yes, it was only put there a couple of years ago.'

'Your sister asked for it, I suppose?'

'No, I never heard of her using it. We used always to get what we wanted for ourselves.'

'Indeed, it seemed unnecessary to put so nice a bell-pull there. You will excuse me for a few minutes while I satisfy

im soliden Mauerwerk fest verankert. »Hm!«, machte er und kratzte sich ziemlich verblüfft das Kinn, »meine Theorie offenbart einige Ungereimtheiten. Falls diese Läden verriegelt waren, gab es hier kein Durchkommen. Na, wir werden sehen, ob das Innere etwas Licht in die Sache bringt.«

Eine enge Seitentür führte in den weißgetünchten Korridor, an dem die drei Schlafzimmer lagen. Holmes lehnte es ab, den dritten Raum zu untersuchen, daher gingen wir gleich in den zweiten, in dem Miss Stoner nun schlief und in dem ihre Schwester den Tod gefunden hatte. Es war ein kleines gemütliches Zimmer mit niedriger Decke und einem riesigen Kamin nach Art der alten Landhäuser. In einer Ecke stand eine braune Kommode, in einer anderen ein schmales Bett mit weißer Tagesdecke darüber und links beim Fenster ein Frisiertisch. Neben zwei kleinen Korbstühlen stellten diese Gegenstände das gesamte Mobiliar des Raums dar, abgesehen von einem quadratischen Plüschteppich in der Mitte. Leisten und Wandtäfelung bestanden aus braunem, wurmstichigem Eichenholz, so alt und ausgebleicht, dass es wohl noch aus der Zeit der Erbauung stammte. Holmes zog einen der Stühle in eine Ecke und saß dort schweigend, während seine Augen auf und ab und hin und her wanderten und jedes Detail des Zimmers erfassten.

»Wo endet dieser Klingelzug?«, fragte er schließlich und deutete auf ein dickes Seil, das neben dem Bett herabhing und dessen Quaste auf dem Kopfkissen lag.

»Er führt ins Zimmer der Haushälterin.«

»Er sieht neuer aus als die anderen Dinge hier?«

»Ja, er ist erst vor ein paar Jahren angebracht worden.«

»Ihre Schwester hat darum gebeten, nehme ich an?«

»Nein, ich weiß nicht einmal, ob sie ihn je benutzt hat. Was wir brauchten, holten wir uns immer selbst.«

»Es war tatsächlich nicht nötig, dort einen so hübschen Klingelzug anzubringen. Sie entschuldigen mich kurz, während ich

myself as to this floor.' He threw himself down upon his face with his lens in his hand and crawled swiftly backward and forward, examining minutely the cracks between the boards. Then he did the same with the wood-work with which the chamber was panelled. Finally he walked over to the bed and spent some time in staring at it and in running his eye up and down the wall. Finally he took the bell-rope in his hand and gave it a brisk tug.

'Why, it's a dummy,' said he.

'Won't it ring?'

'No, it is not even attached to a wire. This is very interesting. You can see now that it is fastened to a hook just above where the little opening for the ventilator is.'

'How very absurd! I never noticed that before.'

'Very strange!' muttered Holmes, pulling at the rope. 'There are one or two very singular points about this room. For example, what a fool a builder must be to open a ventilator into another room, when, with the same trouble, he might have communicated with the outside air!'

'That is also quite modern,' said the lady.

'Done about the same time as the bell-rope?' remarked Holmes.

'Yes, there were several little changes carried out about that time.'

'They seem to have been of a most interesting character–dummy bell-ropes, and ventilators which do not ventilate. With your permission, Miss Stoner, we shall now carry our researches into the inner apartment.'

Dr. Grimesby Roylott's chamber was larger than that of his stepdaughter, but was as plainly furnished. A camp bed, a small wooden shelf full of books, mostly of a technical character, an armchair beside the bed, a plain wooden chair against the wall, a round table, and a large iron safe were the principal things which met the eye.

mir wegen des Bodens Gewissheit verschaffe.« Er warf sich auf alle viere und kroch mit der Lupe in der Hand rasch vor und zurück, wobei er die Ritzen zwischen den Dielen eingehend untersuchte. Dasselbe tat er danach mit den Holzpaneelen der Täfelung. Dann ging er hinüber zum Bett und verbrachte einige Zeit damit, es anzustarren und die Wand hinauf- und hinunterzublicken. Schließlich packte er den Klingelzug und zog einmal kräftig daran.

»Ach was, eine Attrappe«, sagte er.

»Da läutet gar nichts?«

»Nein, er ist nicht einmal mit einem Draht verbunden. Hochinteressant. Hier können Sie sehen, dass er an einem Haken befestigt ist, gleich über der kleinen Öffnung für den Lüfter.«

»Wie absurd! Das ist mir nie zuvor aufgefallen.«

»Sehr seltsam!«, murmelte Holmes und zog am Seil. »Es gibt ein oder zwei sehr eigenartige Dinge in diesem Raum. Wie dumm muss zum Beispiel ein Handwerker sein, der eine Lüftung in einen Nebenraum führt, wo er sie doch bei gleichem Aufwand mit der Außenluft hätte verbinden können!«

»Sie ist ebenfalls recht neu«, sagte die Lady.

»Etwa zur selben Zeit angebracht wie das Klingelseil?«, fragte Holmes.

»Ja, damals wurden mehrere kleinere Änderungen vorgenommen.«

»Sie scheinen höchst bemerkenswerter Art zu sein – falsche Klingelzüge und Lüfter, die nicht belüften. Mit Ihrer Erlaubnis, Miss Stoner, werden wir unsere Nachforschungen jetzt im nächsten Raum fortsetzen.«

Dr. Grimesby Roylotts Zimmer war größer als das seiner Stieftochter, doch ebenso schmucklos möbliert. Ein Feldbett, ein kleines Holzregal voll mit Büchern zumeist technischer Natur, ein Sessel neben dem Bett, ein schlichter Holzstuhl an der Wand, ein runder Tisch sowie ein großer eiserner Tresor waren die Dinge, die auf den ersten Blick ins Auge fielen. Holmes wan-

Holmes walked slowly round and examined each and all of them with the keenest interest.

'What's in here?' he asked, tapping the safe.

'My stepfather's business papers.'

'Oh! you have seen inside, then?'

'Only once, some years ago. I remember that it was full of papers.'

'There isn't a cat in it, for example?'

'No. What a strange idea!'

'Well, look at this!' He took up a small saucer of milk which stood on the top of it.

'No; we don't keep a cat. But there is a cheetah and a baboon.'

'Ah, yes, of course! Well, a cheetah is just a big cat, and yet a saucer of milk does not go very far in satisfying its wants, I daresay. There is one point which I should wish to determine.' He squatted down in front of the wooden chair and examined the seat of it with the greatest attention.

'Thank you. That is quite settled,' said he, rising and putting his lens in his pocket. 'Hello! Here is something interesting!'

The object which had caught his eye was a small dog lash hung on one corner of the bed. The lash, however, was curled upon itself and tied so as to make a loop of whipcord.

'What do you make of that, Watson?'

'It's a common enough lash. But I don't know why it should be tied.'

'That is not quite so common, is it? Ah, me! it's a wicked world, and when a clever man turns his brains to crime it is the worst of all. I think that I have seen enough now, Miss Stoner, and with your permission we shall walk out upon the lawn.'

derte langsam umher und untersuchte jeden einzelnen Gegenstand mit lebhaftestem Interesse.

»Was ist hier drin?«, fragte er und klopfte auf den Tresor.

»Die Geschäftspapiere meines Stiefvaters.«

»Oh! Sie haben also hineingeschaut?«

»Nur ein Mal, vor einigen Jahren. Ich erinnere mich, dass er voller Papiere war.«

»Es ist nicht zum Beispiel eine Katze darin?«

»Nein. Was für eine seltsame Idee!«

»Na, schauen Sie her!« Er hielt eine kleine Untertasse mit Milch hoch, die auf dem Schrank gestanden hatte.

»Nein, wir haben keine Katze. Dafür einen Geparden und einen Pavian.«

»Ah, ja, natürlich! Tja, ein Gepard ist zwar nur eine große Katze, doch ich vermute, eine Untertasse voll Milch wird ihn allenfalls kurzfristig zufriedenstellen. Es gibt da einen Punkt, den ich gern klären würde.« Er hockte sich vor den Holzstuhl und besah sich die Sitzfläche mit größter Aufmerksamkeit.

»Danke. Das wäre geklärt«, sagte er, als er sich wieder erhob und die Lupe in seine Tasche steckte. »Nanu! Was haben wir denn hier?«

Der Gegenstand, der seinen Blick anzogen hatte, war eine kurze Hundepeitsche, die an einer Ecke des Bettes hing. Man hatte sie allerdings in sich verschlungen und so verknotet, dass die Schnur eine Schlaufe bildete.

»Was halten Sie davon, Watson?«

»Eine gewöhnliche Peitsche. Aber wozu sie die Knoten hat, weiß ich nicht.«

»Das ist nicht ganz so gewöhnlich, nicht wahr? Ach je, die Welt ist schlecht, und wenn ein kluger Kopf seinen Verstand dem Verbrechen widmet, ist es das Schlimmste überhaupt. Ich glaube, ich habe genug gesehen, Miss Stoner, und mit Ihrer Erlaubnis wollen wir nun auf den Rasen gehen.«

I had never seen my friend's face so grim or his brow so dark as it was when we turned from the scene of this investigation. We had walked several times up and down the lawn, neither Miss Stoner nor myself liking to break in upon his thoughts before he roused himself from his reverie.

'It is very essential, Miss Stoner,' said he, 'that you should absolutely follow my advice in every respect.'

'I shall most certainly do so.'

'The matter is too serious for any hesitation. Your life may depend upon your compliance.'

'I assure you that I am in your hands.'

'In the first place, both my friend and I must spend the night in your room.'

Both Miss Stoner and I gazed at him in astonishment.

'Yes, it must be so. Let me explain. I believe that that is the village inn over there?'

'Yes, that is the Crown.'

'Very good. Your windows would be visible from there?'

'Certainly.'

'You must confine yourself to your room, on pretence of a headache, when your stepfather comes back. Then when you hear him retire for the night, you must open the shutters of your window, undo the hasp, put your lamp there as a signal to us, and then withdraw quietly with everything which you are likely to want into the room which you used to occupy. I have no doubt that, in spite of the repairs, you could manage there for one night.'

'Oh, yes, easily.'

'The rest you will leave in our hands.'

'But what will you do?'

'We shall spend the night in your room, and we shall investigate the cause of this noise which has disturbed you.'

Ich hatte das Gesicht meines Freundes nie so grimmig und seine Stirn nie so umdüstert gesehen wie jetzt, da wir den Schauplatz dieser Ermittlung verließen. Wir hatten den Rasen mehrmals abgeschritten, wobei weder Miss Stoner noch ich ihn aus seinen Gedanken reißen wollten, solange er nicht selbst aus seinen Tagträumen auftauchte.

»Es ist unbedingt erforderlich, Miss Stoner«, sagte er, »dass Sie sich in jeder Hinsicht völlig an meine Anweisung halten.«

»Das werde ich ganz sicher tun.«

»Die Sache ist viel zu ernst für Unschlüssigkeiten. Ihr Leben kann davon abhängen, dass Sie tun, was ich sage.«

»Ich versichere Ihnen, mein Wohl liegt in Ihren Händen.«

»Zuallererst müssen mein Freund und ich die Nacht in Ihrem Zimmer verbringen.«

Miss Stoner und ich starrten ihn überrascht an.

»Ja, es muss sein. Lassen Sie es mich erklären. Ich nehme an, das dort drüben ist das Dorfgasthaus?«

»Ja, das Crown Inn.«

»Sehr gut. Man kann Ihre Fenster von dort aus sehen?«

»Gewiss.«

»Wenn Ihr Stiefvater zurückkommt, schützen Sie Kopfschmerzen vor und schließen sich in Ihrem Zimmer ein. Wenn Sie dann hören, dass er sich für die Nacht zurückzieht, öffnen Sie die Läden Ihres Fensters, lösen den Haken, stellen als Signal für uns Ihre Lampe hinein und begeben sich danach mit allem, was Sie benötigen könnten, leise in Ihr altes Zimmer. Ich zweifle nicht daran, dass Sie es trotz der Arbeiten eine Nacht lang dort aushalten können.«

»O ja, leicht.«

»Den Rest überlassen Sie uns.«

»Aber was werden Sie tun?«

»Wir werden die Nacht in Ihrem Zimmer verbringen und die Herkunft dieses Geräuschs erforschen, das Sie beunruhigt hat.«

'I believe, Mr. Holmes, that you have already made up your mind,' said Miss Stoner, laying her hand upon my companion's sleeve.

'Perhaps I have.'

'Then for pity's sake tell me what was the cause of my sister's death.'

'I should prefer to have clearer proofs before I speak.'

'You can at least tell me whether my own thought is correct, and if she died from some sudden fright.'

'No, I do not think so. I think that there was probably some more tangible cause. And now, Miss Stoner, we must leave you, for if Dr. Roylott returned and saw us our journey would be in vain. Good-bye, and be brave, for if you will do what I have told you you may rest assured that we shall soon drive away the dangers that threaten you.'

Sherlock Holmes and I had no difficulty in engaging a bedroom and sitting-room at the Crown Inn. They were on the upper floor, and from our window we could command a view of the avenue gate, and of the inhabited wing of Stoke Moran Manor House. At dusk we saw Dr. Grimesby Roylott drive past, his huge form looming up beside the little figure of the lad who drove him. The boy had some slight difficulty in undoing the heavy iron gates, and we heard the hoarse roar of the doctor's voice and saw the fury with which he shook his clinched fists at him. The trap drove on, and a few minutes later we saw a sudden light spring up among the trees as the lamp was lit in one of the sitting-rooms.

'Do you know, Watson,' said Holmes as we sat together in the gathering darkness, 'I have really some scruples as to taking you to-night. There is a distinct element of danger.'

»Ich glaube, Mr Holmes, Sie sind bereits zu einem Schluss gekommen«, sagte Miss Stoner, indem sie ihre Hand auf den Arm meines Gefährten legte.

»Vielleicht bin ich das.«

»Dann sagen Sie mir um Himmels willen, was der Grund für den Tod meiner Schwester war.«

»Ich zöge es vor, eindeutigere Beweise zu haben, bevor ich mich dazu äußere.«

»Sagen Sie mir wenigstens, ob meine eigene Vermutung richtig ist und sie an einem plötzlichen Schrecken starb.«

»Nein, das glaube ich nicht. Ich denke, ein greifbarerer Grund ist wahrscheinlich. Und nun, Miss Stoner, müssen wir Sie verlassen, denn wenn Dr. Roylott zurückkommt und uns sieht, wäre unser Kommen vergebens gewesen. Auf bald, und seien Sie tapfer, denn wenn Sie tun, was ich Ihnen gesagt habe, dürfen Sie sicher sein, dass wir die Gefahren, die Sie bedrohen, in Kürze verjagen werden.«

Sherlock Holmes und ich hatten keine Schwierigkeiten, im Crown Inn ein Schlaf- und ein Wohnzimmer zu bekommen. Sie lagen im Obergeschoss, und vom Fenster aus hatten wir freie Sicht auf das Zufahrtstor und den bewohnten Flügel des Herrenhauses von Stoke Moran. Als es dämmerte, sahen wir Dr. Grimesby Roylott vorbeifahren, seine riesige Gestalt turmhoch neben der kleinen Figur des Burschen, der ihn kutschierte. Der Junge hatte ein wenig Mühe, die schweren Eisentore zu öffnen, und wir hörten das heisere Gebrüll des Doktors und sahen, wie zornig er ihm mit geballten Fäusten drohte. Der Wagen fuhr weiter, und kurze Zeit später sahen wir es zwischen den Bäumen plötzlich hell werden, als man in einem der Wohnzimmer Licht machte.

»Wissen Sie, Watson«, sagte Holmes, während wir zusammen in der sinkenden Dämmerung saßen, »ich habe wirklich Skrupel, Sie heute Abend mitzunehmen. Es gibt da ein erhebliches Maß an Gefahr.«

'Can I be of assistance?'

'Your presence might be invaluable.'

'Then I shall certainly come.'

'It is very kind of you.'

'You speak of danger. You have evidently seen more in these rooms than was visible to me.'

'No, but I fancy that I may have deduced a little more. I imagine that you saw all that I did.'

'I saw nothing remarkable save the bell-rope, and what purpose that could answer I confess is more than I can imagine.'

'You saw the ventilator, too?'

'Yes, but I do not think that it is such a very unusual thing to have a small opening between two rooms. It was so small that a rat could hardly pass through.'

'I knew that we should find a ventilator before ever we came to Stoke Moran.'

'My dear Holmes!'

'Oh, yes, I did. You remember in her statement she said that her sister could smell Dr. Roylott's cigar. Now, of course that suggested at once that there must be a communication between the two rooms. It could only be a small one, or it would have been remarked upon at the coroner's inquiry. I deduced a ventilator.'

'But what harm can there be in that?'

'Well, there is at least a curious coincidence of dates. A ventilator is made, a cord is hung, and a lady who sleeps in the bed dies. Does not that strike you?'

'I cannot as yet see any connection.'

'Did you observe anything very peculiar about that bed?'

'No.'

'It was clamped to the floor. Did you ever see a bed fastened like that before?'

»Kann ich eine Hilfe sein?«

»Ihre Anwesenheit könnte von unschätzbarem Wert sein.«

»Dann bin ich selbstverständlich dabei.«

»Sehr freundlich von Ihnen.«

»Sie sprechen von Gefahr. Sie haben in diesen Räumen offenbar mehr gesehen, als mir ersichtlich war.«

»Nein, aber vielleicht habe ich etwas mehr daraus gefolgert. Ich glaube, Sie haben ebenso viel gesehen wie ich.«

»Ich habe nichts Bemerkenswertes entdeckt außer dem Klingelzug, und mir ist vollkommen schleierhaft, welchem Zweck er dienen könnte.«

»Haben Sie auch den Lüfter gesehen?«

»Ja, aber ich halte es nicht für besonders ungewöhnlich, einen kleinen Durchlass zwischen zwei Räumen zu haben. Er ist so eng, dass kaum eine Ratte hindurchpasst.«

»Ich wusste, wir würden einen Lüfter finden, ehe wir überhaupt nach Stoke Moran kamen.«

»Mein lieber Holmes!«

»Oh, aber ja. Sie erinnern sich, dass sie in ihrem Bericht sagte, ihre Schwester habe Dr. Roylotts Zigarre riechen können. Nun, das legte natürlich gleich nahe, dass es zwischen den beiden Räumen eine Verbindung geben muss. Eine kleine nur, sonst wäre sie bei der Untersuchung durch den Coroner erwähnt worden. Ich schloss auf einen Lüfter.«

»Aber welchen Schaden könnte der anrichten?«

»Nun, zumindest ist es ein seltsamer Zufall. Ein Lüfter wird angebracht, ein Seil wird aufgehängt, und eine Lady, die in dem Bett schläft, stirbt. Gibt Ihnen das nicht zu denken?«

»Ich kann bislang keinen Zusammenhang erkennen.«

»Haben Sie irgendetwas Eigenartiges an diesem Bett bemerkt?«

»Nein.«

»Es ist mit dem Boden verklammert. Haben Sie jemals ein Bett derart befestigt gesehen?«

'I cannot say that I have.'

'The lady could not move her bed. It must always be in the same relative position to the ventilator and to the rope—or so we may call it, since it was clearly never meant for a bell-pull.'

'Holmes,' I cried, 'I seem to see dimly what you are hinting at. We are only just in time to prevent some subtle and horrible crime.'

'Subtle enough and horrible enough. When a doctor does go wrong, he is the first of criminals. He has nerve and he has knowledge. Palmer and Pritchard were among the heads of their profession. This man strikes even deeper, but I think, Watson, that we shall be able to strike deeper still. But we shall have horrors enough before the night is over; for goodness' sake let us have a quiet pipe and turn our minds for a few hours to something more cheerful.'

About nine o'clock the light among the trees was extinguished, and all was dark in the direction of the Manor House. Two hours passed slowly away, and then, suddenly, just at the stroke of eleven, a single bright light shone out right in front of us.

'That is our signal,' said Holmes, springing to his feet; 'it comes from the middle window.'

As we passed out he exchanged a few words with the landlord, explaining that we were going on a late visit to an acquaintance, and that it was possible that we might spend the night there. A moment later we were out on the dark road, a chill wind blowing in our faces, and one yellow light twinkling in front of us through the gloom to guide us on our sombre errand.

There was little difficulty in entering the grounds, for unrepaired breaches gaped in the old park wall. Making

»Das kann ich nicht behaupten.«

»Die Lady konnte ihr Bett nicht verschieben. Es musste stets an derselben Stelle stehen, entsprechend der Position von Lüfter und Seil – wie wir es wohl nennen können, da es ja offenbar nie als Klingelzug gedacht war.«

»Holmes«, rief ich, »ich scheine undeutlich zu ahnen, worauf Sie hinauswollen. Wir kommen gerade noch rechtzeitig, um ein raffiniertes und schreckliches Verbrechen zu verhindern.«

»Raffiniert und schrecklich, fürwahr. Ein Arzt auf der schiefen Bahn ist der Fähigste aller Verbrecher. Er hat die Nerven, und er hat das Wissen. Palmer und Pritchard gehörten zu den führenden Köpfen ihres Fachs. Unser Mann ist um Längen gerissener, doch ich denke, dass wir sogar noch gerissener sein werden, Watson. Aber diese Nacht wird noch grauenvoll genug; lassen Sie uns um Himmels willen eine gemütliche Pfeife rauchen und unsere Gedanken für ein paar Stunden etwas Fröhlicherem zuwenden.«

Gegen neun Uhr wurde das Licht zwischen den Bäumen gelöscht, und rund um das Herrenhaus war alles dunkel. Zwei weitere Stunden schlichen dahin, dann plötzlich, Schlag elf, leuchtete ein einzelnes helles Licht genau vor uns auf.

»Das ist unser Signal«, sagte Holmes und sprang auf. »Es kommt aus dem mittleren Fenster.«

Im Hinausgehen wechselte er einige Worte mit dem Wirt, dem er erklärte, wir machten einen späten Besuch bei einem Bekannten und würden möglicherweise die Nacht dort verbringen. Einen Augenblick später befanden wir uns auf der düsteren Straße, eisiger Wind blies uns ins Gesicht, und ein gelbliches Licht funkelte vor uns durch die Finsternis, um uns auf unserer dunklen Mission zu leiten.

Es bereitete wenig Mühe, auf das Grundstück vorzudringen, denn in der alten Parkmauer klafften verfallene Breschen. Wir

our way among the trees, we reached the lawn, crossed it, and were about to enter through the window when out from a clump of laurel bushes there darted what seemed to be a hideous and distorted child, who threw itself upon the grass with writhing limbs and then ran swiftly across the lawn into the darkness.

'My God!' I whispered; 'did you see it?'

Holmes was for the moment as startled as I. His hand closed like a vise upon my wrist in his agitation. Then he broke into a low laugh and put his lips to my ear.

'It is a nice household,' he murmured. 'That is the baboon.'

I had forgotten the strange pets which the doctor affected. There was a cheetah, too; perhaps we might find it upon our shoulders at any moment. I confess that I felt easier in my mind when, after following Holmes's example and slipping off my shoes, I found myself inside the bedroom. My companion noiselessly closed the shutters, moved the lamp onto the table, and cast his eyes round the room. All was as we had seen it in the daytime. Then creeping up to me and making a trumpet of his hand, he whispered into my ear again so gently that it was all that I could do to distinguish the words:

'The least sound would be fatal to our plans.'

I nodded to show that I had heard.

'We must sit without light. He would see it through the ventilator.'

I nodded again.

'Do not go asleep; your very life may depend upon it. Have your pistol ready in case we should need it. I will sit on the side of the bed, and you in that chair.'

I took out my revolver and laid it on the corner of the table.

liefen zwischen den Bäumen hindurch, erreichten den Rasen, überquerten ihn und wollten gerade durch das Fenster einsteigen, da schoss aus einer Gruppe von Lorbeerbüschen etwas hervor, das ein grässlich entstelltes Kind zu sein schien, sich mit zuckenden Gliedern ins Gras warf und dann rasch über den Rasen in die Dunkelheit rannte.

»Mein Gott!«, flüsterte ich. »Haben Sie das gesehen?«

Holmes war fürs Erste genauso erschrocken wie ich. In der Aufregung schlossen seine Finger sich wie ein Schraubstock um mein Handgelenk. Dann brach er in leises Gelächter aus und führte seinen Mund an mein Ohr.

»Eine nette Hausgemeinschaft«, murmelte er. »Das ist der Pavian.«

Ich hatte die seltsamen Haustiere vergessen, denen der Doktor zugetan war. Es gab ja auch einen Geparden; vielleicht würde er uns jeden Moment auf die Schulter springen. Ich gestehe, es war mir leichter ums Herz, als ich, nachdem ich Holmes' Beispiel gefolgt war und die Schuhe abgestreift hatte, mich im Schlafzimmer wiederfand. Geräuschlos schloss mein Gefährte die Läden, stellte die Lampe auf den Tisch und sah sich im Raum um. Alles war so, wie wir es bei Tag gesehen hatten. Dann schlich er zu mir herüber, formte die Hände zu einem Trichter und flüsterte mir wieder etwas ins Ohr, so leise, dass ich kaum einzelne Wörter ausmachen konnte.

»Das kleinste Geräusch macht unsere Pläne zunichte.«

Ich nickte, zum Zeichen, dass ich verstanden hatte.

»Wir dürfen kein Licht machen. Er würde es durch den Lüfter sehen.«

Ich nickte erneut.

»Schlafen Sie nicht ein; Ihr Leben könnte davon abhängen. Halten Sie Ihre Pistole bereit, falls wir sie brauchen sollten. Ich setze mich neben das Bett und Sie sich dort auf den Stuhl.«

Ich holte meinen Revolver hervor und legte ihn auf die Tischkante.

Holmes had brought up a long thin cane, and this he placed upon the bed beside him. By it he laid the box of matches and the stump of a candle. Then he turned down the lamp, and we were left in darkness.

How shall I ever forget that dreadful vigil? I could not hear a sound, not even the drawing of a breath, and yet I knew that my companion sat open-eyed, within a few feet of me, in the same state of nervous tension in which I was myself. The shutters cut off the least ray of light, and we waited in absolute darkness. From outside came the occasional cry of a night-bird, and once at our very window a long drawn catlike whine, which told us that the cheetah was indeed at liberty. Far away we could hear the deep tones of the parish clock, which boomed out every quarter of an hour. How long they seemed, those quarters! Twelve struck, and one, and two, and three, and still we sat waiting silently for whatever might befall.

Suddenly there was the momentary gleam of a light up in the direction of the ventilator, which vanished immediately, but was succeeded by a strong smell of burning oil and heated metal. Someone in the next room had lit a dark-lantern. I heard a gentle sound of movement, and then all was silent once more, though the smell grew stronger. For half an hour I sat with straining ears. Then suddenly another sound became audible–a very gentle, soothing sound, like that of a small jet of steam escaping continually from a kettle. The instant that we heard it, Holmes sprang from the bed, struck a match, and lashed furiously with his cane at the bell-pull.

'You see it, Watson?' he yelled. 'You see it?'

But I saw nothing. At the moment when Holmes struck the light I heard a low, clear whistle, but the sudden glare flashing into my weary eyes made it impossible for me to

Holmes hatte einen langen dünnen Stock mitgebracht, den er neben sich auf dem Bett deponierte. Dazu kamen eine Streichholzschachtel und ein Kerzenstumpf. Dann löschte er die Lampe, und wir saßen im Dunkeln.

Wie soll ich je diese furchtbare Nachtwache vergessen? Kein Laut war zu hören, nicht einmal ein Atemzug, und doch wusste ich, dass mein Gefährte mit offenen Augen nur wenige Fuß entfernt von mir dasaß, im gleichen Zustand nervöser Anspannung, in dem auch ich mich befand. Die Läden sperrten selbst kleinste Lichtstrahlen aus, und so warteten wir in völliger Finsternis. Von draußen erklang der vereinzelte Schrei eines Nachtvogels, und einmal hörten wir genau vor unserem Fenster ein lang gezogenes, katzenhaftes Wimmern, das uns verriet, dass der Gepard tatsächlich umherstreunte. Von ferne schallte der tiefe Klang der Pfarrkirchenglocke herüber, die im Viertelstundentakt losdröhnte. Wie lang sie schienen, diese Viertelstunden! Es schlug zwölf, dann eins, dann zwei, dann drei, und noch immer saßen wir lautlos da und warteten auf das, was sich zutragen mochte.

Plötzlich schien flüchtig ein Licht aus Richtung des Lüfters auf, das zwar gleich wieder verschwand, dem jedoch ein starker Geruch von brennendem Öl und erhitztem Metall folgte. Im Nebenraum war eine Blendlaterne entzündet worden. Ich hörte, wie jemand sich sacht bewegte, dann war abermals alles still, wenngleich der Geruch immer stärker wurde. Eine halbe Stunde lang lauschte ich angestrengt. Dann war plötzlich ein neues Geräusch zu hören – ein zarter, sanfter Ton, ähnlich dem Zischen von Dampf, der langsam aus einem Kessel entweicht. In dem Augenblick, da wir es hörten, sprang Holmes neben dem Bett auf, riss ein Streichholz an und schlug mit seinem Stock wild auf den Klingelzug ein.

»Sehen Sie es, Watson?«, schrie er. »Sehen Sie es?«

Doch ich sah nichts. Als Holmes das Streichholz anriss, hörte ich zeitgleich ein leises, deutliches Pfeifen, aber der jähe grelle Schein vor meinen müden Augen machte es mir unmöglich fest-

tell what it was at which my friend lashed so savagely. I could, however, see that his face was deadly pale and filled with horror and loathing.

He had ceased to strike and was gazing up at the ventilator when suddenly there broke from the silence of the night the most horrible cry to which I have ever listened. It swelled up louder and louder, a hoarse yell of pain and fear and anger all mingled in the one dreadful shriek. They say that away down in the village, and even in the distant parsonage, that cry raised the sleepers from their beds. It struck cold to our hearts, and I stood gazing at Holmes, and he at me, until the last echoes of it had died away into the silence from which it rose.

'What can it mean?' I gasped.

'It means that it is all over,' Holmes answered. 'And perhaps, after all, it is for the best. Take your pistol, and we shall enter Dr. Roylott's room.'

With a grave face he lit the lamp and led the way down the corridor. Twice he struck at the chamber door without any reply from within. Then he turned the handle and entered, I at his heels, with the cocked pistol in my hand.

It was a singular sight which met our eyes. On the table stood a dark-lantern with the shutter half open, throwing a brilliant beam of light upon the iron safe, the door of which was ajar. Beside this table, on the wooden chair, sat Dr. Grimesby Roylott, clad in a long gray dressing-gown, his bare ankles protruding beneath, and his feet thrust into red heelless Turkish slippers. Across his lap lay the short stock with the long lash which we had noticed during the day. His chin was cocked upward, and his eyes were fixed in a dreadful, rigid stare at the corner of the ceiling. Round his brow he had a peculiar yellow band, with brownish speckles, which seemed to be bound

zustellen, wonach mein Freund da so heftig schlug. Immerhin konnte ich erkennen, dass sein Gesicht leichenblass war und erfüllt von Grauen und Ekel.

Er hatte zu schlagen aufgehört und starrte zum Lüfter hinauf, als plötzlich aus der nächtlichen Stille der grässlichste Schrei hervorbrach, den ich jemals gehört habe. Er schwoll an, wurde lauter und lauter, ein heiseres Brüllen vor Pein und Angst und Wut, alles vereint in diesem furchtbaren Schrei. Es heißt, dass weit unten im Dorf und sogar im fernen Pfarrhaus dieser Schrei die Schlafenden aus ihren Betten trieb. Er drang uns eiskalt ins Herz, und ich stand da und starrte auf Holmes, und er auf mich, bis der letzte Widerhall des Schreis in der Stille verklungen war, aus der er sich erhoben hatte.

»Was hat das zu bedeuten?«, keuchte ich.

»Es bedeutet, dass alles vorbei ist«, erwiderte Holmes. »Und am Ende ist es so vielleicht das Beste. Nehmen Sie Ihre Pistole, wir gehen in Dr. Roylotts Zimmer.«

Mit ernstem Gesicht entzündete er die Lampe und ging durch den Korridor voran. Zweimal pochte er gegen die Tür, doch aus dem Zimmer kam keine Antwort. Dann drehte er den Knauf und trat ein, ich hielt mich dicht hinter ihm, die schussbereite Pistole in der Hand.

Der Anblick, der sich unseren Augen bot, war einzigartig. Auf dem Tisch stand eine Blendlaterne mit halb geöffneter Blende und warf einen gleißenden Lichtstreif auf den Eisentresor, dessen Tür angelehnt war. Neben dem Tisch, auf dem Holzstuhl, saß Dr. Grimesby Roylott, gekleidet in einen langen grauen Morgenmantel, unter dem seine nackten Knöchel und die Füße hervorschauten, die in flachen roten Türkenpantoffeln steckten. Auf seinem Schoß lag der kurze Stock mit der langen Peitschenschnur, den wir bei Tag gesehen hatten. Sein Kinn war emporgereckt, und seine Augen waren mit grausigem, starrem Blick fest auf den Rand der Decke gerichtet. Seine Stirn zierte ein sonderbares gelbes Band mit bräunlichen Flecken, das eng

tightly round his head. As we entered he made neither sound nor motion.

'The band! the speckled band!' whispered Holmes.

I took a step forward. In an instant his strange head-gear began to move, and there reared itself from among his hair the squat diamond-shaped head and puffed neck of a loathsome serpent.

'It is a swamp adder!' cried Holmes–'the deadliest snake in India. He has died within ten seconds of being bitten. Violence does, in truth, recoil upon the violent, and the schemer falls into the pit which he digs for another. Let us thrust this creature back into its den, and we can then remove Miss Stoner to some place of shelter and let the county police know what has happened.'

As he spoke he drew the dog-whip swiftly from the dead man's lap, and throwing the noose round the reptile's neck he drew it from its horrid perch and, carrying it at arm's length, threw it into the iron safe, which he closed upon it.

Such are the true facts of the death of Dr. Grimesby Roylott, of Stoke Moran. It is not necessary that I should prolong a narrative which has already run to too great a length by telling how we broke the sad news to the terrified girl, how we conveyed her by the morning train to the care of her good aunt at Harrow, of how the slow process of official inquiry came to the conclusion that the doctor met his fate while indiscreetly playing with a dangerous pet. The little which I had yet to learn of the case was told me by Sherlock Holmes as we travelled back next day.

'I had,' said he, 'come to an entirely erroneous conclusion which shows, my dear Watson, how dangerous it always is to reason from insufficient data. The presence

um seinen Kopf gebunden schien. Als wir eintraten, rührte er sich nicht.

»Das Band! Das gesprenkelte Band!«, wisperte Holmes.

Ich tat einen Schritt vorwärts. Im selben Moment begann sein seltsamer Kopfschmuck sich zu bewegen, und aus seinem Haar reckte sich mit geblähtem Hals der gedrungene, rautenförmige Kopf einer abscheulichen Schlange.

»Eine Sumpfotter!«, rief Holmes. »Die tödlichste Schlange Indiens! Zehn Sekunden nach ihrem Biss war er tot. Gewalt fällt fürwahr auf den zurück, der sie übt, und der Ränkeschmied stürzt in die Grube, die er einem anderen gräbt. Lassen Sie uns diese Kreatur in ihr Versteck schaffen, dann können wir Miss Stoner an einen sicheren Ort bringen und die Polizei der Grafschaft wissen lassen, was geschehen ist.«

Noch im Sprechen zog er rasch die Hundepeitsche vom Schoß des Toten, warf die Schlinge über den Hals des Reptils, zerrte es von seinem grausigen Hochsitz und warf es mit ausgestrecktem Arm in den Eisentresor, den er sofort verschloss.

Das also sind die wahren Fakten zum Tod des Dr. Grimesby Roylott aus Stoke Moran. Es ist unnötig, eine bereits viel zu lange Geschichte noch zu verlängern, indem ich erzähle, wie wir dem verängstigten Mädchen die traurige Nachricht mitteilten, wie wir sie mit dem ersten Zug in die Obhut ihrer lieben Tante nach Harrow brachten und wie der langwierige Prozess der offiziellen Untersuchung zu dem Schluss führte, dass der Doktor den Tod fand, als er unbedacht mit einem gefährlichen Haustier spielte. Das wenige, was ich über den Fall noch nicht wusste, berichtete mir Sherlock Holmes während der Rückfahrt am nächsten Tag.

»Ich war«, sagte er, »zu einem völlig unrichtigen Schluss gelangt, was beweist, mein lieber Watson, wie gefährlich es stets ist, von unzureichenden Fakten auszugehen. Die Anwesenheit

of the gipsies, and the use of the word "band," which was used by the poor girl, no doubt to explain the appearance which she had caught a hurried glimpse of by the light of her match, were sufficient to put me upon an entirely wrong scent. I can only claim the merit that I instantly reconsidered my position when, however, it became clear to me that whatever danger threatened an occupant of the room could not come either from the window or the door. My attention was speedily drawn, as I have already remarked to you, to this ventilator, and to the bell-rope which hung down to the bed. The discovery that this was a dummy, and that the bed was clamped to the floor, instantly gave rise to the suspicion that the rope was there as bridge for something passing through the hole and coming to the bed. The idea of a snake instantly occurred to me, and when I coupled it with my knowledge that the doctor was furnished with a supply of creatures from India, I felt that I was probably on the right track. The idea of using a form of poison which could not possibly be discovered by any chemical test was just such a one as would occur to a clever and ruthless man who had had an Eastern training. The rapidity with which such a poison would take effect would also, from his point of view, be an advantage. It would be a sharp-eyed coroner, indeed, who could distinguish the two little dark punctures which would show where the poison fangs had done their work. Then I thought of the whistle. Of course he must recall the snake before the morning light revealed it to the victim. He had trained it, probably by the use of the milk which we saw, to return to him when summoned. He would put it through this ventilator at the hour that he thought best, with the certainty that it would crawl down the rope and land on the bed. It might or might not bite the occupant, perhaps she

der Zigeuner sowie der Ausdruck ›Band‹ oder ›Bande‹, den das arme Mädchen benutzte und mit dem sie zweifellos jene Erscheinung erklären wollte, auf die sie im Licht ihres Streichholzes einen flüchtigen Blick hatte werfen können, haben ausgereicht, um mich auf eine vollkommen falsche Fährte zu setzen. Zu meiner Entlastung kann ich nur darauf verweisen, dass ich meine Position sofort überdachte, als mir gleichwohl klar wurde, dass, welche Gefahr auch immer einem Bewohner des Zimmers drohte, diese weder vom Fenster noch von der Tür her kommen konnte. Wie ich Ihnen gegenüber bereits erwähnt habe, galt meine Aufmerksamkeit schnell jenem Lüfter sowie dem Klingelzug, der auf das Bett herabhing. Die Entdeckung, dass Letzterer eine Attrappe und dass das Bett mit dem Boden verklammert war, nährte in mir sogleich den Verdacht, dass das Seil als Brücke für etwas diente, das sich durch die Öffnung und dann zum Bett bewegte. Schlagartig kam mir der Gedanke an eine Schlange, und als ich dies mit dem Wissen verband, dass der Doktor sich leicht Tiere aus Indien beschaffen konnte, hatte ich das Gefühl, vermutlich auf der richtigen Spur zu sein. Auf die Idee, ein Gift zu benutzen, das mit keiner chemischen Analyse zu entdecken ist, käme wohl nur ein gerissener und skrupelloser Mann, der sich mit Fernöstlichem auskennt. Die Schnelligkeit, mit der ein solches Gift wirkt, wäre aus seiner Sicht ebenfalls ein Vorteil. Nur ein wirklich scharfsichtiger Coroner würde die zwei winzigen dunklen Punkte ausmachen können, die zeigen, wo die Giftzähne am Werk waren. Dann dachte ich an das Pfeifen. Natürlich musste er die Schlange zurückrufen, bevor das Opfer sie im Morgenlicht zu sehen bekam. Wahrscheinlich hatte er sie mithilfe der Milch, die wir sahen, darauf abgerichtet, auf einen Ruf hin zurückzukehren. Zu der Stunde, die ihm am geeignetsten schien, setzte er das Reptil in den Lüfter, in der Gewissheit, dass es das Seil hinunterkriechen und auf dem Bett landen würde. Es mochte dann die Schlafende beißen oder nicht, vielleicht kam sie eine Woche

might escape every night for a week, but sooner or later she must fall a victim.

'I had come to these conclusions before ever I had entered his room. An inspection of his chair showed me that he had been in the habit of standing on it, which of course would be necessary in order that he should reach the ventilator. The sight of the safe, the saucer of milk, and the loop of whipcord were enough to finally dispel any doubts which may have remained. The metallic clang heard by Miss Stoner was obviously caused by her step-father hastily closing the door of his safe upon its terrible occupant. Having once made up my mind, you know the steps which I took in order to put the matter to the proof. I heard the creature hiss as I have no doubt that you did also, and I instantly lit the light and attacked it.'

'With the result of driving it through the ventilator.'

'And also with the result of causing it to turn upon its master at the other side. Some of the blows of my cane came home and roused its snakish temper, so that it flew upon the first person it saw. In this way I am no doubt indirectly responsible for Dr. Grimesby Roylott's death, and I cannot say that it is likely to weigh very heavily upon my conscience.'

lang jede Nacht davon, doch früher oder später musste sie zum Opfer werden.

Zu diesen Schlüssen war ich gelangt, noch ehe ich seinen Raum betreten hatte. Eine Untersuchung seines Stuhls zeigte mir, dass er häufig darauf gestanden hatte, was natürlich notwendig war, um den Lüfter zu erreichen. Der Anblick des Tresors, der Untertasse mit Milch und der Peitschenschlinge genügte schließlich, um sämtliche Zweifel zu zerstreuen, die ich noch gehegt haben mochte. Verursacher des metallischen Klirrens, das Miss Stoner gehört hatte, war offenbar ihr Stiefvater, der hastig die Tresortür hinter dem furchtbaren Insassen schloss. Sie wissen ja, welche Schritte ich zum Beweis der Sache unternahm, nachdem ich mir Gewissheit verschafft hatte. Ich hörte, wie Sie zweifellos ebenfalls, die Kreatur zischen, machte sofort Licht und attackierte sie.«

»Mit dem Ergebnis, sie zurück durch den Lüfter zu treiben.«

»Und auch mit dem Ergebnis, dass sie sich auf der anderen Seite gegen ihren Herrn wandte. Einige meiner Stockschläge fanden ihr Ziel und stachelten die Schlange an, sodass sie sich auf die erste Person stürzte, die sie sah. In dieser Hinsicht bin ich zweifellos indirekt verantwortlich für Dr. Grimesby Roylotts Tod, und ich kann nicht behaupten, dass dies sehr schwer auf meinem Gewissen lasten wird.«

# THE GREEK INTERPRETER

During my long and intimate acquaintance with Mr. Sherlock Holmes I had never heard him refer to his relations, and hardly ever to his own early life. This reticence upon his part had increased the somewhat inhuman effect which he produced upon me, until sometimes I found myself regarding him as an isolated phenomenon, a brain without a heart, as deficient in human sympathy as he was preeminent in intelligence. His aversion to women and his disinclination to form new friendships were both typical of his unemotional character, but not more so than his complete suppression of every reference to his own people. I had come to believe that he was an orphan with no relatives living; but one day, to my very great surprise, he began to talk to me about his brother.

It was after tea on a summer evening, and the conversation, which had roamed in a desultory, spasmodic fashion from golf clubs to the causes of the change in the obliquity of the ecliptic, came round at last to the question of atavism and hereditary aptitudes. The point under discussion was, how far any singular gift in an individual was due to his ancestry and how far to his own early training.

'In your own case,' said I, 'from all that you have told me, it seems obvious that your faculty of observation and your peculiar facility for deduction are due to your own systematic training.'

'To some extent,' he answered thoughtfully. 'My ancestors were country squires, who appear to have led much the same life as is natural to their class. But, none the less, my turn that way is in my veins, and may have

# Der griechische Dolmetscher

Während meiner langen und trauten Bekanntschaft mit Mr Sherlock Holmes hatte ich ihn niemals über seine Verwandtschaft und kaum je über sein Vorleben reden hören. Diese Verschwiegenheit hatte den Eindruck des etwas Unmenschlichen, den er auf mich machte, derart verstärkt, dass ich ihn bisweilen als isolierte Erscheinung betrachtete, ein Hirn ohne Herz, denn es mangelte ihm ebenso sehr an menschlichem Mitgefühl, wie er sich durch Intelligenz hervortat. Seine Aversion gegen Frauen und sein Widerwille, neue Freundschaften zu schließen, waren in gleichem Maße typisch für seinen emotionslosen Charakter wie die völlige Unterdrückung jeglicher Bezugnahme auf seine Familie. Ich war zu der Ansicht gekommen, er sei eine Waise ohne lebende Angehörige; doch eines Tages, zu meiner großen Überraschung, begann er, mir von seinem Bruder zu erzählen.

Es war nach dem Essen an einem Sommerabend, und das Gespräch, das in flüchtiger, unsteter Art von Golf-Clubs zu den Ursachen für die Veränderung in der Schiefe der Ekliptik gewandert war, führte schließlich auf das Thema Atavismus und erbliche Anlagen. Zur Diskussion stand, inwieweit die einzelnen Begabungen eines Menschen auf seine Herkunft oder auf eine frühzeitige Schulung zurückzuführen seien.

»In Ihrem Fall«, sagte ich, »scheint es nach allem, was Sie mir erzählt haben, offensichtlich zu sein, dass Ihre Beobachtungsgabe und die besondere Leichtigkeit, mit der Sie zu Schlüssen gelangen, auf Ihr eigenes systematisches Üben zurückgehen.«

»Bis zu einem gewissen Grad«, antwortete er nachdenklich. »Meine Vorfahren waren Landadlige, die offenbar in etwa das Leben führten, das üblich war für ihren Stand. Dennoch habe ich eine Veranlagung dazu, und sie mag von meiner Großmutter

come with my grandmother, who was the sister of Vernet, the French artist. Art in the blood is liable to take the strangest forms.'

'But how do you know that it is hereditary?'

'Because my brother Mycroft possesses it in a larger degree than I do.'

This was news to me indeed. If there were another man with such singular powers in England, how was it that neither police nor public had heard of him? I put the question, with a hint that it was my companion's modesty which made him acknowledge his brother as his superior. Holmes laughed at my suggestion.

'My dear Watson,' said he, 'I cannot agree with those who rank modesty among the virtues. To the logician all things should be seen exactly as they are, and to underestimate one's self is as much a departure from truth as to exaggerate one's own powers. When I say, therefore, that Mycroft has better powers of observation than I, you may take it that I am speaking the exact and literal truth.'

'Is he your junior?'

'Seven years my senior.'

'How comes it that he is unknown?'

'Oh, he is very well known in his own circle.'

'Where, then?'

'Well, in the Diogenes Club, for example.'

I had never heard of the institution, and my face must have proclaimed as much, for Sherlock Holmes pulled out his watch.

'The Diogenes Club is the queerest club in London, and Mycroft one of the queerest men. He's always there from quarter to five to twenty to eight. It's six now, so if you care for a stroll this beautiful evening I shall be very happy to introduce you to two curiosities.'

stammen, der Schwester Vernets, des französischen Malers. Kunst im Blut nimmt gern die seltsamsten Formen an.«

»Und woher wissen Sie, dass Sie sie geerbt haben?«

»Weil mein Bruder Mycroft sie in größerem Maße besitzt als ich.«

Das war mir nun wahrlich neu. Wenn es in England noch einen anderen Mann mit so einzigartigen Fähigkeiten gab, warum hatten dann weder die Polizei noch die Öffentlichkeit von ihm gehört? Ich fragte danach, wobei ich andeutete, dass wohl die Bescheidenheit meines Gefährten ihn veranlasse, seinen Bruder als ihm überlegen darzustellen. Holmes lachte über meine Vermutung.

»Mein lieber Watson«, sagte er, »ich kann diesen Leuten, die Bescheidenheit unter die Tugenden rechnen, einfach nicht zustimmen. Für den Logiker sollten alle Dinge exakt so gesehen werden, wie sie sind, und wer sich selbst unterschätzt, ist der Wahrheit ebenso fern wie derjenige, der hinsichtlich seiner Talente übertreibt. Wenn ich also sage, dass Mycroft eine bessere Beobachtungsgabe besitzt als ich, dürfen Sie annehmen, dass dies voll und ganz der Wahrheit entspricht.«

»Ist er jünger als Sie?«

»Sieben Jahre älter.«

»Wie kommt es, dass er unbekannt ist?«

»Oh, in seinen Kreisen ist er durchaus bekannt.«

»Nämlich wo?«

»Nun, im Diogenes Club zum Beispiel.«

Von dieser Einrichtung hatte ich noch nie gehört, und mein Gesicht muss das deutlich gezeigt haben, denn Sherlock Holmes zog seine Uhr hervor.

»Der Diogenes Club ist der sonderbarste Club in ganz London, und Mycroft einer der sonderbarsten Menschen. Er ist dort stets von Viertel vor fünf bis zwanzig vor acht. Jetzt ist es sechs, also sollten Sie an diesem herrlichen Abend Lust auf einen Spaziergang haben, stelle ich Ihnen mit Freuden zwei Kuriositäten vor.«

Five minutes later we were in the street, walking towards Regent's Circus.

'You wonder,' said my companion, 'why it is that Mycroft does not use his powers for detective work. He is incapable of it.'

'But I thought you said–'

'I said that he was my superior in observation and deduction. If the art of the detective began and ended in reasoning from an armchair, my brother would be the greatest criminal agent that ever lived. But he has no ambition and no energy. He will not even go out of his way to verify his own solutions, and would rather be considered wrong than take the trouble to prove himself right. Again and again I have taken a problem to him, and have received an explanation which has afterwards proved to be the correct one. And yet he was absolutely incapable of working out the practical points which must be gone into before a case could be laid before a judge or jury.'

'It is not his profession, then?'

'By no means. What is to me a means of livelihood is to him the merest hobby of a dilettante. He has an extraordinary faculty for figures, and audits the books in some of the government departments. Mycroft lodges in Pall Mall, and he walks round the corner into Whitehall every morning and back every evening. From year's end to year's end he takes no other exercise, and is seen nowhere else, except only in the Diogenes Club, which is just opposite his rooms.'

'I cannot recall the name.'

'Very likely not. There are many men in London, you know, who, some from shyness, some from misanthropy, have no wish for the company of their fellows. Yet they are not averse to comfortable chairs and the latest peri-

Fünf Minuten später befanden wir uns auf der Straße und gingen Richtung Regent Circus.

»Sie fragen sich«, sagte mein Gefährte, »weshalb Mycroft sein Talent nicht auf die Detektivarbeit verwendet. Er ist unfähig dazu.«

»Aber Sie sagten doch –«

»Ich sagte, er sei mir im Beobachten und Schlussfolgern überlegen. Bestünde die Kunst des Detektivs im Räsonnement von einem Lehnstuhl aus, mein Bruder wäre der größte Kriminalist, der je gelebt hat. Doch er besitzt weder Ehrgeiz noch Energie. Er würde von seinem gewohnten Tagesablauf nicht einmal abweichen, um seine eigenen Lösungen zu verifizieren, und sich eher einen Irrtum nachsagen lassen, als sich die Mühe zu machen zu beweisen, dass er recht hat. Wieder und wieder habe ich ihm Probleme vorgelegt und Erklärungen erhalten, die sich später als richtig erwiesen. Und doch war er absolut unfähig, all die praktischen Fragen zu lösen, um die man sich kümmern muss, bevor man einen Fall einem Richter und den Geschworenen vorlegen kann.«

»Es ist demnach nicht sein Beruf?«

»Keineswegs. Was mir das Auskommen sichert, ist bei ihm bloß die Liebhaberei eines Dilettanten. Er hat ein außergewöhnliches Talent für Zahlen und prüft die Bücher in einigen Abteilungen der Regierung. Mycroft wohnt in der Pall Mall, und jeden Morgen geht er einmal um die Ecke nach Whitehall und jeden Abend zurück. Jahrein, jahraus verschafft er sich keine andere Bewegung, und man sieht ihn nirgendwo sonst, mit Ausnahme nur des Diogenes Clubs, der seiner Wohnung direkt gegenüberliegt.«

»Mir sagt der Name nichts.«

»Sehr wahrscheinlich. Wissen Sie, es gibt viele Männer in London, die, mal aus Scheu, mal aus Misanthropie, keinerlei Verlangen nach der Gesellschaft ihrer Mitmenschen haben. Trotzdem sind sie bequemen Sesseln und den neuesten Zeit-

odicals. It is for the convenience of these that the Diogenes Club was started, and it now contains the most unsociable and unclubable men in town. No member is permitted to take the least notice of any other one. Save in the Stranger's Room, no talking is, under any circumstances, allowed, and three offences, if brought to the notice of the committee, render the talker liable to expulsion. My brother was one of the founders, and I have myself found it a very soothing atmosphere.'

We had reached Pall Mall as we talked, and were walking down it from the St. James's end. Sherlock Holmes stopped at a door some little distance from the Carlton, and, cautioning me not to speak, he led the way into the hall. Through the glass panelling I caught a glimpse of a large and luxurious room, in which a considerable number of men were sitting about and reading papers, each in his own little nook. Holmes showed me into a small chamber which looked out into Pall Mall, and then, leaving me for a minute, he came back with a companion whom I knew could only be his brother.

Mycroft Holmes was a much larger and stouter man than Sherlock. His body was absolutely corpulent, but his face, though massive, had preserved something of the sharpness of expression which was so remarkable in that of his brother. His eyes, which were of a peculiarly light, watery gray, seemed to always retain that far-away, introspective look which I had only observed in Sherlock's when he was exerting his full powers.

'I am glad to meet you, sir,' said he, putting out a broad, fat hand like the flipper of a seal. 'I hear of Sherlock everywhere since you became his chronicler. By the way, Sherlock, I expected to see you round last week to consult me over that Manor House case. I thought you might be a little out of your depth.'

schriften nicht abgeneigt. Zu deren Annehmlichkeit wurde der Diogenes Club gegründet, und inzwischen versammelt er die ungeselligsten und clubuntüchtigsten Männer der Stadt. Keinem Mitglied ist es gestattet, von einem anderen auch nur die leiseste Notiz zu nehmen. Außer im Besuchszimmer ist Reden unter keinen Umständen erlaubt, und drei Verstöße ziehen, erhält das Komitee davon Kenntnis, den Ausschluss des Redenden nach sich. Mein Bruder war einer der Gründer, und ich selbst habe die Atmosphäre dort als sehr angenehm empfunden.«

Während wir uns unterhielten, hatten wir die Pall Mall erreicht und gingen sie nun vom Ende St.-James's aus entlang. Ein kleines Stück vom Carlton Club entfernt blieb Sherlock Holmes vor einer Tür stehen, und indem er mich davor warnte zu sprechen, ging er voraus in die Halle. Durch die Verglasung erhaschte ich einen Blick auf einen großen und luxuriösen Raum, in dem eine beträchtliche Anzahl Männer herumsaß und Zeitungen las, jeder in seiner eigenen kleinen Nische. Holmes führte mich in ein kleines Zimmer, das auf die Pall Mall hinausging, ließ mich für eine Minute allein und kam dann mit einem Begleiter zurück, der tatsächlich nur sein Bruder sein konnte.

Mycroft Holmes war erheblich größer und stämmiger als Sherlock. Sein Körper war überaus korpulent, doch sein Gesicht hatte, obschon massig, etwas von der Ausdrucksschärfe bewahrt, die an den Zügen seines Bruders so bemerkenswert war. Seine Augen, die von einem eigentümlich hellen, wässrigen Grau waren, schienen jenen entrückten, nach innen gekehrten Blick nie abzulegen, den ich in Sherlocks Augen nur beobachtet hatte, wenn er unter Hochdruck arbeitete.

»Ich bin erfreut, Sie kennenzulernen, Sir«, sagte er, wobei er eine breite, fleischige Hand wie eine Seehundsflosse ausstreckte. »Ich höre immerzu von Sherlock, seit Sie sein Chronist geworden sind. Übrigens, Sherlock, ich hatte erwartet, dass du vergangene Woche hereinschaust und mich wegen dieses Manor-House-Falls konsultierst. Ich dachte, du seist vielleicht etwas ratlos.«

'No, I solved it,' said my friend, smiling.

'It was Adams, of course.'

'Yes, it was Adams.'

'I was sure of it from the first.' The two sat down together in the bow-window of the club. 'To anyone who wishes to study mankind this is the spot,' said Mycroft. 'Look at the magnificent types! Look at these two men who are coming towards us, for example.'

'The billiard-marker and the other?'

'Precisely. What do you make of the other?'

The two men had stopped opposite the window. Some chalk marks over the waistcoat pocket were the only signs of billiards which I could see in one of them. The other was a very small, dark fellow, with his hat pushed back and several packages under his arm.

'An old soldier, I perceive,' said Sherlock.

'And very recently discharged,' remarked the brother.

'Served in India, I see.'

'And a non-commissioned officer.'

'Royal Artillery, I fancy,' said Sherlock.

'And a widower.'

'But with a child.'

'Children, my dear boy, children.'

'Come,' said I, laughing, 'this is a little too much.'

'Surely,' answered Holmes, 'it is not hard to say that a man with that bearing, expression of authority, and sun-baked skin, is a soldier, is more than a private, and is not long from India.'

'That he has not left the service long is shown by his still wearing his ammunition boots, as they are called,' observed Mycroft.

'He had not the cavalry stride, yet he wore his hat on one side, as is shown by the lighter skin on that side of

»Nein, ich habe ihn gelöst«, sagte mein Freund lächelnd.

»Selbstverständlich war es Adams.«

»Ja, es war Adams.«

»Das war mir von Anfang an klar.« Die beiden setzten sich in das Erkerfenster des Clubs. »Für jeden, der die menschliche Spezies studieren will, ist dies der richtige Platz«, sagte Mycroft. »Sieh dir die herrlichen Typen an! Zum Beispiel die beiden Männer, die just auf uns zukommen.«

»Den Billard-Markör und den anderen?«

»Genau. Was hältst du von dem anderen?«

Die beiden Männer waren gegenüber dem Fenster stehen geblieben. Ein paar Kreidespuren auf der Westentasche des einen waren der einzige Hinweis auf Billard, den ich erkennen konnte. Der andere war ein sehr schmaler, dunkel gekleideter Bursche mit zurückgeschobenem Hut und einigen Paketen unter dem Arm.

»Ein ehemaliger Soldat, wie ich bemerke«, sagte Sherlock.

»Und erst kürzlich entlassen«, fügte der Bruder hinzu.

»Hat in Indien gedient, wie ich sehe.«

»Und zwar als Unteroffizier.«

»Königliche Artillerie, nehme ich an«, sagte Sherlock.

»Und Witwer.«

»Aber mit einem Kind.«

»Kindern, alter Knabe, Kindern.«

»Nun aber langsam«, sagte ich lachend, »das ist ein bisschen zu viel.«

»Sicher ist es nicht schwer, darauf zu kommen«, entgegnete Holmes, »dass ein Mann mit dieser Haltung, diesem Ausdruck von Autorität und dieser sonnenverbrannten Haut Soldat, mehr als nur Gefreiter und nicht lange aus Indien zurück ist.«

»Dass er vor Kurzem erst den Dienst quittiert hat, zeigt sich daran, dass er immer noch seine Waffenstiefel trägt, wie man sie nennt«, bemerkte Mycroft.

»Sein Gang ist nicht der eines Kavalleristen, doch er trug den Hut seitlich, wie man an der helleren Haut auf dieser Seite der

his brow. His weight is against his being a sapper. He is in the artillery.'

'Then, of course, his complete mourning shows that he has lost someone very dear. The fact that he is doing his own shopping looks as though it were his wife. He has been buying things for children, you perceive. There is a rattle, which shows that one of them is very young. The wife probably died in childbed. The fact that he has a picture-book under his arm shows that there is another child to be thought of.'

I began to understand what my friend meant when he said that his brother possessed even keener faculties than he did himself. He glanced across at me and smiled. Mycroft took snuff from a tortoise-shell box and brushed away the wandering grains from his coat front with a large, red silk handkerchief.

'By the way, Sherlock,' said he, 'I have had something quite after your own heart—a most singular problem—submitted to my judgment. I really had not the energy to follow it up save in a very incomplete fashion, but it gave me a basis for some pleasing speculations. If you would care to hear the facts—'

'My dear Mycroft, I should be delighted.'

The brother scribbled a note upon a leaf of his pocket-book, and, ringing the bell, he handed it to the waiter.

'I have asked Mr. Melas to step across,' said he. 'He lodges on the floor above me, and I have some slight acquaintance with him, which led him to come to me in his perplexity. Mr. Melas is a Greek by extraction, as I understand, and he is a remarkable linguist. He earns his living partly as interpreter in the law courts and partly by acting as guide to any wealthy Orientals who may visit the Northumberland Avenue hotels. I think I will leave

Stirn erkennt. Sein Gewicht schließt aus, dass er Sappeur ist. Er ist bei der Artillerie.«

»Dann zeigt natürlich seine Trauerkleidung, dass er jemand sehr Teuren verloren hat. Da er seine Einkäufe selbst erledigt, handelt es sich offenbar um seine Frau. Er hat Sachen für Kinder gekauft, wie Sie bemerken. Darunter auch eine Rassel, was zeigt, dass eines von ihnen sehr klein ist. Die Frau starb vermutlich im Wochenbett. Das Bilderbuch unter seinem Arm verrät, es gibt noch ein anderes Kind, das bedacht werden muss.«

Ich begann zu verstehen, was mein Freund mit der Behauptung gemeint hatte, sein Bruder besitze noch schärfere Geistesgaben als er selbst. Er blickte zu mir herüber und lächelte. Mycroft nahm Schnupftabak aus einer Schildpattdose und wischte sich verirrte Körnchen mit einem großen, roten Seidentaschentuch vom Rock.

»Nebenbei, Sherlock«, sagte er, »man hat mir etwas zur Beurteilung vorgelegt, das ganz nach deinem Geschmack sein dürfte – ein höchst eigenartiges Problem. Ich hatte wirklich nicht die Kraft, ihm nachzugehen, außer auf ziemlich unvollkommene Weise, doch es ergaben sich daraus für mich ein paar amüsante Spekulationen. Falls dir daran läge, die Einzelheiten zu erfahren …«

»Mein lieber Mycroft, ich wäre entzückt.«

Der Bruder kritzelte eine Nachricht auf ein Blatt seines Notizbuchs, läutete und übergab sie dem Kellner.

»Ich habe Mr Melas zu uns herübergebeten«, sagte er. »Er wohnt im Stockwerk über mir, und ich bin flüchtig mit ihm bekannt, was ihn veranlasste, sich in seiner Bestürzung an mich zu wenden. Mr Melas ist griechischer Abstammung, wie ich hörte, und er ist ein bemerkenswerter Sprachkenner. Seinen Lebensunterhalt verdient er sich teils als Dolmetscher bei Gericht, teils als Fremdenführer für begüterte Orientalen, die sich in den Hotels der Northumberland Avenue einmieten. Ich denke, ich überlasse

him to tell his very remarkable experience in his own fashion.'

A few minutes later we were joined by a short, stout man whose olive face and coal black hair proclaimed his Southern origin, though his speech was that of an educated Englishman. He shook hands eagerly with Sherlock Holmes, and his dark eyes sparkled with pleasure when he understood that the specialist was anxious to hear his story.

'I do not believe that the police credit me—on my word, I do not,' said he in a wailing voice. 'Just because they have never heard of it before, they think that such a thing cannot be. But I know that I shall never be easy in my mind until I know what has become of my poor man with the sticking-plaster upon his face.'

'I am all attention,' said Sherlock Holmes.

'This is Wednesday evening,' said Mr. Melas. 'Well, then, it was Monday night—only two days ago, you understand—that all this happened. I am an interpreter, as perhaps my neighbour there has told you. I interpret all languages—or nearly all—but as I am a Greek by birth and with a Grecian name, it is with that particular tongue that I am principally associated. For many years I have been the chief Greek interpreter in London, and my name is very well known in the hotels.

'It happens not unfrequently that I am sent for at strange hours by foreigners who get into difficulties, or by travellers who arrive late and wish my services. I was not surprised, therefore, on Monday night when a Mr. Latimer, a very fashionably dressed young man, came up to my rooms and asked me to accompany him in a cab which was waiting at the door. A Greek friend had come to see him upon business, he said, and as he could speak nothing but his own tongue, the services of an interpreter

es ihm, sein recht ungewöhnliches Erlebnis auf seine Weise zu schildern.«

Wenige Minuten später gesellte sich ein kleiner, stämmiger Mann zu uns, dessen olivfarbenes Gesicht und kohlschwarzes Haar seine südländische Herkunft verrieten, wenngleich seine Sprache die eines gebildeten Engländers war. Er schüttelte Sherlock Holmes eifrig die Hand, und seine dunklen Augen glänzten vor Freude, als er erfuhr, dass der Spezialist gespannt darauf war, seine Geschichte zu hören.

»Ich nehme nicht an, dass die Polizei mir glaubt – auf mein Wort, sicher nicht«, sagte er mit klagender Stimme. »Nur weil sie noch nie von derlei gehört haben, meinen sie, es könne nicht sein. Ich jedenfalls werde gewiss so lange nicht ruhig schlafen, bis ich weiß, was aus dem armen Mann mit den Heftpflastern im Gesicht geworden ist.«

»Ich bin ganz Ohr«, sagte Sherlock Holmes.

»Jetzt ist es Mittwochabend«, sagte Mr Melas. »Nun denn, es war Montagnacht – vor zwei Tagen erst, Sie verstehen –, als all das geschah. Ich bin Dolmetscher, wie Ihnen mein Nachbar hier vielleicht erzählt hat. Ich dolmetsche alle – oder fast alle – Sprachen, aber da ich gebürtiger Grieche bin und einen griechischen Namen habe, bin ich hauptsächlich an ebendiese Sprache gebunden. Seit vielen Jahren bin ich der wichtigste Griechischdolmetscher in London, und mein Name ist in den Hotels sehr gut bekannt.

Es geschieht nicht selten, dass zu ungewöhnlicher Stunde nach mir geschickt wird, von Ausländern, die gerade in Schwierigkeiten geraten, oder von Reisenden, die spät eintreffen und meine Dienste wünschen. Ich war Montagnacht deshalb nicht überrascht, als ein Mr Latimer, ein sehr elegant gekleideter junger Mann, zu meiner Wohnung kam und mich bat, ihn in einer Droschke zu begleiten, die vor der Tür wartete. Ein griechischer Freund, sagte er, habe ihn geschäftlich aufgesucht, und da dieser nur seine Muttersprache spreche, seien die Dienste eines Dol-

were indispensable. He gave me to understand that his house was some little distance off, in Kensington, and he seemed to be in a great hurry, bustling me rapidly into the cab when we had descended to the street.

'I say into the cab, but I soon became doubtful as to whether it was not a carriage in which I found myself. It was certainly more roomy than the ordinary four-wheeled disgrace to London, and the fittings, though frayed, were of rich quality. Mr. Latimer seated himself opposite to me and we started off through Charing Cross and up the Shaftesbury Avenue. We had come out upon Oxford Street and I had ventured some remark as to this being a roundabout way to Kensington, when my words were arrested by the extraordinary conduct of my companion.

'He began by drawing a most formidable-looking bludgeon loaded with lead from his pocket, and switching it backward and forward several times, as if it to test its weight and strength. Then he placed it without a word upon the seat beside him. Having done this, he drew up the windows on each side, and I found to my astonishment that they were covered with paper so as to prevent my seeing through them.

'"I am sorry to cut off your view, Mr. Melas," said he. "The fact is that I have no intention that you should see what the place is to which we are driving. It might possibly be inconvenient to me if you could find your way there again."

'As you can imagine, I was utterly taken aback by such an address. My companion was a powerful, broad-shouldered young fellow, and, apart from the weapon, I should not have had the slightest chance in a struggle with him.

'"This is very extraordinary conduct, Mr. Latimer," I stammered. "You must be aware that what you are doing is quite illegal."

metschers unverzichtbar. Er gab mir zu verstehen, dass sein Haus etwas weiter entfernt sei, in Kensington, und er schien in großer Eile, da er mich hastig in die Droschke schob, sobald wir hinuntergegangen und auf die Straße getreten waren.

Ich sage in die Droschke, doch ich fing bald an zu zweifeln, ob es nicht vielmehr eine Kutsche war, in der ich mich befand. Jedenfalls war sie geräumiger als die gewöhnliche, vierrädrige Schande für London, und die Ausstattung war zwar abgenutzt, aber von höchster Qualität. Mr Latimer setzte sich mir gegenüber, und wir fuhren los, erst durch Charing Cross, dann die Shaftesbury Avenue hinauf. Wir waren auf der Oxford Street herausgekommen und ich hatte die Bemerkung gewagt, dass dies nach Kensington ein Umweg sei, als das außergewöhnliche Betragen meines Begleiters mich verstummen ließ.

Als Erstes zog er einen ziemlich gefährlich aussehenden, bleibeschwerten Knüppel aus der Tasche und ließ ihn ein paarmal vor- und zurückschnellen, wie um Gewicht und Festigkeit zu prüfen. Dann legte er ihn ohne ein Wort neben sich auf den Sitz. Kaum war dies getan, schloss er auf beiden Seiten die Fenster, und ich stellte zu meinem Erstaunen fest, dass sie mit Papier zugeklebt waren, um zu verhindern, dass ich hinaussehen konnte.

›Tut mir leid, Ihnen den Ausblick zu nehmen, Mr Melas‹, sagte er. ›Tatsache ist, dass ich nicht die Absicht habe, Sie sehen zu lassen, an welchen Ort wir fahren. Es käme mir möglicherweise ungelegen, wenn Sie den Weg dorthin wiederfänden.‹

Wie Sie sich vorstellen können, machten mich diese Worte vollkommen sprachlos. Mein Begleiter war ein kräftiger, breitschultriger junger Bursche, und ich hätte, von der Waffe mal ganz abgesehen, in einem Kampf mit ihm nicht die leiseste Chance gehabt.

›Das ist ein sehr ungewöhnliches Verhalten, Mr Latimer‹, stammelte ich. ›Sie wissen sicher, dass Ihr Handeln durchaus gesetzwidrig ist.‹

'"It is somewhat of a liberty, no doubt," said he, "but we'll make it up to you. I must warn you, however, Mr. Melas, that if at any time to-night you attempt to raise an alarm or do anything which is against my interests, you will find it a very serious thing. I beg you to remember that no one knows where you are, and that, whether you are in this carriage or in my house, you are equally in my power."

'His words were quiet, but he had a rasping way of saying them, which was very menacing. I sat in silence wondering what on earth could be his reason for kidnapping me in this extraordinary fashion. Whatever it might be, it was perfectly clear that there was no possible use in my resisting, and that I could only wait to see what might befall.

'For nearly two hours we drove without my having the least clue as to where we were going. Sometimes the rattle of the stones told of a paved causeway, and at others our smooth, silent course suggested asphalt; but, save by this variation in sound, there was nothing at all which could in the remotest way help me to form a guess as to where we were. The paper over each window was impenetrable to light, and a blue curtain was drawn across the glasswork in front. It was a quarter-past seven when we left Pall Mall, and my watch showed me that it was ten minutes to nine when we at last came to a standstill. My companion let down the window, and I caught a glimpse of a low, arched doorway with a lamp burning above it. As I was hurried from the carriage it swung open, and I found myself inside the house, with a vague impression of a lawn and trees on each side of me as I entered. Whether these were private grounds, however, or *bona-fide* country was more than I could possibly venture to say.

'There was a coloured gas-lamp inside which was turned so low that I could see little save that the hall was

›Wir nehmen uns einige Freiheiten, kein Zweifel‹, sagte er, ›doch wir werden Sie dafür entschädigen. Ich muss Sie allerdings warnen, Mr Melas, denn sollten Sie irgendwann heute Nacht versuchen, Alarm zu schlagen, oder sonst etwas tun, das meinen Interessen entgegensteht, so werden Sie merken, wie ernst die Sache ist. Ich bitte Sie zu bedenken, dass niemand weiß, wo Sie sind, und dass Sie sich, ob nun in dieser Kutsche oder in meinem Haus, in jedem Fall in meiner Gewalt befinden.‹

Sein Ton war ruhig, aber er sprach mit krächzender Stimme, was sehr bedrohlich wirkte. Ich saß schweigend da und fragte mich, was in aller Welt ihn veranlassen könnte, mich auf derart ungewöhnliche Weise zu entführen. Was immer es sein mochte, es war vollkommen klar, dass Widerstand ganz und gar zwecklos war und mir nichts weiter blieb als abzuwarten, was passieren würde.

Fast zwei Stunden fuhren wir, ohne dass ich den kleinsten Anhaltspunkt hatte, wohin es ging. Bisweilen verriet das Rattern der Steine eine gepflasterte Chaussee, dann wieder deutete unsere sanfte, leise Fahrt auf Asphalt; doch abgesehen vom Wechsel der Geräusche gab es überhaupt nichts, was mich auch nur im Entferntesten hätte vermuten lassen, wo wir waren. Durch das Papier vor beiden Fenstern drang keinerlei Licht, und vor die vordere Glasscheibe war ein blauer Vorhang gezogen. Es war Viertel nach sieben gewesen, als wir die Pall Mall verließen, und meine Uhr zeigte zehn vor neun, als wir endlich zum Stehen kamen. Mein Begleiter ließ das Fenster herunter, und ich erhaschte einen Blick auf einen niedrigen, gewölbten Eingang mit einer brennenden Lampe darüber. Während man mich eilig aus der Kutsche drängte, schwang die Tür auf, dann war ich im Haus, mit einem flüchtigen Eindruck von Rasen und Bäumen zu beiden Seiten, als ich eintrat. Ob dieses Grundstück allerdings Privatgelände oder in öffentlicher Hand war, wage ich nicht mit Bestimmtheit zu sagen.

Im Innern hing eine farbige Gaslampe, die man so niedrig gedreht hatte, dass ich kaum etwas sehen konnte, außer dass die

of some size and hung with pictures. In the dim light I could make out that the person who had opened the door was a small, mean-looking, middle-aged man with rounded shoulders. As he turned towards us the glint of the light showed me that he was wearing glasses.

'"Is this Mr. Melas, Harold?" said he.

'"Yes."

'"Well done, well done! No ill-will, Mr. Melas, I hope, but we could not get on without you. If you deal fair with us you'll not regret it, but if you try any tricks, God help you!" He spoke in a nervous, jerky fashion, and with little giggling laughs in between, but somehow he impressed me with fear more than the other.

'"What do you want with me?" I asked.

'"Only to ask a few questions of a Greek gentleman who is visiting us, and to let us have the answers. But say no more than you are told to say, or–" here came the nervous giggle again–"you had better never have been born."

'As he spoke he opened a door and showed the way into a room which appeared to be very richly furnished, but again the only light was afforded by a single lamp half-turned down. The chamber was certainly large, and the way in which my feet sank into the carpet as I stepped across it told me of its richness. I caught glimpses of velvet chairs, a high white marble mantelpiece, and what seemed to be a suit of Japanese armour at one side of it. There was a chair just under the lamp, and the elderly man motioned that I should sit in it. The younger had left us, but he suddenly returned through another door, leading with him a gentleman clad in some sort of loose dressing-gown who moved slowly towards us. As he came into the circle of dim light which enabled me to see

Vorhalle recht groß und mit Bildern behängt war. Im trüben Schein konnte ich erkennen, dass die Person, die uns geöffnet hatte, ein kleiner, niederträchtig aussehender Mann mittleren Alters mit eingefallenen Schultern war. Als er sich uns zuwandte, zeigten mir einige Lichtreflexe, dass er eine Brille trug.

›Ist das Mr Melas, Harold?‹, fragte er.

›Ja.‹

›Recht so, recht so! Nichts für ungut, hoffe ich, Mr Melas, aber ohne Sie kamen wir einfach nicht weiter. Gehen Sie anständig mit uns um und Sie werden es nicht bereuen, doch sollten Sie irgendwelche Tricks versuchen, dann gnade Ihnen Gott!‹ Er sprach auf nervöse, fahrige Art und mit einigen kichernden Lachern dazwischen, doch irgendwie flößte er mir mehr Angst ein als der andere.

›Was wollen Sie von mir?‹, fragte ich.

›Nur, dass Sie einem griechischen Gentleman, der sich bei uns aufhält, ein paar Fragen stellen und uns die Antworten mitteilen. Sagen Sie aber nicht mehr, als wir ihnen auftragen, denn sonst‹ – hier folgte erneut das nervöse Kichern – ›wären Sie besser nie geboren worden.‹

Während er sprach, öffnete er eine Tür und wies den Weg in ein Zimmer, das sehr prachtvoll möbliert schien, doch wieder kam das einzige Licht von einer Lampe, die halb heruntergedreht war. Der Raum war sicherlich groß, und die Art, wie meine Füße im Teppich versanken, als ich darüberging, verriet mir seinen Prunk. Vage erkannte ich samtene Sessel, einen hohen Kaminsims aus weißem Marmor, und daneben etwas, das eine japanische Rüstung zu sein schien. Ein Sessel stand genau unter der Lampe, und der ältere Mann bedeutete mir, mich hineinzusetzen. Der jüngere war nicht mehr bei uns, kehrte aber plötzlich durch eine andere Tür zurück, an seiner Seite einen Gentleman führend, der in eine Art weiten Morgenmantel gekleidet war und langsam auf uns zukam. Als er in den matten Lichtkreis trat und ich ihn besser sehen konnte, ließ sein An-

him more clearly I was thrilled with horror at his appearance. He was deadly pale and terribly emaciated, with the protruding, brilliant eyes of a man whose spirit was greater than his strength. But what shocked me more than any signs of physical weakness was that his face was grotesquely criss-crossed with sticking-plaster, and that one large pad of it was fastened over his mouth.

'"Have you the slate, Harold?" cried the older man, as this strange being fell rather than sat down into a chair. "Are his hands loose? Now, then, give him the pencil. You are to ask the questions, Mr. Melas, and he will write the answers. Ask him first of all whether he is prepared to sign the papers?"

'The man's eyes flashed fire.

'"Never!" he wrote in Greek upon the slate.

'"On no conditions?" I asked at the bidding of our tyrant.

'"Only if I see her married in my presence by a Greek priest whom I know."

'The man giggled in his venomous way.

'"You know what awaits you, then?"

'"I care nothing for myself."

'These are samples of the questions and answers which made up our strange half-spoken, half-written conversation. Again and again I had to ask him whether he would give in and sign the documents. Again and again I had the same indignant reply. But soon a happy thought came to me. I took to adding on little sentences of my own to each question, innocent ones at first, to test whether either of our companions knew anything of the matter, and then, as I found that they showed no sign I played a more dangerous game. Our conversation ran something like this:

'"You can do no good by this obstinacy. *Who are you?*"

blick mich vor Entsetzen erschauern. Er war leichenblass und schrecklich abgezehrt, mit den vorstehenden, glänzenden Augen eines Mannes, dessen Geist den Körper an Kraft übertrifft. Doch mehr als alle Anzeichen physischer Schwäche schockierte mich, dass sein Gesicht auf groteske Weise kreuz und quer mit Heftpflastern bedeckt war und ein einzelner breiter Streifen über seinem Mund klebte.

›Hast du die Schiefertafel, Harold?‹, rief der ältere Mann, als jenes seltsame Wesen in einen Sessel mehr fiel als sich setzte. ›Seine Hände sind frei? Also dann, gib ihm den Griffel. Sie sollen die Fragen stellen, Mr Melas, und er wird die Antworten aufschreiben. Fragen Sie ihn zuallererst, ob er bereit ist, die Papiere zu unterzeichnen.‹

Die Augen des Mannes blitzten feurig.

›Niemals!‹, schrieb er auf Griechisch auf die Tafel.

›Unter keinen Umständen?‹, fragte ich ihn auf Geheiß unseres Tyrannen.

›Nur, wenn sie vor meinen Augen von einem griechischen Priester getraut wird, den ich kenne.‹

Der Mann kicherte auf seine gehässige Art.

›Sie wissen also, was Sie erwartet?‹

›Mein Schicksal kümmert mich nicht.‹

Dies sind nur ein paar Beispiele der Fragen und Antworten, aus denen unsere seltsame, halb gesprochene, halb geschriebene Unterhaltung bestand. Wieder und wieder musste ich ihn fragen, ob er nachgeben und die Dokumente unterzeichnen werde. Wieder und wieder erhielt ich dieselbe entrüstete Antwort. Bald jedoch kam mir eine gute Idee. Ich ging dazu über, jeder Frage einen kurzen Satz von mir selbst anzuhängen, harmlose zunächst, um zu prüfen, ob einer unserer Zuhörer es bemerkte, und dann, als ich sah, dass nichts darauf hindeutete, spielte ich ein gefährlicheres Spiel. Unser Gespräch verlief etwa folgendermaßen:

›Dieser Starrsinn nützt Ihnen gar nichts. *Wer sind Sie?*‹

'"I care not. *I am a stranger in London.*"

'"Your fate will be on your own head. *How long have you been here?*"

'"Let it be so. *Three weeks.*"

'"The property can never be yours. *What ails you?*"

'"It shall not go to villains. *They are starving me.*"

'"You shall go free if you sign. *What house is this?*"

'"I will never sign. *I do not know.*"

'"You are not doing her any service. *What is your name?*"

'"Let me hear her say so. *Kratides.*"

'"You shall see her if you sign. *Where are you from?*"

'"Then I shall never see her. *Athens.*"

'Another five minutes, Mr. Holmes, and I should have wormed out the whole story under their very noses. My very next question might have cleared the matter up, but at that instant the door opened and a woman stepped into the room. I could not see her clearly enough to know more than that she was tall and graceful, with black hair, and clad in some sort of loose white gown.

'"Harold," said she, speaking English with a broken accent. "I could not stay away longer. It is so lonely up there with only—oh, my God, it is Paul!"

'These last words were in Greek, and at the same instant the man with a convulsive effort tore the plaster from his lips, and screaming out "Sophy! Sophy!" rushed into the woman's arms. Their embrace was but for an instant, however, for the younger man seized the woman and pushed her out of the room, while the elder easily overpowered his emaciated victim and dragged him away through the other door. For a moment I was left alone in

›Das ist mir gleich. *Ich bin fremd in London.*‹

›Sie halten Ihr Schicksal in der Hand. *Seit wann sind Sie hier?*‹

›Sei's drum. *Seit drei Wochen.*‹

›Das Vermögen wird niemals Ihnen gehören. *Was fehlt Ihnen?*‹

›Ich werde es keinen Schurken überlassen. *Sie hungern mich aus.*‹

›Sie sind frei, sobald Sie unterzeichnen. *Was für ein Haus ist das?*‹

›Ich werde nie unterzeichnen. *Ich weiß es nicht.*‹

›Sie erweisen ihr damit keinen Dienst. *Wie heißen Sie?*‹

›Das will ich von ihr selbst hören. *Kratides.*‹

›Sie werden sie sehen, wenn Sie unterzeichnen. *Woher kommen Sie?*‹

›Dann werde ich sie niemals sehen. *Athen.*‹

Fünf Minuten länger, Mr Holmes, und ich hätte die ganze Geschichte direkt vor ihrer Nase herausgebracht. Bereits meine nächste Frage hätte die Sache aufklären können, doch im selben Moment öffnete sich die Tür und eine Frau trat ins Zimmer. Ich konnte sie nicht deutlich genug sehen, um mehr zu erkennen, als dass sie groß und anmutig war, mit schwarzem Haar, und in ein ziemlich weites, weißes Kleid gehüllt.

›Harold, ich konnte nicht länger fortbleiben‹, sagte sie auf Englisch mit starkem Akzent. ›Es ist so einsam dort oben, nur mit … o mein Gott, das ist Paul!‹

Diese letzten Worte sprach sie auf Griechisch, und sogleich riss der Mann sich mit krampfhafter Anstrengung das Pflaster von den Lippen, schrie ›Sophie! Sophie!‹ und stürzte sich der Frau in die Arme. Doch ihre Umarmung währte nur einen Augenblick, denn der jüngere Mann packte die Frau und stieß sie aus dem Zimmer, während der ältere sein ausgemergeltes Opfer mühelos überwältigte und es durch die andere Tür davonzerrte. Für einen Moment war ich allein im Raum, und ich sprang auf

the room, and I sprang to my feet with some vague idea that I might in some way get a clue to what this house was in which I found myself. Fortunately, however, I took no steps, for looking up I saw that the older man was standing in the doorway, with his eyes fixed upon me.

'"That will do, Mr. Melas," said he. "You perceive that we have taken you into our confidence over some very private business. We should not have troubled you, only that our friend who speaks Greek and who began these negotiations has been forced to return to the East. It was quite necessary for us to find someone to take his place, and we were fortunate in hearing of your powers."

'I bowed.

'"There are five sovereigns here," said he, walking up to me, "which will, I hope, be a sufficient fee. But remember," he added, tapping me lightly on the chest and giggling, "if you speak to a human soul about this–one human soul, mind–well, may God have mercy upon your soul!"

'I cannot tell you the loathing and horror with which this insignificant-looking man inspired me. I could see him better now as the lamp-light shone upon him. His features were peaky and sallow, and his little pointed beard was thready and ill-nourished. He pushed his face forward as he spoke, and his lips and eyelids were continually twitching like a man with St. Vitus's dance. I could not help thinking that his strange, catchy little laugh was also a symptom of some nervous malady. The terror of his face lay in his eyes, however, steel gray, and glistening coldly with a malignant, inexorable cruelty in their depths.

'"We shall know if you speak of this," said he. "We have our own means of information. Now you will find the carriage waiting, and my friend will see you on your way."

mit der vagen Vorstellung, ich könne irgendwie einen Hinweis darauf entdecken, was das für ein Haus war, in dem ich mich befand. Glücklicherweise indes unternahm ich nichts, denn als ich den Blick hob, sah ich, dass der ältere Mann im Türrahmen stand, die Augen fest auf mich gerichtet.

›Das wird genügen, Mr Melas‹, sagte er. ›Sie verstehen, dass wir Sie in einer sehr privaten Angelegenheit ins Vertrauen gezogen haben. Wir hätten Sie nicht behelligt, wäre unser Freund, der Griechisch spricht und diese Verhandlungen begonnen hat, nicht gezwungen gewesen, in den Osten zurückzukehren. Es war daher unerlässlich für uns, jemanden zu finden, der seine Stelle einnahm, und wir hatten das Glück, von Ihren Fähigkeiten zu hören.‹

Ich verbeugte mich.

›Hier sind fünf Sovereigns‹, sagte er und kam auf mich zu, ›die, wie ich hoffe, als Honorar ausreichend sind. Aber denken Sie daran‹, fügte er hinzu, indem er mir leicht auf die Brust tippte und kicherte, ›falls Sie auch nur einer Menschenseele davon berichten – einer einzigen Menschenseele, wohlgemerkt –, nun, dann sei Gott Ihrer Seele gnädig!‹

Ich kann Ihnen den Abscheu und das Entsetzen, die dieser unscheinbar aussehende Mann mir einflößte, nicht beschreiben. Ich konnte ihn jetzt besser sehen, da das Lampenlicht auf ihn fiel. Seine Züge wirkten kränklich und fahl, und sein kleiner Spitzbart war dünn und ungepflegt. Beim Sprechen reckte er das Gesicht vor, und seine Lippen und Augenlider zuckten unaufhörlich, wie bei einem Mann mit Veitstanz. Ich konnte nicht umhin zu denken, dass auch dieses seltsame, ruckartig kurze Lachen Symptom eines Nervenleidens sei. Das Grauenerregende an seinem Antlitz waren jedoch seine Augen, stahlgrau und kalt glitzernd, mit einer boshaften, unerbittlichen Grausamkeit in ihren Tiefen.

›Sollten Sie hierüber sprechen, erfahren wir es‹, sagte er. ›Wir haben unsere eigenen Mittel, uns kundig zu machen. Jetzt wartet die Kutsche auf Sie, und mein Freund wird Sie auf Ihrem Heimweg begleiten.‹

'I was hurried through the hall and into the vehicle, again obtaining that momentary glimpse of trees and a garden. Mr. Latimer followed closely at my heels and took his place opposite to me without a word. In silence we again drove for an interminable distance with the windows raised, until at last, just after midnight, the carriage pulled up.

'"You will get down here, Mr. Melas," said my companion. "I am sorry to leave you so far from your house, but there is no alternative. Any attempt upon your part to follow the carriage can only end in injury to yourself."

'He opened the door as he spoke, and I had hardly time to spring out when the coachman lashed the horse and the carriage rattled away. I looked around me in astonishment. I was on some sort of a healthy common mottled over with dark clumps of furze-bushes. Far away stretched a line of houses, with a light here and there in the upper windows. On the other side I saw the red signal-lamps of a railway.

'The carriage which had brought me was already out of sight. I stood gazing round and wondering where on earth I might be, when I saw someone coming towards me in the darkness. As he came up to me I made out that he was a railway porter.

'"Can you tell me what place this is?" I asked.

'"Wandsworth Common," said he.

'"Can I get a train into town?"

'"If you walk on a mile or so to Clapham Junction," said he, "you'll just be in time for the last to Victoria."

'So that was the end of my adventure, Mr. Holmes. I do not know where I was, nor whom I spoke with, nor anything save what I have told you. But I know that there is foul play going on, and I want to help that unhappy

Man schob mich hastig durch die Halle und in das Gefährt, wobei ich erneut einen flüchtigen Blick auf Bäume und einen Garten erhaschte. Mr Latimer folgte mir dicht auf den Fersen und setzte sich wortlos mir gegenüber. Schweigend legten wir wiederum eine schier endlose Strecke zurück, die Fenster hochgeschoben, bis die Kutsche, kurz nach Mitternacht, schließlich anhielt.

›Sie steigen hier aus, Mr Melas‹, sagte mein Begleiter. ›Es tut mir leid, Sie so weit von Ihrem Haus abzusetzen, doch es gibt keine Alternative. Jeder Versuch von Ihrer Seite, der Kutsche zu folgen, wird am Ende Ihr Schaden sein.‹

Noch im Sprechen öffnete er die Tür, und ich hatte kaum Zeit hinauszuspringen, da gab der Kutscher dem Pferd schon die Peitsche und der Wagen ratterte davon. Erstaunt blickte ich mich um. Ich stand auf einer Art üppiger Allmende, übersät mit dunklen Gruppen von Stechginstersträuchern. In der Ferne erstreckte sich eine Häuserreihe, hier und da mit einem Licht in den oberen Fenstern. Auf der anderen Seite sah ich die roten Signallampen einer Eisenbahnstrecke.

Die Kutsche, die mich gebracht hatte, war bereits außer Sicht. Ich stand da, starrte umher und fragte mich, wo in aller Welt ich war, da sah ich in der Dunkelheit jemanden auf mich zukommen. Als er sich mir näherte, erkannte ich, dass er Eisenbahner war.

›Können Sie mir sagen, wie dieser Ort heißt?‹, fragte ich.

›Wandsworth Common‹, sagte er.

›Fährt hier ein Zug in die Stadt?‹

›Wenn Sie noch ungefähr eine Meile laufen, bis Clapham Junction‹, sagte er, ›erwischen Sie noch den letzten zur Victoria Station.‹

Das also war das Ende meines Abenteuers, Mr Holmes. Weder weiß ich, wo ich war, noch mit wem ich sprach, noch sonst irgendetwas über das hinaus, was ich Ihnen erzählt habe. Aber ich weiß, da ist ein übles Spiel im Gang, und ich möchte diesem

man if I can. I told the whole story to Mr. Mycroft Holmes next morning, and subsequently to the police.'

We all sat in silence for some little time after listening to this extraordinary narrative. Then Sherlock looked across at his brother.

'Any steps?' he asked.

Mycroft picked up the *Daily News,* which was lying on the side-table.

'"Anybody supplying any information as to the whereabouts of a Greek gentleman named Paul Kratides, from Athens, who is unable to speak English, will be rewarded. A similar reward paid to anyone giving information about a Greek lady whose first name is Sophy. X 2473." That was in all the dailies. No answer.'

'How about the Greek legation?'

'I have inquired. They know nothing.'

'A wire to the head of the Athens police, then?'

'Sherlock has all the energy of the family,' said Mycroft, turning to me. 'Well, you take the case up by all means and let me know if you do any good.'

'Certainly,' answered my friend, rising from his chair. 'I'll let you know, and Mr. Melas also. In the meantime, Mr. Melas, I should certainly be on my guard if I were you, for of course they must know through these advertisements that you have betrayed them.'

As we walked home together, Holmes stopped at a telegraph office and sent off several wires.

'You see, Watson,' he remarked, 'our evening has been by no means wasted. Some of my most interesting cases have come to me in this way through Mycroft. The problem which we have just listened to, although it can admit of but one explanation, has still some distinguishing features.'

Unglücklichen helfen, wenn ich kann. Am nächsten Morgen habe ich die ganze Geschichte Mr Mycroft Holmes erzählt und später der Polizei.«

Wir alle saßen ein Weilchen still da, nachdem wir dieser ungewöhnlichen Erzählung gelauscht hatten. Dann sah Sherlock hinüber zu seinem Bruder.

»Irgendwelche Schritte?«, fragte er.

Mycroft griff nach der *Daily News*, die auf dem Beistelltisch lag.

»›Jeder, der gesicherte Angaben macht über den Verbleib eines griechischen Gentleman namens Paul Kratides, aus Athen stammend und des Englischen unkundig, erhält eine Belohnung. Ebenso jeder, der Auskünfte über eine griechische Lady mit dem Vornamen Sophie gibt. X 2473.‹ Das stand in allen Tageszeitungen. Keine Antwort.«

»Was ist mit der Griechischen Gesandtschaft?«

»Ich habe nachgefragt. Sie wissen von nichts.«

»Und ein Telegramm an den Leiter der Polizei von Athen?«

»Sherlock hat alle Tatkraft der Familie«, sagte Mycroft, zu mir gewandt. »Nun, übernimm auf jeden Fall du jetzt die Sache und lass mich wissen, wenn du etwas erreichst.«

»Sicher«, antwortete mein Freund und erhob sich von seinem Sessel. »Ich lass es dich wissen, und auch Mr Melas. In der Zwischenzeit, Mr Melas, wäre ich an Ihrer Stelle gründlich auf der Hut, denn natürlich ist denen nach diesen Anzeigen klar, dass Sie sie verraten haben.«

Als wir gemeinsam heimwärts gingen, hielt Holmes bei einem Telegrafenamt und gab mehrere Telegramme auf.

»Sie sehen, Watson«, bemerkte er, »unser Abend war keineswegs vergeudet. Einige meiner interessantesten Fälle kamen auf diese Weise über Mycroft zu mir. Das Rätsel, von dem wir gerade gehört haben, trägt, obwohl es nur eine Erklärung zulässt, dennoch einige charakteristische Züge.«

'You have hopes of solving it?'

'Well, knowing as much as we do, it will be singular indeed if we fail to discover the rest. You must yourself have formed some theory which will explain the facts to which we have listened.'

'In a vague way, yes.'

'What was your idea, then?'

'It seemed to me to be obvious that this Greek girl had been carried off by the young Englishman named Harold Latimer.'

'Carried off from where?'

'Athens, perhaps.'

Sherlock Holmes shook his head. 'This young man could not talk a word of Greek. The lady could talk English fairly well. Inference–that she had been in England some little time, but he had not been in Greece.'

'Well, then, we will presume that she had once come on a visit to England, and that this Harold had persuaded her to fly with him.'

'That is more probable.'

'Then the brother–for that, I fancy, must be the relationship–comes over from Greece to interfere. He imprudently puts himself into the power of the young man and his older associate. They seize him and use violence towards him in order to make him sign some papers to make over the girl's fortune–of which he may be trustee–to them. This he refuses to do. In order to negotiate with him they have to get an interpreter, and they pitch upon this Mr. Melas, having used some other one before. The girl is not told of the arrival of her brother and finds it out by the merest accident.'

'Excellent, Watson!' cried Holmes. 'I really fancy that you are not far from the truth. You see that we hold all

»Sie sind zuversichtlich, es zu lösen?«

»Nun, bei allem, was wir bereits wissen, wäre es in der Tat eigenartig, falls es uns misslänge, den Rest aufzudecken. Auch Sie selbst dürften sich zur Erklärung der Fakten, die uns berichtet wurden, eine Theorie zurechtgelegt haben.«

»Schemenhaft zurechtgelegt, ja.«

»Was nämlich war Ihr Gedanke?«

»Es schien mir offensichtlich, dass dieses griechische Mädchen von dem jungen Engländer namens Harold Latimer verschleppt wurde.«

»Verschleppt woher?«

»Aus Athen vielleicht.«

Sherlock Holmes schüttelte den Kopf. »Dieser junge Mann sprach kein Wort Griechisch. Die Lady sprach ziemlich gut Englisch. Schlussfolgerung: Sie war für einige Zeit in England, er aber war nicht in Griechenland.«

»Nun denn, nehmen wir an, dass sie besuchsweise nach England kam und dass dieser Harold sie überredete, mit ihm zu fliehen.«

»Das ist wahrscheinlicher.«

»Dann kommt der Bruder – denn in diesem Verhältnis, vermute ich, stehen die beiden – aus Griechenland herüber, um einzugreifen. Unklugerweise begibt er sich in die Hände des jungen Mannes und seines älteren Komplizen. Sie halten ihn fest und werden ihm gegenüber gewalttätig, um ihn dazu zu bringen, einige Papiere zu unterzeichnen, die ihnen das Vermögen des Mädchens – dessen Treuhänder er sein mag – übereignen. Er verweigert das. Um mit ihm zu verhandeln, benötigen sie einen Dolmetscher, und sie verfallen auf diesen Mr Melas, nachdem sie sich zuvor eines anderen bedient haben. Dem Mädchen sagt man nichts von der Ankunft ihres Bruders, und nur durch puren Zufall kommt sie dahinter.«

»Hervorragend, Watson!«, rief Holmes. »Ich glaube wirklich, Sie sind von der Wahrheit nicht weit entfernt. Sie sehen, wir

the cards, and we have only to fear some sudden act of violence on their part. If they give us time we must have them.'

'But how can we find where this house lies?'

'Well, if our conjecture is correct and the girl's name, is or was Sophy Kratides, we should have no difficulty in tracing her. That must be our main hope, for the brother is, of course, a complete stranger. It is clear that some time has elapsed since this Harold established these relations with the girl–some weeks, at any rate–since the brother in Greece has had time to hear of it and come across. If they have been living in the same place during this time, it is probable that we shall have some answer to Mycroft's advertisement.'

We had reached our house in Baker Street while we had been talking. Holmes ascended the stair first, and as he opened the door of our room he gave a start of surprise. Looking over his shoulder, I was equally astonished. His brother Mycroft was sitting smoking in the armchair.

'Come in, Sherlock! Come in, sir,' said he blandly, smiling at our surprised faces. 'You don't expect such energy from me, do you, Sherlock? But somehow this case attracts me.'

'How did you get here?'

'I passed you in a hansom.'

'There has been some new development?'

'I had an answer to my advertisement.'

'Ah!'

'Yes, it came within a few minutes of your leaving.'

'And to what effect?'

Mycroft Holmes took out a sheet of paper.

'Here it is,' said he, 'written with a J pen on royal cream paper by a middle-aged man with a weak constitution.

halten alle Trümpfe, und fürchten müssen wir nur einen plötzlichen Akt der Gewalt von deren Seite. Falls sie uns Zeit lassen, fassen wir sie.«

»Aber wie finden wir heraus, wo dieses Haus liegt?«

»Nun, trifft unsere Mutmaßung zu und der Name des Mädchens ist oder war Sophie Kratides, dann sollten wir sie mühelos aufspüren können. Das muss unsere größte Hoffnung sein, denn der Bruder ist natürlich ein völlig Fremder. Es ist klar, dass einige Zeit vergangen ist, seit dieser Harold seine Beziehungen zu dem Mädchen aufnahm – in jedem Fall mehrere Wochen, da der Bruder in Griechenland Zeit hatte, davon zu hören und hierherzukommen. Sollten sie die ganze Zeit am selben Ort gewohnt haben, werden wir wahrscheinlich eine Antwort auf Mycrofts Anzeige erhalten.«

Während wir uns unterhielten, hatten wir das Haus in der Baker Street erreicht. Holmes stieg als Erster die Treppe hinauf, und als er die Tür unseres Zimmers öffnete, fuhr er verblüfft zusammen. Ich lugte ihm über die Schulter und war gleichermaßen erstaunt. Sein Bruder Mycroft saß rauchend im Lehnsessel.

»Immer herein, Sherlock! Immer herein, Sir«, sagte er milde und schmunzelte über unsere verblüfften Gesichter. »Du traust mir solche Tatkraft nicht zu, oder, Sherlock? Aber irgendwie fesselt mich dieser Fall.«

»Wie bist du hierhergekommen?«

»Ich habe euch in einem Hansom überholt.«

»Es hat sich wohl etwas Neues ergeben?«

»Eine Antwort auf meine Anzeige.«

»Ah!«

»Ja, sie kam wenige Minuten nach eurem Weggang.«

»Und der Inhalt?«

Mycroft Holmes zog ein Blatt Papier hervor.

»Hier ist sie«, sagte er, »geschrieben mit breiter Feder auf cremefarbenem Royalpapier von einem Mann mittleren Alters mit schwacher Konstitution.

'"Sir [he says]:
In answer to your advertisement of to-day's date, I beg to inform you that I know the young lady in question very well. If you should care to call upon me I could give you some particulars as to her painful history. She is living at present at The Myrtles, Beckenham.
Yours faithfully,
J. DAVENPORT.

'He writes from Lower Brixton,' said Mycroft Holmes. 'Do you not think that we might drive to him now, Sherlock, and learn these particulars?'

'My dear Mycroft, the brother's life is more valuable than the sister's story. I think we should call at Scotland Yard for Inspector Gregson and go straight out to Beckenham. We know that a man is being done to death, and every hour may be vital.'

'Better pick up Mr. Melas on our way,' I suggested. 'We may need an interpreter.'

'Excellent,' said Sherlock Holmes. 'Send the boy for a four-wheeler, and we shall be off at once.' He opened the table-drawer as he spoke, and I noticed that he slipped his revolver into his pocket. 'Yes,' said he in answer to my glance, 'I should say, from what we have heard, that we are dealing with a particularly dangerous gang.'

It was almost dark before we found ourselves in Pall Mall, at the rooms of Mr. Melas. A gentleman had just called for him, and he was gone.

'Can you tell me where?' asked Mycroft Holmes.

'I don't know, sir,' answered the woman who had opened the door; 'I only know that he drove away with the gentleman in a carriage.'

›Sir [sagt er],
als Antwort auf Ihre heutige Anzeige erlaube ich mir, Ihnen mitzuteilen, dass ich die fragliche junge Lady sehr gut kenne. Sollten Sie bei mir vorsprechen wollen, könnte ich Ihnen nähere Angaben bezüglich ihrer schmerzlichen Geschichte machen. Sie lebt gegenwärtig in The Myrtels, Beckenham.
Ihr ergebener

J. Davenport.‹

Er schreibt aus Lower Brixton«, sagte Mycroft Holmes. »Meinst du nicht, wir sollten gleich zu ihm fahren, Sherlock, um diese näheren Angaben zu erhalten?«

»Mein lieber Mycroft, das Leben des Bruders ist wertvoller als die Geschichte der Schwester. Ich denke, wir sollten Inspektor Gregson bei Scotland Yard abholen und geradewegs hinaus nach Beckenham fahren. Wir wissen, ein Mann wird zu Tode gemartert, und jede Stunde kann entscheidend sein.«

»Besser, wir lesen unterwegs auch Mr Melas auf«, schlug ich vor. »Wir könnten einen Dolmetscher brauchen.«

»Ausgezeichnet«, sagte Sherlock Holmes. »Schicken Sie den Jungen nach einer Droschke, dann brechen wir sofort auf.« Bei diesen Worten öffnete er die Tischschublade, und ich bemerkte, dass er sich seinen Revolver in die Tasche schob. »Ja«, sagte er auf meinen Blick hin, »nach dem, was wir gehört haben, würde ich sagen, wir haben es mit einer besonders gefährlichen Bande zu tun.«

Es war fast dunkel, als wir bei Mr Melas' Wohnung in der Pall Mall ankamen. Ein Gentleman hatte ihn gerade abgeholt, er war fort.

»Können Sie mir sagen, wohin?«, fragte Mycroft Holmes.

»Ich weiß nicht, Sir«, antwortete die Frau, die die Tür geöffnet hatte. »Ich weiß nur, dass er mit dem Gentleman in einer Kutsche davonfuhr.«

'Did the gentleman give a name?'

'No, sir.'

'He wasn't a tall, handsome, dark young man?'

'Oh, no, sir. He was a little gentleman, with glasses, thin in the face, but very pleasant in his ways, for he was laughing all the time that he was talking.'

'Come along!' cried Sherlock Holmes abruptly. 'This grows serious,' he observed as we drove to Scotland Yard. 'These men have got hold of Melas again. He is a man of no physical courage, as they are well aware from their experience the other night. This villain was able to terrorize him the instant that he got into his presence. No doubt they want his professional services, but, having used him, they may be inclined to punish him for what they will regard as his treachery.'

Our hope was that, by taking train, we might get to Beckenham as soon as or sooner than the carriage. On reaching Scotland Yard, however, it was more than an hour before we could get Inspector Gregson and comply with the legal formalities which would enable us to enter the house. It was a quarter to ten before we reached London Bridge, and half past before the four of us alighted on the Beckenham platform. A drive of half a mile brought us to The Myrtles–a large, dark house standing back from the road in its own grounds. Here we dismissed our cab and made our way up the drive together.

'The windows are all dark,' remarked the inspector. 'The house seems deserted.'

'Our birds are flown and the nest empty,' said Holmes.

'Why do you say so?'

»Hat dieser Gentleman seinen Namen genannt?«

»Nein, Sir.«

»Es war kein großer, stattlicher, dunkelhaariger junger Mann?«

»O nein, Sir. Es war ein kleiner Gentleman, mit Brille, dünn im Gesicht, aber sehr lustig im Umgang, denn er lachte die ganze Zeit, während er redete.«

»Los, kommt!«, rief Sherlock Holmes plötzlich. »Das Ganze wird ernst«, bemerkte er, als wir zu Scotland Yard fuhren. »Diese Männer haben Melas wieder in ihre Gewalt gebracht. Beherztes Einschreiten ist nicht seine Sache, wie sie dank ihrer Erfahrung in jener Nacht sehr wohl wissen. Die bloße Gegenwart dieses Schurken dürfte ihn eingeschüchtert haben. Zweifellos benötigen sie seine beruflichen Dienste, doch sobald sie sich seiner bedient haben, könnten sie gewillt sein, ihn für das zu bestrafen, was sie auf jeden Fall als Verrat betrachten.«

Unsere Hoffnung war, dass wir mit dem Zug ebenso schnell in Beckenham sein würden wie die Kutsche oder sogar noch vor ihr. Als wir jedoch bei Scotland Yard eintrafen, dauerte es noch mehr als eine Stunde, bis wir zu Inspektor Gregson vordringen und die rechtlichen Formalitäten erledigen konnten, die uns in die Lage versetzten, das Haus zu betreten. Es war Viertel vor zehn, als wir London Bridge Station erreichten, und halb elf, als wir zu viert am Bahnsteig von Beckenham ausstiegen. Eine Fahrt von einer halben Meile brachte uns zu The Myrtles – einem großen, dunklen Haus, das auf eigenem Grund etwas abseits der Straße stand. Hier verabschiedeten wir unseren Wagen und gingen gemeinsam die Auffahrt hinauf.

»Die Fenster sind alle dunkel«, bemerkte der Inspektor. »Das Haus scheint verlassen.«

»Unsere Vögel sind ausgeflogen, das Nest ist leer«, sagte Holmes.

»Woher wissen Sie das?«

'A carriage heavily loaded with luggage has passed out during the last hour.'

The inspector laughed. 'I saw the wheel-tracks in the light of the gate-lamp, but where does the luggage come in?'

'You may have observed the same wheel-tracks going the other way. But the outward-bound ones were very much deeper—so much so that we can say for a certainty that there was a very considerable weight on the carriage.'

'You get a trifle beyond me there,' said the inspector, shrugging his shoulders. 'It will not be an easy door to force, but we will try if we cannot make someone hear us.'

He hammered loudly at the knocker and pulled at the bell, but without any success. Holmes had slipped away, but he came back in a few minutes.

'I have a window open,' said he.

'It is a mercy that you are on the side of the force, and not against it, Mr. Holmes,' remarked the inspector as he noted the clever way in which my friend had forced back the catch. 'Well, I think that under the circumstances we may enter without an invitation.'

One after the other we made our way into a large apartment, which was evidently that in which Mr. Melas had found himself. The inspector had lit his lantern, and by its light we could see the two doors, the curtain, the lamp, and the suit of Japanese mail as he had described them. On the table lay two glasses, an empty brandy-bottle, and the remains of a meal.

'What is that?' asked Holmes suddenly.

We all stood still and listened. A low moaning sound was coming from somewhere over our heads. Holmes rushed to the door and out into the hall. The dismal noise

»Im Laufe der letzten Stunde ist eine mit schwerem Gepäck beladene Kutsche von hier weggefahren.«

Der Inspektor lachte. »Ich sah die Radspuren im Schein der Torlampe, aber wo kommt das Gepäck ins Spiel?«

»Sie haben vielleicht bemerkt, dass die gleichen Radspuren auch in die andere Richtung verlaufen. Doch die zur Straße führenden sind sehr viel tiefer – so viel, dass wir mit Gewissheit sagen können, dass die Kutsche ein sehr beträchtliches Gewicht trug.«

»Das ist mir eine Spur zu hoch«, sagte der Inspektor mit einem Schulterzucken. »Die Tür wird nicht leicht aufzubrechen sein, aber wir versuchen es, falls wir uns kein Gehör verschaffen können.«

Er hämmerte laut mit dem Türklopfer und zog an der Glocke, doch ohne jeden Erfolg. Holmes hatte sich davongeschlichen, kam aber nach wenigen Minuten zurück.

»Ein Fenster ist jetzt offen«, sagte er.

»Es ist ein Segen, dass Sie aufseiten der Polizei und nicht gegen sie stehen, Mr Holmes«, bemerkte der Inspektor, als er sah, wie geschickt mein Freund den Verschluss entriegelt hatte. »Tja, ich glaube, unter den gegebenen Umständen dürfen wir ohne Einladung eintreten.«

Einer nach dem anderen kletterten wir in einen großen Raum, der offensichtlich jener war, in dem Mr Melas sich befunden hatte. Der Inspektor hatte seine Laterne angezündet, und in ihrem Licht konnten wir die beiden Türen, den Vorhang, die Lampe und die japanische Rüstung erkennen, so wie er es beschrieben hatte. Auf dem Tisch standen zwei Gläser, eine leere Brandyflasche und die Reste einer Mahlzeit.

»Was ist das?«, fragte Holmes plötzlich.

Wir standen alle still und lauschten. Ein leises, ächzendes Geräusch kam von irgendwoher über uns. Holmes stürzte zur Tür und hinaus in die Vorhalle. Der grässliche Laut kam von oben.

came from upstairs. He dashed up, the inspector and I at his heels, while his brother Mycroft followed as quickly as his great bulk would permit.

Three doors faced us upon the second floor, and it was from the central of these that the sinister sounds were issuing, sinking sometimes into a dull mumble and rising again into a shrill whine. It was locked, but the key had been left on the outside. Holmes flung open the door and rushed in, but he was out again in an instant, with his hand to his throat.

'It's charcoal,' he cried. 'Give it time. It will clear.'

Peering in, we could see that the only light in the room came from a dull blue flame which flickered from a small brass tripod in the centre. It threw a livid, unnatural circle upon the floor, while in the shadows beyond we saw the vague loom of two figures which crouched against the wall. From the open door there reeked a horrible poisonous exhalation which set us gasping and coughing. Holmes rushed to the top of the stairs to draw in the fresh air, and then, dashing into the room, he threw up the window and hurled the brazen tripod out into the garden.

'We can enter in a minute,' he gasped, darting out again. 'Where is a candle? I doubt if we could strike a match in that atmosphere. Hold the light at the door and we shall get them out, Mycroft, now!'

With a rush we got to the poisoned men and dragged them out into the well-lit hall. Both of them were blue-lipped and insensible, with swollen, congested faces and protruding eyes. Indeed, so distorted were their features that, save for his black beard and stout figure, we might have failed to recognize in one of them the Greek interpreter who had parted from us only a few hours before at the Diogenes Club. His hands and feet were securely

Er jagte hinauf, der Inspektor und ich dicht hinter ihm, während sein Bruder Mycroft so rasch folgte, wie sein massiger Leib es zuließ.

Im zweiten Stock sahen wir uns drei Türen gegenüber, und die unheilvollen Laute drangen aus der mittleren, mal in ein dumpfes Murmeln verebbend, dann wieder ansteigend zu einem schrillen Wimmern. Die Tür war verschlossen, aber der Schlüssel steckte von außen. Holmes stieß die Tür auf und stürmte hinein, war allerdings im Nu wieder draußen, die Hand an der Kehle.

»Holzkohle«, rief er. »Abwarten. Der Rauch wird sich verziehen.«

Wir spähten in den Raum und konnten sehen, dass das einzige Licht von einer trüben, blauen Flamme rührte, die auf einem kleinen Messingdreifuß in der Mitte züngelte. Sie warf einen fahlen, unnatürlichen Lichtkreis auf den Boden, während wir im Schatten dahinter schemenhaft zwei Gestalten erkannten, die an der Wand kauerten. Der offenen Tür entströmte ein fürchterlicher giftiger Qualm, der uns röcheln und husten machte. Holmes hastete zum Treppenabsatz, um frische Luft einzusaugen, dann stürmte er in das Zimmer, riss das Fenster auf und schleuderte den Messingdreifuß hinaus in den Garten.

»In einer Minute können wir rein«, keuchte er, als er wieder herausschoss. »Haben wir eine Kerze? Ich bezweifle, dass wir in dieser Luft ein Streichholz anzünden können. Halt das Licht an die Tür, Mycroft, und wir holen sie raus – jetzt!«

Mit einem Satz waren wir bei den vergifteten Männern und zerrten sie hinaus in die beleuchtete Diele. Beide hatten blaue Lippen und waren bewusstlos, ihre Gesichter geschwollen und blutunterlaufen, die Augen hervorgetreten. Ihre Züge waren tatsächlich derart verzerrt, dass wir in einem von ihnen, wären sein schwarzer Bart und die stämmige Gestalt nicht gewesen, beinahe nicht den griechischen Dolmetscher erkannt hätten, der sich erst vor ein paar Stunden im Diogenes Club von uns getrennt hatte.

strapped together, and he bore over one eye the marks of a violent blow. The other, who was secured in a similar fashion, was a tall man in the last stage of emaciation, with several strips of sticking-plaster arranged in a grotesque pattern over his face. He had ceased to moan as we laid him down, and a glance showed me that for him at least our aid had come too late. Mr. Melas, however, still lived, and in less than an hour, with the aid of ammonia and brandy, I had the satisfaction of seeing him open his eyes, and of knowing that my hand had drawn him back from that dark valley in which all paths meet.

It was a simple story which he had to tell, and one which did but confirm our own deductions. His visitor, on entering his rooms, had drawn a life-preserver from his sleeve, and had so impressed him with the fear of instant and inevitable death that he had kidnapped him for the second time. Indeed, it was almost mesmeric, the effect which this giggling ruffian had produced upon the unfortunate linguist, for he could not speak of him save with trembling hands and a blanched cheek. He had been taken swiftly to Beckenham, and had acted as interpreter in a second interview, even more dramatic than the first, in which the two Englishmen had menaced their prisoner with instant death if he did not comply with their demands. Finally, finding him proof against every threat, they had hurled him back into his prison, and after reproaching Melas with his treachery, which appeared from the newspaper advertisement, they had stunned him with a blow from a stick, and he remembered nothing more until he found us bending over him.

And this was the singular case of the Grecian Interpreter, the explanation of which is still involved in some mystery. We were able to find out, by communicating

Hände und Füße waren ihm fest zusammengeschnürt, und über einem Auge trug er die Spuren eines wuchtigen Schlags. Der andere, in ähnlicher Weise gefesselt, war ein hochgewachsener Mann im letzten Stadium der Auszehrung, dessen Gesicht in groteskem Muster mit mehreren Streifen Heftpflaster bedeckt war. Er hatte aufgehört zu stöhnen, als wir ihn niederlegten, und ein kurzer Blick verriet mir, dass zumindest für ihn jede Hilfe zu spät gekommen war. Mr Melas aber lebte noch, und mithilfe von Ammoniak und Brandy hatte ich nach weniger als einer Stunde die Genugtuung, zu sehen, wie er die Augen aufschlug, und zu wissen, dass meine Hand ihn aus jenem finsteren Tal zurückgeholt hatte, in dem alle Pfade sich treffen.

Die Geschichte, die er zu erzählen hatte, war simpel, und sie bestätigte nur unsere eigenen Schlüsse. Sein Besucher hatte beim Betreten der Wohnung einen Totschläger aus dem Ärmel gezogen und ihm eine solche Angst vor dem augenblicklichen, unausweichlichen Tod eingeflößt, dass er ihn zum zweiten Mal entführen konnte. In der Tat war es eine fast hypnotische Wirkung, die der kichernde Schläger auf unseren glücklosen Sprachkenner gehabt hatte, denn dieser konnte nicht von ihm sprechen ohne zitternde Hände und bleiche Wangen. Man hatte ihn rasch nach Beckenham gebracht, wo er in einer zweiten Befragung, die noch dramatischer war als die erste, als Dolmetscher fungiert hatte, wobei die beiden Engländer ihrem Gefangenen mit dem sofortigen Tod gedroht hatten, sollte er sich ihren Forderungen nicht beugen. Schließlich sahen sie ihn gegen jedwede Drohung immun und warfen ihn wieder in sein Gefängnis, und nachdem sie Melas seinen Verrat vorgehalten hatten, der aus den Zeitungsannoncen ersichtlich war, betäubten sie ihn mit einem Stockhieb, und er konnte sich an nichts mehr erinnern, bis er uns über sich gebeugt sah.

Und das war der seltsame Fall des griechischen Dolmetschers, um dessen Aufklärung sich noch immer Geheimnisse ranken. Durch die Befragung des Gentleman, der die Annonce

with the gentleman who had answered the advertisement, that the unfortunate young lady came of a wealthy Grecian family, and that she had been on a visit to some friends in England. While there she had met a young man named Harold Latimer, who had acquired an ascendency over her and had eventually persuaded her to fly with him. Her friends, shocked at the event, had contented themselves with informing her brother at Athens, and had then washed their hands of the matter. The brother, on his arrival in England, had imprudently placed himself in the power of Latimer and of his associate, whose name was Wilson Kemp–a man of the foulest antecedents. These two, finding that through his ignorance of the language he was helpless in their hands, had kept him a prisoner, and had endeavoured by cruelty and starvation to make him sign away his own and his sister's property. They had kept him in the house without the girl's knowledge, and the plaster over the face had been for the purpose of making recognition difficult in case she should ever catch a glimpse of him. Her feminine perceptions, however, had instantly seen through the disguise when, on the occasion of the interpreter's visit, she had seen him for the first time. The poor girl, however, was herself a prisoner, for there was no one about the house except the man who acted as coachman, and his wife, both of whom were tools of the conspirators. Finding that their secret was out, and that their prisoner was not to be coerced, the two villains with the girl had fled away at a few hours' notice from the furnished house which they had hired, having first, as they thought, taken vengeance both upon the man who had defied and the one who had betrayed them.

Months afterwards a curious newspaper cutting reached us from Buda-Pesth. It told how two Englishmen who had been travelling with a woman had met with a

beantwortet hatte, konnten wir herausfinden, dass die unglückliche junge Lady aus einer wohlhabenden griechischen Familie stammte und bei Freunden in England zu Besuch gewesen war. Dort hatte sie einen jungen Mann namens Harold Latimer kennengelernt, der Macht über sie gewonnen und sie schließlich dazu überredet hatte, mit ihm zu fliehen. Ihre Freunde, über dieses Geschehen schockiert, hatten sich damit begnügt, den Bruder in Athen zu informieren, und dann ihre Hände in Unschuld gewaschen. Nach seiner Ankunft in England hatte der Bruder sich unbedacht in die Gewalt Latimers und seines Komplizen begeben, der Wilson Kemp hieß – ein Mann mit übelster Vorgeschichte. Als diese beiden herausfanden, dass er ihnen durch seine Unkenntnis der Sprache hilflos ausgeliefert war, hatten sie ihn gefangen gehalten und durch Grausamkeit und Hunger versucht, ihn dazu zu bringen, ihnen sein und seiner Schwester Vermögen zu überschreiben. Sie hatten ihn ohne Wissen des Mädchens im Haus behalten, wobei die Pflaster im Gesicht dazu dienten, ein Wiedererkennen zu erschweren, sollte sie je einen Blick auf ihn erhaschen. Ihre weibliche Intuition allerdings hatte die Maskerade sogleich durchschaut, als sie ihn beim Besuch des Dolmetschers zum ersten Mal sah. Das arme Mädchen war jedoch selbst eine Gefangene, denn es war niemand im Haus außer dem Mann, der als Kutscher tätig war, und seiner Frau, beide Werkzeuge der Verschwörer. Als die beiden Schurken merkten, dass ihr Geheimnis enthüllt war und ihr Gefangener sich nicht zwingen ließ, flohen sie binnen weniger Stunden mit dem Mädchen aus dem samt Mobiliar gemieteten Haus, nachdem sie zuvor, wie sie dachten, Rache genommen hatten an dem Mann, der ihnen getrotzt, wie auch an dem, der sie verraten hatte.

Monate später erreichte uns ein merkwürdiger Zeitungsausschnitt aus Budapest. Er berichtete, wie zwei Engländer, die mit einer Frau gereist waren, ein tragisches Ende gefunden hatten.

tragic end. They had each been stabbed, it seems, and the Hungarian police were of opinion that they had quarrelled and had inflicted mortal injuries upon each other. Holmes, however, is, I fancy, of a different way of thinking, and he holds to this day that, if one could find the Grecian girl, one might learn how the wrongs of herself and her brother came to be avenged.

Anscheinend waren beide erstochen worden, und die ungarische Polizei war der Meinung, sie seien in Streit geraten und hätten sich gegenseitig tödlich verletzt. Holmes allerdings ist, wie ich annehme, anderer Ansicht und hält bis zum heutigen Tag daran fest, dass, falls man das griechische Mädchen fände, sich vielleicht in Erfahrung bringen ließe, wie die Rache für das Unrecht an ihr und ihrem Bruder zustande kam.

# The Final Problem

It is with a heavy heart that I take up my pen to write these the last words in which I shall ever record the singular gifts by which my friend Mr. Sherlock Holmes was distinguished. In an incoherent and, as I deeply feel, an entirely inadequate fashion, I have endeavoured to give some account of my strange experiences in his company from the chance which first brought us together at the period of the 'Study in Scarlet,' up to the time of his interference in the matter of the 'Naval Treaty'—an interference which had the unquestionable effect of preventing a serious international complication. It was my intention to have stopped there, and to have said nothing of that event which has created a void in my life which the lapse of two years has done little to fill. My hand has been forced, however, by the recent letters in which Colonel James Moriarty defends the memory of his brother, and I have no choice but to lay the facts before the public exactly as they occurred. I alone know the absolute truth of the matter, and I am satisfied that the time has come when no good purpose is to be served by its suppression. As far as I know, there have been only three accounts in the public press: that in the *Journal de Genève* on May 6th, 1891, the Reuter's dispatch in the English papers on May 7th, and finally the recent letters to which I have alluded. Of these the first and second were extremely condensed, while the last is, as I shall now show, an absolute perversion of the facts. It lies with me to tell for the first time what really took place between Professor Moriarty and Mr. Sherlock Holmes.

It may be remembered that after my marriage, and my subsequent start in private practice, the very intimate rela-

# Das letzte Problem

Schweren Herzens greife ich zur Feder, um in folgenden Worten ein letztes Mal die einzigartigen Talente festzuhalten, die meinen Freund Mr Sherlock Holmes auszeichneten. In unverbundener und, wie ich zutiefst empfinde, ganz und gar unzulänglicher Weise habe ich mich bemüht, Bericht zu geben von meinen seltsamen Erfahrungen an seiner Seite, von jenem Zufall, der uns zu Zeiten der »Studie in Scharlachrot« erstmals zusammenführte, bis hin zu seinem Eingreifen in der Sache »Flottenvertrag« – ein Eingreifen, durch das zweifellos eine ernste internationale Krise verhindert wurde. Ich hatte die Absicht, es dabei bewenden zu lassen und nichts über jenes Ereignis zu sagen, das in meinem Leben eine Leere hinterlassen hat, die der Lauf zweier Jahre kaum hat ausfüllen können. Meine Hand jedoch beugt sich dem Druck der kürzlich erschienenen Briefe, in denen Colonel James Moriarty das Andenken seines Bruders verteidigt, und mir bleibt keine andere Wahl, als der Öffentlichkeit die Tatsachen exakt so darzulegen, wie sie sich ereigneten. Ich allein kenne die ganze Wahrheit in dieser Sache, und ich bin überzeugt, dass die Zeit gekommen ist, da ihr Verschweigen keinerlei gutem Zweck mehr dient. Soviel ich weiß, hat es in der Tagespresse nur drei Berichte gegeben: den im *Journal de Genève* vom 6. Mai 1891, die Reuters-Meldung in den englischen Zeitungen vom 7. Mai und schließlich vor Kurzem die bereits erwähnten Briefe. Die beiden ersten Berichte waren äußerst kurz gehalten, während der dritte, wie ich nun zeigen werde, die Tatsachen vollkommen verdreht. Es ist meine Aufgabe, zum ersten Mal zu erzählen, was sich zwischen Professor Moriarty und Mr Sherlock Holmes tatsächlich ereignete.

Wie man sich vielleicht erinnert, hatte sich nach meiner Heirat und dem anschließenden Beginn meiner Privatpraxis das

tions which had existed between Holmes and myself became to some extent modified. He still came to me from time to time when he desired a companion in his investigations, but these occasions grew more and more seldom, until I find that in the year 1890 there were only three cases of which I retain any record. During the winter of that year and the early spring of 1891, I saw in the papers that he had been engaged by the French government upon a matter of supreme importance, and I received two notes from Holmes, dated from Narbonne and from Nîmes, from which I gathered that his stay in France was likely to be a long one. It was with some surprise, therefore, that I saw him walk into my consulting-room upon the evening of April 24th. It struck me that he was looking even paler and thinner than usual.

'Yes, I have been using myself up rather too freely,' he remarked, in answer to my look rather than to my words; 'I have been a little pressed of late. Have you any objection to my closing your shutters?'

The only light in the room came from the lamp upon the table at which I had been reading. Holmes edged his way round the wall, and, flinging the shutters together, he bolted them securely.

'You are afraid of something?' I asked.

'Well, I am.'

'Of what?'

'Of air-guns.'

'My dear Holmes, what do you mean?'

'I think that you know me well enough, Watson, to understand that I am by no means a nervous man. At the same time, it is stupidity rather than courage to refuse to recognize danger when it is close upon you. Might I trouble you for a match?' He drew in the smoke of his cigarette as if the soothing influence was grateful to him.

einst sehr traute Verhältnis zwischen Holmes und mir um einige Grade gewandelt. Noch immer kam er von Zeit zu Zeit zu mir, wenn er einen Begleiter für seine Ermittlungen wünschte, doch diese Gelegenheiten wurden immer seltener, sodass es im Jahr 1890, wie ich sehe, nur drei Fälle gab, zu denen ich überhaupt Aufzeichnungen habe. Über die Wintermonate dieses Jahres bis zum beginnenden Frühjahr 1891 erfuhr ich aus den Zeitungen, dass die französische Regierung ihn mit einer Sache von größter Wichtigkeit beauftragt hatte, und ich erhielt zwei Nachrichten von Holmes, gestempelt in Narbonne und Nîmes, denen ich entnahm, dass sein Aufenthalt in Frankreich vermutlich ein längerer sein werde. Und so war ich denn einigermaßen überrascht, ihn am Abend des 24. April in mein Sprechzimmer treten zu sehen. Mir fiel auf, dass er noch blasser und hagerer aussah als gewöhnlich.

»Ja, ich habe mich wohl etwas zu ungezügelt verausgabt«, bemerkte er, mehr in Beantwortung meines Blicks denn meiner Worte. »Ich stand in letzter Zeit ein wenig unter Druck. Haben Sie etwas dagegen, wenn ich Ihre Läden schließe?«

Das einzige Licht im Raum kam von der Lampe auf dem Tisch, an dem ich gelesen hatte. Holmes schob sich an der Wand entlang, schlug die Läden zu und verriegelte sie sorgfältig.

»Sie fürchten sich vor etwas?«, fragte ich.

»Tja, das tue ich.«

»Wovor?«

»Vor Luftgewehren.«

»Mein lieber Holmes, was soll das heißen?«

»Ich denke, Sie kennen mich gut genug, Watson, um zu wissen, dass ich keineswegs ein ängstlicher Mensch bin. Trotzdem ist es eher Dummheit als Mut, die Gefahr nicht erkennen zu wollen, wenn sie einem dicht auf den Fersen ist. Dürfte ich Sie um ein Streichholz bitten?« Er sog den Rauch seiner Zigarette ein, als suche er seine wohlig beruhigende Wirkung.

'I must apologize for calling so late,' said he, 'and I must further beg you to be so unconventional as to allow me to leave your house presently by scrambling over your back garden wall.'

'But what does it all mean?' I asked.

He held out his hand, and I saw in the light of the lamp that two of his knuckles were burst and bleeding.

'It's not an airy nothing, you see,' said he, smiling. 'On the contrary, it is solid enough for a man to break his hand over. Is Mrs. Watson in?'

'She is away upon a visit.'

'Indeed! You are alone?'

'Quite.'

'Then it makes it the easier for me to propose that you should come away with me for a week to the Continent.'

'Where?'

'Oh, anywhere. It's all the same to me.'

There was something very strange in all this. It was not Holmes's nature to take an aimless holiday, and something about his pale, worn face told me that his nerves were at their highest tension. He saw the question in my eyes, and, putting his finger-tips together and his elbows upon his knees, he explained the situation.

'You have probably never heard of Professor Moriarty?' said he.

'Never.'

'Ay, there's the genius and the wonder of the thing!' he cried. 'The man pervades London, and no one has heard of him. That's what puts him on a pinnacle in the records of crime. I tell you Watson, in all seriousness, that if I could beat that man, if I could free society of him, I should feel that my own career had reached its summit, and I should be prepared to turn to some more placid line in life. Between ourselves, the recent cases in which

»Ich muss mich entschuldigen für den späten Besuch«, sagte er, »und ich muss ferner darum bitten, dass Sie mir ganz unbefangen gestatten, in Kürze Ihr Haus mit einer Kletterpartie über die hintere Gartenmauer zu verlassen.«

»Aber was hat das alles zu bedeuten?«, fragte ich.

Er streckte die Hand aus, und im Licht der Lampe sah ich, dass zwei seiner Knöchel aufgeplatzt waren und bluteten.

»Sie sehen, es ist kein luftiges Nichts«, sagte er lächelnd. »Im Gegenteil, es ist stofflich genug, dass ein Mann sich die Hand daran bricht. Ist Mrs Watson zuhause?«

»Sie ist auswärts zu Besuch.«

»Wirklich! Sie sind allein?«

»So kann man sagen.«

»Nun, das macht es mir umso leichter, Ihnen vorzuschlagen, dass Sie mit mir für eine Woche auf den Kontinent gehen.«

»Wohin?«

»Oh, irgendwohin. Das ist mir völlig gleich.«

In alldem lag etwas sehr Seltsames. Es war nicht Holmes' Art, interesselos Urlaub zu machen, und etwas an seinem blassen, erschöpften Gesicht verriet mir, dass seine Nerven aufs Höchste gespannt waren. Er sah die Frage in meinen Augen, legte die Fingerspitzen zusammen, stützte die Ellbogen auf die Knie und erläuterte er mir die Lage.

»Sie haben vermutlich noch nie von Professor Moriarty gehört?«, fragte er.

»Noch nie.«

»Da eben liegt das Geniale und Erstaunliche der Sache!«, rief er. »Der Mann unterwandert ganz London, und niemand hat je von ihm gehört. Das ist es, was ihn an die Spitze der Annalen des Verbrechens setzt. Ich sage Ihnen in vollem Ernst, Watson, sollte ich diesen Mann bezwingen und die Gesellschaft von ihm befreien können, ich sähe den Höhepunkt meiner Karriere erreicht und wäre bereit, mich einer gelasseneren Lebensführung hinzugeben. Unter uns, die jüngsten Fälle, in denen ich der Königsfa-

I have been of assistance to the royal family of Scandinavia, and to the French republic, have left me in such a position that I could continue to live in the quiet fashion which is most congenial to me, and to concentrate my attention upon my chemical researches. But I could not rest, Watson, I could not sit quiet in my chair, if I thought that such a man as Professor Moriarty were walking the streets of London unchallenged.'

'What has he done, then?'

'His career has been an extraordinary one. He is a man of good birth and excellent education, endowed by nature with a phenomenal mathematical faculty. At the age of twenty-one he wrote a treatise upon the binomial theorem, which has had a European vogue. On the strength of it he won the mathematical chair at one of our smaller universities, and had, to all appearances, a most brilliant career before him. But the man had hereditary tendencies of the most diabolical kind. A criminal strain ran in his blood, which, instead of being modified, was increased and rendered infinitely more dangerous by his extraordinary mental powers. Dark rumours gathered round him in the university town, and eventually he was compelled to resign his chair and to come down to London, where he set up as an army coach. So much is known to the world, but what I am telling you now is what I have myself discovered.

'As you are aware, Watson, there is no one who knows the higher criminal world of London so well as I do. For years past I have continually been conscious of some power behind the malefactor, some deep organizing power which forever stands in the way of the law, and throws its shield over the wrong-doer. Again and again in cases of the most varying sorts–forgery cases, robberies, murders–I have felt the presence of this force, and I have

milie von Skandinavien und der Französischen Republik behilflich war, haben mich in die Lage versetzt, fortan ein mir höchst angenehmes ruhiges Leben zu führen und meine Aufmerksamkeit ganz meinen chemischen Forschungen zu widmen. Aber ich könnte nicht ruhen, Watson, ich könnte nicht still in meinem Sessel sitzen, wenn ich ahnte, dass ein Mann wie Professor Moriarty unbehelligt durch die Straßen Londons geht.«

»Was hat er denn getan?«

»Seine Karriere ist außergewöhnlich. Er stammt aus gutem Haus, genoss eine exzellente Ausbildung und besitzt von Natur aus phänomenale mathematische Fähigkeiten. Im Alter von einundzwanzig Jahren verfasste er eine Abhandlung über den binomischen Lehrsatz, die europaweit für Aufsehen sorgte. Kraft ihrer wurde er an den Lehrstuhl für Mathematik einer unserer kleineren Universitäten berufen und hatte, allem Anschein nach, eine brillante Karriere vor sich. Doch der Mann besaß angeborene Neigungen der teuflischsten Art. Ein Hang zum Verbrechen lag ihm im Blut, der, anstatt gemildert zu werden, von seinen außergewöhnlichen Geistesgaben verstärkt und unendlich viel gefährlicher gemacht wurde. In der Universitätsstadt rankten sich finstere Gerüchte um ihn, und schließlich war er gezwungen, seinen Lehrstuhl abzutreten und nach London zu ziehen, wo er sich als Lehrer beim Militär niederließ. So viel ist öffentlich bekannt, aber was ich Ihnen jetzt erzähle, habe ich selbst herausgefunden.

Wie Sie wissen, Watson, gibt es niemanden, der die höheren Verbrecherkreise Londons so gut kennt wie ich. Seit Jahren bin ich mir unentwegt einer Macht hinter den einzelnen Übeltätern bewusst, einer verborgenen, organisierenden Macht, die sich unaufhörlich dem Gesetz in den Weg stellt und die Missetäter unter ihr Schild nimmt. Immer wieder habe ich in den unterschiedlichsten Fällen – Fälschungen, Raubüberfälle, Morde – die Präsenz dieser Kraft gespürt und in vielen der unaufgeklärten

deduced its action in many of those undiscovered crimes in which I have not been personally consulted. For years I have endeavoured to break through the veil which shrouded it, and at last the time came when I seized my thread and followed it, until it led me, after a thousand cunning windings, to ex-Professor Moriarty, of mathematical celebrity.

'He is the Napoleon of crime, Watson. He is the organizer of half that is evil and of nearly all that is undetected in this great city. He is a genius, a philosopher, an abstract thinker. He has a brain of the first order. He sits motionless, like a spider in the centre of its web, but that web has a thousand radiations, and he knows well every quiver of each of them. He does little himself. He only plans. But his agents are numerous and splendidly organized. Is there a crime to be done, a paper to be abstracted, we will say, a house to be rifled, a man to be removed–the word is passed to the professor, the matter is organized and carried out. The agent may be caught. In that case money is found for his bail or his defence. But the central power which uses the agent is never caught–never so much as suspected. This was the organization which I deduced, Watson, and which I devoted my whole energy to exposing and breaking up.

'But the professor was fenced round with safeguards so cunningly devised that, do what I would, it seemed impossible to get evidence which would convict in a court of law. You know my powers, my dear Watson, and yet at the end of three months I was forced to confess that I had at last met an antagonist who was my intellectual equal. My horror at his crimes was lost in my admiration at his skill. But at last he made a trip–only a little, little trip–but it was more than he could afford, when I was so close upon him. I had my chance, and, starting

Verbrechen, zu denen ich selbst nicht hinzugebeten wurde, Rückschlüsse auf ihr Wirken gezogen. Jahrelang habe ich mich bemüht, den Schleier, der sie umgab, zu durchdringen, und endlich kam der Zeitpunkt, da ich meinen Faden ergriff und ihm folgte, bis er mich, nach tausend listigen Windungen, zu Ex-Professor Moriarty führte, dem berühmten Mathematiker.

Er ist der Napoleon des Verbrechens, Watson. Er ist der Organisator der Hälfte alles Bösen in dieser Stadt und von nahezu allem, was ungeklärt bleibt. Er ist ein Genie, ein Philosoph, ein abstrakter Denker. Er hat einen erstklassigen Verstand. Er sitzt bewegungslos wie eine Spinne im Zentrum ihres Netzes, doch dieses Netz hat tausend Fäden, und das Zittern jedes einzelnen Fadens kennt er genau. Er selbst tut wenig. Er plant nur. Seine Handlanger aber sind zahlreich und glänzend organisiert. Soll ein Verbrechen begangen werden, sagen wir, ein Papier soll entwendet, ein Haus ausgeraubt, ein Mensch beseitigt werden – dann erfährt der Professor davon, die Sache wird organisiert und ausgeführt. Der Handlanger mag gefasst werden. In diesem Fall wird Geld für seine Kaution oder Verteidigung aufgebracht. Doch die zentrale Macht, die den Handlanger benutzt, wird niemals gefasst – nicht einmal verdächtigt. Das ist die Organisation, Watson, auf die ich schloss und deren Entlarvung und Zerschlagung ich meine gesamte Energie widmete.

Aber der Professor war von derart listig erdachten Sicherungen umgeben, dass es, was immer ich tat, unmöglich schien, genug Beweise zu sammeln, um vor Gericht zu überzeugen. Sie kennen meine Fähigkeiten, mein lieber Watson, und doch musste ich mir nach drei Monaten eingestehen, dass ich endlich auf einen mir geistig ebenbürtigen Widersacher gestoßen war. Mein Entsetzen über seine Verbrechen verkehrte sich in Bewunderung für seine Kunstfertigkeit. Doch schließlich machte er einen Fehler – nur einen winzig kleinen Fehler, aber größer, als er sich leisten konnte, da ich ihm auf den Fersen war. Ich sah

from that point, I have woven my net round him until now it is all ready to close. In three days–that is to say, on Monday next–matters will be ripe, and the professor, with all the principal members of his gang, will be in the hands of the police. Then will come the greatest criminal trial of the century, the clearing up of over forty mysteries, and the rope for all of them; but if we move at all prematurely, you understand, they may slip out of our hands even at the last moment.

'Now, if I could have done this without the knowledge of Professor Moriarty, all would have been well. But he was too wily for that. He saw every step which I took to draw my toils round him. Again and again he strove to break away, but I as often headed him off. I tell you, my friend, that if a detailed account of that silent contest could be written, it would take its place as the most brilliant bit of thrust-and-parry work in the history of detection. Never have I risen to such a height, and never have I been so hard pressed by an opponent. He cut deep, and yet I just undercut him. This morning the last steps were taken, and three days only were wanted to complete the business. I was sitting in my room thinking the matter over when the door opened and Professor Moriarty stood before me.

'My nerves are fairly proof, Watson, but I must confess to a start when I saw the very man who had been so much in my thoughts standing there on my threshold. His appearance was quite familiar to me. He is extremely tall and thin, his forehead domes out in a white curve, and his two eyes are deeply sunken in his head. He is clean-shaven, pale, and ascetic-looking, retaining something of the professor in his features. His shoulders are rounded from much study, and his face protrudes forward and is

meine Chance, und von diesem Punkt ausgehend habe ich mein Netz um ihn gesponnen, und jetzt ist es bereit, sich zuzuziehen. In drei Tagen – nächsten Montag also – wird das Ganze vorbei sein, und der Professor wird sich, mit allen wichtigen Mitgliedern seiner Bande, in den Händen der Polizei befinden. Dann wird es den größten Kriminalprozess des Jahrhunderts geben, samt Aufklärung von über vierzig mysteriösen Fällen, und schließlich für alle den Strang; doch wenn wir uns vorzeitig rühren, Sie verstehen, dann könnten sie uns entwischen, sogar noch im letzten Moment.

Nun, hätte ich all dies tun können, ohne dass Professor Moriarty davon Wind bekommen hätte, alles wäre bestens gewesen. Doch er war zu gerissen. Er registrierte jeden Schritt, den ich machte, um meine Schlingen um ihn zu legen. Wieder und wieder mühte er sich zu entkommen, doch jedes Mal war ich schneller als er. Ich sage Ihnen, mein Freund, wenn jemand detailliert Zeugnis von diesem stillen Wettstreit ablegen könnte, er würde als glanzvollstes Ausfall-und-Parade-Gefecht in die Geschichte detektivischer Ermittlungsarbeit eingehen. Noch nie bin ich in solche Höhen gestiegen, und noch nie hat ein Gegner mir so arg zugesetzt. Er stieß tief, doch ich umging ihn knapp. Heute früh sind die letzten Schritte erfolgt, und es fehlten nur noch drei Tage, um alles zu beenden. Ich saß in meinem Zimmer und dachte über die Sache nach, als sich die Tür öffnete und Professor Moriarty vor mir stand.

Meine Nerven sind recht zäh, Watson, aber ich muss gestehen, dass ich zusammenfuhr, als ich eben den Mann, der meine Gedanken beherrschte, just auf meiner Schwelle stehen sah. Sein Äußeres war mir durchaus vertraut. Er ist überaus groß und dünn, seine Stirn wölbt sich weiß und kuppelförmig vor, seine Augen sind tief in den Schädel gesunken. Er ist glatt rasiert, blass und wirkt asketisch, in seinen Zügen hat sich etwas Professorales bewahrt. Seine Schultern sind eingefallen vom vielen Studium, sein Kopf ist nach vorn gereckt und pendelt ständig lang-

forever slowly oscillating from side to side in a curiously reptilian fashion. He peered at me with great curiosity in his puckered eyes.

'"You have less frontal development than I should have expected," said he at last. "It is a dangerous habit to finger loaded firearms in the pocket of one's dressing-gown."

'The fact is that upon his entrance I had instantly recognized the extreme personal danger in which I lay. The only conceivable escape for him lay in silencing my tongue. In an instant I had slipped the revolver from the drawer into my pocket and was covering him through the cloth. At his remark I drew the weapon out and laid it cocked upon the table. He still smiled and blinked, but there was something about his eyes which made me feel very glad that I had it there.

'"You evidently don't know me," said he.

'"On the contrary," I answered, "I think it is fairly evident that I do. Pray take a chair. I can spare you five minutes if you have anything to say."

'"All that I have to say has already crossed your mind," said he.

'"Then possibly my answer has crossed yours," I replied.

'"You stand fast?"

'"Absolutely."

'He clapped his hand into his pocket, and I raised the pistol from the table. But he merely drew out a memorandum-book in which he had scribbled some dates.

'"You crossed my path on the fourth of January," said he. "On the twenty-third you incommoded me; by the middle of February I was seriously inconvenienced by you; at the end of March I was absolutely hampered in my plans; and now, at the close of April, I find myself

sam und auf wunderlich reptilienhafte Weise hin und her. Er starrte mich an, mit großer Neugier in seinen zusammengekniffenen Augen.

›Ihre Stirnpartie ist weniger ausgeprägt, als ich erwartet hatte‹, sagte er endlich. ›Es ist eine gefährliche Angewohnheit, mit geladenen Feuerwaffen zu hantieren, die sich in der Tasche des eigenen Morgenmantels befinden.‹

Tatsächlich hatte ich bei seinem Eintreten augenblicklich die äußerste Gefahr erkannt, in der ich schwebte. Der einzig denkbare Ausweg für ihn lag darin, mich zum Schweigen zu bringen. Rasch hatte ich den Revolver aus der Schublade in meine Tasche gleiten lassen und verbarg ihn unter dem Stoff. Auf seine Bemerkung hin zog ich die Waffe hervor und legte sie schussbereit auf den Tisch. Noch immer lächelte und blinzelte er, doch in seinen Augen lag etwas, das mich froh sein ließ, den Revolver in Reichweite zu haben.

›Sie kennen mich offenbar nicht‹, sagte er.

›Im Gegenteil‹, antwortete ich, ›ich denke, es ist völlig klar, dass ich Sie kenne. Bitte setzen Sie sich. Ich kann fünf Minuten für Sie erübrigen, sollten Sie etwas zu sagen haben.‹

›Alles, was ich zu sagen habe, ist Ihnen bereits durch den Kopf gegangen‹, sagte er.

›Dann vielleicht auch meine Replik durch den Ihren‹, erwiderte ich.

›Sie bleiben standfest?‹

›Absolut.‹

Er fuhr mit der Hand in die Tasche, und ich nahm den Revolver vom Tisch. Doch er zog bloß ein Notizbuch hervor, in das er einige Daten gekritzelt hatte.

›Sie sind mir am 4. Januar in die Quere gekommen‹, sagte er. ›Am 23. waren Sie mir eine Last; Mitte Februar machten Sie mir ernstliche Schwierigkeiten; Ende März waren meine Pläne vollends gestört; und jetzt, wo der April schon fast vorüber ist, finde ich mich durch Ihre unablässigen Verfolgungen in eine solche

placed in such a position through your continual persecution that I am in positive danger of losing my liberty. The situation is becoming an impossible one."

'"Have you any suggestion to make?" I asked.

'"You must drop it, Mr. Holmes," said he, swaying his face about. "You really must, you know."

'"After Monday," said I.

'"Tut, tut!" said he. "I am quite sure that a man of your intelligence will see that there can be but one outcome to this affair. It is necessary that you should withdraw. You have worked things in such a fashion that we have only one resource left. It has been an intellectual treat to me to see the way in which you have grappled with this affair, and I say, unaffectedly, that it would be a grief to me to be forced to take any extreme measure. You smile, sir, but I assure you that it really would."

'"Danger is part of my trade," I remarked.

'"This is not danger," said he. "It is inevitable destruction. You stand in the way not merely of an individual but of a mighty organization, the full extent of which you, with all your cleverness, have been unable to realize. You must stand clear, Mr. Holmes, or be trodden under foot."

'"I am afraid," said I, rising, "that in the pleasure of this conversation I am neglecting business of importance which awaits me elsewhere."

'He rose also and looked at me in silence, shaking his head sadly.

'"Well, well," said he at last. "It seems a pity, but I have done what I could. I know every move of your game. You can do nothing before Monday. It has been a duel between you and me, Mr. Holmes. You hope to place me in the dock. I tell you that I will never stand in the dock. You hope to beat me. I tell you that you will never

Lage gebracht, dass ich eindeutig Gefahr laufe, meine Freiheit zu verlieren. Die Situation wird zunehmend unerträglich.‹

›Wollen Sie mir irgendetwas damit sagen?‹, fragte ich.

›Sie müssen aufhören, Mr Holmes‹, sagte er und ließ sein Gesicht hin und her pendeln. ›Sie müssen wirklich, wissen Sie.‹

›Nach Montag‹, gab ich zurück.

›Na, na!‹, sagte er. ›Ich bin ganz sicher, ein Mann von Ihrer Intelligenz wird einsehen, dass diese Affäre nur einen Ausgang haben kann. Es ist unumgänglich, dass Sie sich zurückziehen. Sie sind in einer Weise zu Werke gegangen, dass uns nur noch ein einziger Ausweg bleibt. Zu sehen, wie Sie sich in diese Sache verbissen haben, war mir ein intellektueller Hochgenuss, und ich sage Ihnen aufrichtig, dass es mir Kummer bereiten würde, zu irgendwelchen extremen Maßnahmen gezwungen zu sein. Sie lächeln, Sir, aber ich versichere Ihnen, so ist es.‹

›Gefahr ist Teil meines Geschäfts‹, bemerkte ich.

›Hier geht es nicht um Gefahr‹, sagte er. ›Es geht um unvermeidliche Vernichtung. Sie stehen hier nicht bloß einer einzelnen Person im Weg, sondern einer mächtigen Organisation, deren vollen Umfang Sie, bei all Ihrer Klugheit, nicht haben erfassen können. Gehen Sie beiseite, Mr Holmes, oder man wird Sie zertreten.‹

›Ich fürchte‹, sagte ich und stand auf, ›dass ich über dem Vergnügen an diesem Gespräch wichtige Geschäfte vernachlässige, die andernorts auf mich warten.‹

Auch er erhob sich, sah mich schweigend an und schüttelte traurig den Kopf.

›Nun denn‹, sagte er schließlich. ›Wie schade, aber ich habe getan, was ich konnte. Ich kenne jeden Zug Ihres Spiels. Vor Montag können Sie nichts tun. Es ist ein Duell zwischen Ihnen und mir gewesen, Mr Holmes. Sie hoffen, mich auf die Anklagebank zu bringen. Ich sage Ihnen, ich werde niemals dort sitzen. Sie hoffen, mich zu besiegen. Ich sage Ihnen, Sie werden

beat me. If you are clever enough to bring destruction upon me, rest assured that I shall do as much to you."

'"You have paid me several compliments, Mr. Moriarty," said I. "Let me pay you one in return when I say that if I were assured of the former eventuality I would, in the interests of the public, cheerfully accept the latter."

'"I can promise you the one, but not the other," he snarled, and so turned his rounded back upon me and went peering and blinking out of the room.

'That was my singular interview with Professor Moriarty. I confess that it left an unpleasant effect upon my mind. His soft, precise fashion of speech leaves a conviction of sincerity which a mere bully could not produce. Of course, you will say: "Why not take police precautions against him?" The reason is that I am well convinced that it is from his agents the blow would fall. I have the best of proofs that it would be so.'

'You have already been assaulted?'

'My dear Watson, Professor Moriarty is not a man who lets the grass grow under his feet. I went out about midday to transact some business in Oxford Street. As I passed the corner which leads from Bentinck Street on to the Welbeck Street crossing a two-horse van furiously driven whizzed round and was on me like a flash. I sprang for the foot-path and saved myself by the fraction of a second. The van dashed round by Marylebone Lane and was gone in an instant. I kept to the pavement after that, Watson, but as I walked down Vere Street a brick came down from the roof of one of the houses and was shattered to fragments at my feet. I called the police and had the place examined. There were slates and bricks piled up on the roof preparatory to some repairs, and they would have me believe that the wind had toppled

mich niemals besiegen. Sollten Sie clever genug sein, mich zu vernichten, dann seien Sie gewiss, dass ich Ihnen den gleichen Dienst erweisen werde.‹

›Sie haben mir mehrere Komplimente gemacht, Mr Moriarty‹, sagte ich. ›Lassen Sie mich eines zurückgeben, indem ich sage, dass ich, falls ich der ersteren Möglichkeit sicher wäre, die letztere im Interesse der Öffentlichkeit bereitwillig auf mich nähme.‹

›Das eine kann ich Ihnen versprechen, das andere nicht‹, knurrte er, wandte mir seinen gebeugten Rücken zu und verließ starräugig und blinzelnd den Raum.

Das war mein seltsames Gespräch mit Professor Moriarty. Ich gestehe, es hatte eine unerfreuliche Wirkung auf mein Gemüt. Seine sanfte, geschliffene Redeweise zeugt von einer Ernsthaftigkeit, die ein bloßer Schikaneur nie vermitteln könnte. Sie werden natürlich sagen: ›Warum keine polizeilichen Vorkehrungen gegen ihn treffen?‹ Der Grund ist, ich bin absolut sicher, dass seine Handlanger den Schlag führen werden. Ich habe handfeste Beweise, dass es so sein wird.«

»Man hat Sie bereits attackiert?«

»Mein lieber Watson, Professor Moriarty ist kein Mann, der lange fackelt. Gegen Mittag verließ ich das Haus, um in der Oxford Street ein Geschäft zu erledigen. Als ich an der Ecke, wo die Bentinck Street auf die Welbeck Street trifft, die Straße überquerte, raste ein zweispänniges Fuhrwerk wild um die Kurve und kam wie ein Blitz auf mich zu. Ich sprang auf den Gehsteig und rettete mich um den Bruchteil einer Sekunde. Das Fuhrwerk rauschte in die Marylebone Lane und war augenblicklich verschwunden. Danach blieb ich auf dem Trottoir, Watson, doch als ich die Vere Street entlangging, fiel ein Ziegelstein vom Dach eines der Häuser und zerbarst vor meinen Füßen. Ich rief die Polizei und ließ die Stelle untersuchen. Auf dem Dach stapelten sich Schieferplatten und Ziegel für irgendwelche Reparaturarbeiten, und man versuchte, mich zu überzeugen, der Wind habe einen von ihnen herunterstürzen lassen. Ich wusste

over one of these. Of course I knew better, but I could prove nothing. I took a cab after that and reached my brother's rooms in Pall Mall, where I spent the day. Now I have come round to you, and on my way I was attacked by a rough with a bludgeon. I knocked him down, and the police have him in custody; but I can tell you with the most absolute confidence that no possible connection will ever be traced between the gentleman upon whose front teeth I have barked my knuckles and the retiring mathematical coach, who is, I daresay, working out problems upon a black-board ten miles away. You will not wonder, Watson, that my first act on entering your rooms was to close your shutters, and that I have been compelled to ask your permission to leave the house by some less conspicuous exit than the front door.'

I had often admired my friend's courage, but never more than now, as he sat quietly checking off a series of incidents which must have combined to make up a day of horror.

'You will spend the night here?' I said.

'No, my friend, you might find me a dangerous guest. I have my plans laid, and all will be well. Matters have gone so far now that they can move without my help as far as the arrest goes, though my presence is necessary for a conviction. It is obvious, therefore, that I cannot do better than get away for the few days which remain before the police are at liberty to act. It would be a great pleasure to me, therefore, if you could come on to the Continent with me.'

'The practice is quiet,' said I, 'and I have an accommodating neighbour. I should be glad to come.'

'And to start to-morrow morning?'

'If necessary.'

es freilich besser, konnte jedoch nichts beweisen. Danach nahm ich eine Droschke und erreichte die Wohnung meines Bruders in der Pall Mall, wo ich den Tag verbrachte. Nun bin ich zu Ihnen gekommen, und auf dem Weg hierher hat mich ein Schläger mit einem Knüppel attackiert. Ich schlug ihn nieder, und die Polizei hat ihn in Gewahrsam; aber ich kann Ihnen mit mehr als absoluter Gewissheit sagen, dass man niemals auch nur die kleinste Verbindung entdecken wird zwischen dem Gentleman, an dessen Vorderzähnen ich mir die Knöchel aufgeschlagen habe, und dem zurückhaltenden Mathematiklehrer, der, so vermute ich, zehn Meilen von hier an einer Tafel Rechenaufgaben löst. Es wird Sie nicht wundern, Watson, dass ich beim Betreten Ihrer Räume als Erstes die Läden geschlossen habe und gezwungen war, Sie um Erlaubnis zu bitten, das Haus durch einen weniger auffälligen Ausgang als die Vordertür zu verlassen.«

Ich hatte den Mut meines Freundes oft bewundert, doch niemals mehr als jetzt, als er ruhig dasaß und eine Serie von Vorfällen aufzählte, die sich zu einem Tag des Grauens gefügt haben mussten.

»Bleiben Sie über Nacht?«, fragte ich.

»Nein, mein Freund, Sie könnten in mir einen gefährlichen Gast haben. Meine Pläne stehen fest, und alles wird gut gehen. Die Dinge sind nun so weit gediehen, dass sie auch ohne meine Hilfe auf eine Verhaftung hinauslaufen, wenngleich für eine Verurteilung meine Anwesenheit nötig ist. Folglich ist klar, dass mir nichts Besseres bleibt, als mich aus dem Staub zu machen für die paar Tage, die noch ausstehen, bis die Polizei eingreifen kann. Es wäre mir daher ein großes Vergnügen, wenn Sie mit mir auf den Kontinent kämen.«

»Die Praxis ist ruhig«, sagte ich, »und ich habe einen hilfsbereiten Nachbarn. Ich wäre froh, Sie zu begleiten.«

»Und morgen früh aufzubrechen?«

»Falls nötig.«

'Oh, yes, it is most necessary. Then these are your instructions, and I beg, my dear Watson, that you will obey them to the letter, for you are now playing a double-handed game with me against the cleverest rogue and the most powerful syndicate of criminals in Europe. Now listen! You will dispatch whatever luggage you intend to take by a trusty messenger unaddressed to Victoria to-night. In the morning you will send for a hansom, desiring your man to take neither the first nor the second which may present itself. Into this hansom you will jump, and you will drive to the Strand end of the Lowther Arcade, handing the address to the cabman upon a slip of paper, with a request that he will not throw it away. Have your fare ready, and the instant that your cab stops, dash through the Arcade, timing yourself to reach the other side at a quarter-past nine. You will find a small brougham waiting close to the curb, driven by a fellow with a heavy black cloak tipped at the collar with red. Into this you will step, and you will reach Victoria in time for the Continental express.'

'Where shall I meet you?'

'At the station. The second first-class carriage from the front will be reserved for us.'

'The carriage is our rendezvous, then?'

'Yes.'

It was in vain that I asked Holmes to remain for the evening. It was evident to me that he thought he might bring trouble to the roof he was under, and that that was the motive which impelled him to go. With a few hurried words as to our plans for the morrow he rose and came out with me into the garden, clambering over the wall which leads into Mortimer Street, and immediately whistling for a hansom, in which I heard him drive away.

»O ja, es ist überaus nötig. Dann sind dies Ihre Instruktionen, und ich bitte darum, mein lieber Watson, dass sie ihnen wortgetreu folgen, da Sie mit mir nun eine Doppelpartie gegen den gerissensten Schurken und das mächtigste Verbrechersyndikat Europas spielen. Jetzt hören Sie zu! Sie werden das ganze Gepäck, das Sie mitzunehmen gedenken, heute Nacht durch einen zuverlässigen Boten unadressiert zur Victoria Station bringen lassen. Morgen früh schicken Sie nach einem Hansom und tragen Ihrem Mann auf, weder den ersten noch den zweiten zu nehmen, der vorbeikommt. In diesen Hansom werden Sie einsteigen und zum Strand-Ausgang der Lowther-Arkaden fahren, wobei Sie dem Kutscher die Adresse auf einem Streifen Papier aushändigen, mit der Bitte, ihn nicht wegzuwerfen. Halten Sie Ihr Fahrgeld bereit, und sobald Ihre Droschke steht, spurten Sie durch die Arkaden und sehen zu, dass Sie die andere Seite um Viertel nach neun erreichen. Sie werden einen kleinen Brougham dicht am Bordstein warten sehen, gesteuert von einem Burschen in einem schweren, schwarzen Mantel mit rot gesäumtem Kragen. Dort steigen Sie ein, und Sie werden rechtzeitig für den Schnellzug zum Kontinent an der Victoria Station sein.«

»Wo treffe ich Sie?«

»Im Bahnhof. Das zweite Erste-Klasse-Coupé von vorn wird für uns reserviert sein.«

»Dann ist das Coupé unser Treffpunkt?«

»Ja.«

Ich bat Holmes vergebens darum, den Abend über zu bleiben. Mir war klar, dass er annahm, er werde Unheil über das Haus bringen, das ihm Obdach bot, und dass es dieser Gedanke war, der ihn zu gehen zwang. Mit ein paar hastigen Worten zu unseren Plänen für den folgenden Tag erhob er sich und ging mit mir hinaus in den Garten, kletterte über die Mauer, die an die Mortimer Street grenzt, und pfiff direkt nach einem Hansom, in dem ich ihn wegfahren hörte.

In the morning I obeyed Holmes's injunctions to the letter. A hansom was procured with such precautions as would prevent its being one which was placed ready for us, and I drove immediately after breakfast to the Lowther Arcade, through which I hurried at the top of my speed. A brougham was waiting with a very massive driver wrapped in a dark cloak, who, the instant that I had stepped in, whipped up the horse and rattled off to Victoria Station. On my alighting there he turned the carriage, and dashed away again without so much as a look in my direction.

So far all had gone admirably. My luggage was waiting for me, and I had no difficulty in finding the carriage which Holmes had indicated, the less so as it was the only one in the train which was marked 'Engaged.' My only source of anxiety now was the non-appearance of Holmes. The station clock marked only seven minutes from the time when we were due to start. In vain I searched among the groups of travellers and leave-takers for the lithe figure of my friend. There was no sign of him. I spent a few minutes in assisting a venerable Italian priest, who was endeavouring to make a porter understand, in his broken English, that his luggage was to be booked through to Paris. Then, having taken another look round, I returned to my carriage, where I found that the porter, in spite of the ticket, had given me my decrepit Italian friend as a travelling companion. It was useless for me to explain to him that his presence was an intrusion, for my Italian was even more limited than his English, so I shrugged my shoulders resignedly, and continued to look out anxiously for my friend. A chill of fear had come over me, as I thought that his absence might mean that some blow had fallen during the night. Already the doors had all been shut and the whistle blown, when–

Am Morgen befolgte ich Holmes' Anordnungen wortgetreu. Ein Hansom wurde unter solchen Vorkehrungen beschafft, die verhindern würden, dass wir an eine für uns bereitgestellte Kutsche gerieten, und gleich nach dem Frühstück fuhr ich zu den Lowther-Arkaden, die ich durchquerte, so schnell ich konnte. Dort wartete ein Brougham mit einem ziemlich massigen, in einen dunklen Mantel gehüllten Fahrer, der, kaum war ich eingestiegen, die Peitsche schwang und in Richtung Victoria Station davonratterte. Nachdem ich ausgestiegen war, wendete er die Kutsche und jagte davon, ohne sich auch nur einmal nach mir umzusehen.

So weit war alles wunderbar gelaufen. Mein Gepäck erwartete mich, und ich hatte keinerlei Schwierigkeiten, das Coupé zu finden, von dem Holmes gesprochen hatte, umso weniger, da es das einzige im Zug war, das ein »Belegt«-Schild trug. Das Einzige, was mir jetzt noch Sorgen bereitete, war das Nichterscheinen von Holmes. Die Bahnhofsuhr zeigte nur noch sieben Minuten bis zur Abfahrt. Vergeblich hielt ich unter den Gruppen von Reisenden und sich Verabschiedenden Ausschau nach der schlanken Gestalt meines Freundes. Er war nirgends zu sehen. Ich verbrachte ein paar Minuten damit, einem ehrwürdigen italienischen Priester zu helfen, der in gebrochenem Englisch einem Schaffner verständlich zu machen versuchte, dass sein Gepäck nach Paris aufgegeben werden sollte. Dann kehrte ich, nachdem ich mich erneut umgeschaut hatte, in mein Coupé zurück, wo ich feststellte, dass der Schaffner mir der Reservierung zum Trotz meinen altersschwachen italienischen Freund als Reisegefährten zugeteilt hatte. Es war zwecklos, ihm erklären zu wollen, dass mich seine Gegenwart störte, denn mein Italienisch war noch schlechter als sein Englisch, und so zuckte ich ergeben die Schultern und hielt weiter besorgt Ausschau nach meinem Freund. Ein Schauer der Furcht packte mich, als mir der Gedanke kam, sein Fernbleiben könne bedeuten, dass es während der Nacht einen Anschlag gegeben hatte. Schon waren alle Türen geschlossen worden und der Pfiff war ertönt, als –

'My dear Watson,' said a voice, 'you have not even condescended to say good-morning.'

I turned in uncontrollable astonishment. The aged ecclesiastic had turned his face towards me. For an instant the wrinkles were smoothed away, the nose drew away from the chin, the lower lip ceased to protrude and the mouth to mumble, the dull eyes regained their fire, the drooping figure expanded. The next the whole frame collapsed again, and Holmes had gone as quickly as he had come.

'Good heavens!' I cried, 'how you startled me!'

'Every precaution is still necessary,' he whispered. 'I have reason to think that they are hot upon our trail. Ah, there is Moriarty himself.'

The train had already begun to move as Holmes spoke. Glancing back, I saw a tall man pushing his way furiously through the crowd, and waving his hand as if he desired to have the train stopped. It was too late, however, for we were rapidly gathering momentum, and an instant later had shot clear of the station.

'With all our precautions, you see that we have cut it rather fine,' said Holmes, laughing. He rose, and throwing off the black cassock and hat which had formed his disguise, he packed them away in a hand-bag.

'Have you seen the morning paper, Watson?'

'No.'

'You haven't seen about Baker Street, then?'

'Baker Street?'

'They set fire to our rooms last night. No great harm was done.'

'Good heavens, Holmes, this is intolerable!'

'They must have lost my track completely after their bludgeon-man was arrested. Otherwise they could not have imagined that I had returned to my rooms. They

»Mein lieber Watson«, sagte eine Stimme, »Sie haben sich nicht einmal bequemt, Guten Morgen zu sagen.«

Fassungslos vor Verblüffung drehte ich mich um. Der betagte Geistliche hatte mir sein Gesicht zugewandt. Für einen Augenblick glätteten sich die Runzeln, die Nase hob sich vom Kinn, die vorstehende Unterlippe glitt zurück, der Mund stellte das Gemurmel ein, die matten Augen gewannen ihr Feuer zurück, die schlaffe Gestalt streckte sich. Im nächsten sackte der Körper wieder in sich zusammen, und Holmes war so rasch verschwunden, wie er gekommen war.

»Du lieber Himmel«, rief ich, »haben Sie mich erschreckt!«

»Wir müssen noch immer vorsichtig sein«, flüsterte er. »Ich habe Grund zu der Annahme, dass sie uns dicht auf den Fersen sind. Ah, dort ist Moriarty höchstselbst.«

Bei Holmes' Worten hatte der Zug sich bereits in Bewegung gesetzt. Ich schaute zurück und sah einen hochgewachsenen Mann, der sich wüst einen Weg durch die Menge bahnte und winkte, wie um den Zug anzuhalten. Es war jedoch zu spät, denn wir nahmen rasch Fahrt auf und hatten kurz danach den Bahnhof hinter uns gelassen.

»Trotz aller Vorkehrungen haben wir es nur äußerst knapp geschafft, wie Sie sehen«, sagte Holmes lachend. Er stand auf, warf die schwarze Soutane und den Hut ab, die sein Kostüm gewesen waren, und verstaute sie in einer Tasche.

»Haben Sie die Morgenzeitung gelesen, Watson?«

»Nein.«

»Dann wissen Sie nichts von der Baker Street?«

»Baker Street?«

»Sie haben letzte Nacht Feuer in unserer Wohnung gelegt. Es gab keinen großen Schaden.«

»Grundgütiger, Holmes, das ist untragbar!«

»Sie müssen meine Spur komplett verloren haben, nachdem ihr Knüppel-Mann verhaftet wurde. Sonst hätten sie nicht annehmen können, ich sei in meine Wohnung zurück-

have evidently taken the precaution of watching you, however, and that is what has brought Moriarty to Victoria. You could not have made any slip in coming?'

'I did exactly what you advised.'

'Did you find your brougham?'

'Yes, it was waiting.'

'Did you recognize your coachman?'

'No.'

'It was my brother Mycroft. It is an advantage to get about in such a case without taking a mercenary into your confidence. But we must plan what we are to do about Moriarty now.'

'As this is an express, and as the boat runs in connection with it, I should think we have shaken him off very effectively.'

'My dear Watson, you evidently did not realize my meaning when I said that this man may be taken as being quite on the same intellectual plane as myself. You do not imagine that if I were the pursuer I should allow myself to be baffled by so slight an obstacle. Why, then, should you think so meanly of him?'

'What will he do?'

'What I should do.'

'What would you do, then?'

'Engage a special.'

'But it must be late.'

'By no means. This train stops at Canterbury; and there is always at least a quarter of an hour's delay at the boat. He will catch us there.'

'One would think that we were the criminals. Let us have him arrested on his arrival.'

'It would be to ruin the work of three months. We should get the big fish, but the smaller would dart right

gekehrt. Offenbar haben sie vorsichtshalber aber auch Sie beobachtet, und das hat Moriarty zur Victoria Station geführt. Ihnen ist auf der Fahrt dorthin nicht etwa ein Lapsus passiert?«

»Ich folgte exakt Ihren Anweisungen.«

»Fanden Sie Ihren Brougham?«

»Ja, er wartete schon.«

»Haben Sie Ihren Kutscher erkannt?«

»Nein.«

»Es war mein Bruder Mycroft. In einem Fall wie diesem ist es von Vorteil, wenn man zurechtkommt, ohne einen Mietling ins Vertrauen zu ziehen. Doch wir müssen planen, was wir jetzt gegen Moriarty unternehmen.«

»Da dies ein Schnellzug und die Abfahrt des Schiffs darauf abgestimmt ist, möchte ich annehmen, dass wir ihn sehr erfolgreich abgeschüttelt haben.«

»Mein lieber Watson, Sie haben offenbar nicht ganz verstanden, was ich meinte, als ich sagte, dass dieser Mann sich durchaus auf dem gleichen intellektuellen Niveau bewegt wie ich selbst. Sie glauben doch nicht, dass ich als Verfolger mich von einem derart kleinen Hindernis aufhalten ließe. Warum also sollten Sie ihn für so unbedarft halten?«

»Was wird er tun?«

»Was ich tun würde.«

»Und was würden Sie tun?«

»Einen Sonderzug mieten.«

»Aber der käme zu spät.«

»Keineswegs. Unser Zug hält in Canterbury; und das Schiff hat immer wenigstens eine Viertelstunde Verspätung. Dort wird er uns einholen.«

»Man könnte meinen, wir wären die Verbrecher. Lassen wir ihn bei seiner Ankunft verhaften.«

»Das würde der Arbeit von drei Monaten den Garaus machen. Wir würden den großen Fisch fangen, doch die kleine-

and left out of the net. On Monday we should have them all. No, an arrest is inadmissible.'

'What then?'

'We shall get out at Canterbury.'

'And then?'

'Well, then we must make a cross-country journey to Newhaven, and so over to Dieppe. Moriarty will again do what I should do. He will get on to Paris, mark down our luggage, and wait for two days at the depot. In the meantime we shall treat ourselves to a couple of carpetbags, encourage the manufactures of the countries through which we travel, and make our way at our leisure into Switzerland, via Luxembourg and Basle.'

At Canterbury, therefore, we alighted, only to find that we should have to wait an hour before we could get a train to Newhaven.

I was still looking rather ruefully after the rapidly disappearing luggage-van which contained my wardrobe, when Holmes pulled my sleeve and pointed up the line.

'Already, you see,' said he.

Far away, from among the Kentish woods there rose a thin spray of smoke. A minute later a carriage and engine could be seen flying along the open curve which leads to the station. We had hardly time to take our place behind a pile of luggage when it passed with a rattle and a roar, beating a blast of hot air into our faces.

'There he goes,' said Holmes, as we watched the carriage swing and rock over the points. 'There are limits, you see, to our friend's intelligence. It would have been a *coup-de-maître* had he deduced what I would deduce and acted accordingly.'

ren würden uns rechts und links durch die Maschen stieben. Am Montag kriegen wir sie alle. Nein, eine Verhaftung ist ausgeschlossen.«

»Was dann?«

»Wir steigen in Canterbury aus.«

»Und dann?«

»Nun, dann müssen wir querfeldein nach Newhaven und von dort aus hinüber nach Dieppe. Moriarty wird wiederum tun, was ich tun würde. Er wird nach Paris weiterfahren, unser Gepäck ausfindig machen und zwei Tage beim Depot warten. Inzwischen werden wir uns ein paar Reisetaschen gönnen, in den Ländern, die wir durchqueren, die Handwerkszunft fördern und uns via Luxemburg und Basel in aller Ruhe in die Schweiz begeben.«

Also stiegen wir in Canterbury aus, nur um festzustellen, dass wir eine Stunde warten mussten, bevor wir einen Zug nach Newhaven nehmen konnten.

Ich sah noch immer recht wehmütig dem sich rasch entfernenden Gepäckwagen nach, der meine Garderobe beherbergte, als Holmes mich am Ärmel zog und an den Gleisen entlang in die Ferne wies.

»Sehen Sie, da ist er schon«, sagte er.

Weit entfernt stieg aus den Wäldern von Kent eine dünne Rauchfahne auf. Eine Minute später war ein Wagen samt Lokomotive zu sehen, der zügig die zum Bahnhof führende weite Biegung entlangglitt. Wir hatten kaum Zeit, uns hinter einem Stapel Gepäck zu verbergen, da flog er schon ratternd und donnernd an uns vorbei, einen Schwall heißer Luft in unsere Gesichter schleudernd.

»Da fährt er hin«, sagte Holmes, als wir den Wagen schaukelnd über die Weichen holpern sahen. »Sie merken, auch die Intelligenz unseres Freundes hat ihre Grenzen. Es wäre ein *coup de maître* gewesen, hätte er gefolgert, was ich folgern würde, und dementsprechend gehandelt.«

'And what would he have done had he overtaken us?'

'There cannot be the least doubt that he would have made a murderous attack upon me. It is, however, a game at which two may play. The question now is whether we should take a premature lunch here, or run our chance of starving before we reach the buffet at Newhaven.'

We made our way to Brussels that night and spent two days there, moving on upon the third day as far as Strasburg. On the Monday morning Holmes had telegraphed to the London police, and in the evening we found a reply waiting for us at our hotel. Holmes tore it open, and then with a bitter curse hurled it into the grate.

'I might have known it!' he groaned. 'He has escaped!'

'Moriarty?'

'They have secured the whole gang with the exception of him. He has given them the slip. Of course, when I had left the country there was no one to cope with him. But I did think that I had put the game in their hands. I think that you had better return to England, Watson.'

'Why?'

'Because you will find me a dangerous companion now. This man's occupation is gone. He is lost if he returns to London. If I read his character right he will devote his whole energies to revenging himself upon me. He said as much in our short interview, and I fancy that he meant it. I should certainly recommend you to return to your practice.'

It was hardly an appeal to be successful with one who was an old campaigner as well as an old friend. We sat in the Strasburg *salle-à-manger* arguing the question for half an hour, but the same night we had resumed our journey and were well on our way to Geneva.

»Und was hätte er getan, falls er uns eingeholt hätte?«

»Es kann nicht den Hauch eines Zweifels geben, dass er einen Mordanschlag auf mich verübt hätte. Das allerdings ist ein Spiel mit zwei Spielern. Jetzt stellt sich die Frage, ob wir hier vorzeitig zu Mittag essen oder das Risiko eingehen zu verhungern, bevor wir das Büffet in Newhaven erreichen.«

An jenem Abend schafften wir es bis Brüssel, verbrachten dort zwei Tage und fuhren am dritten nach Straßburg weiter. Am Montagmorgen hatte Holmes der Londoner Polizei telegrafiert, und am späten Nachmittag lag in unserem Hotel eine Antwort für uns bereit. Holmes riss sie auf und schleuderte sie dann mit einem erbitterten Fluch in den Kamin.

»Ich hätte es wissen müssen!«, stöhnte er. »Er ist entkommen.«

»Moriarty?«

»Sie haben die ganze Bande festgenommen, nur ihn nicht. Er ist ihnen entwischt. Natürlich, nachdem ich das Land verlassen hatte, war keiner mehr da, um es mit ihm aufzunehmen. Ich dachte wirklich, ich hätte ihnen Trümpfe genug gelassen. Sie kehren wohl besser nach England zurück, Watson.«

»Warum?«

»Weil ich Ihnen ab sofort ein gefährlicher Begleiter wäre. Das Geschäft dieses Mannes ist dahin. Er ist verloren, sollte er nach London zurückgehen. Wenn ich seinen Charakter richtig einschätze, wird er all seine Energien darauf verwenden, sich an mir zu rächen. Er sagte so etwas bei unserem kurzen Gespräch, und ich glaube, er meinte es ernst. Ich empfehle Ihnen nachdrücklich, in Ihre Praxis zurückzukehren.«

Das war kaum die Art von Bitte, die jemand gewährt, der ebenso sehr alter Kämpe ist wie alter Freund. Wir saßen in einer Straßburger *salle à manger* und diskutierten die Frage eine halbe Stunde, doch noch am selben Abend setzten wir unsere Reise fort und machten uns stracks auf den Weg nach Genf.

For a charming week we wandered up the valley of the Rhone, and then, branching off at Leuk, we made our way over the Gemmi Pass, still deep in snow, and so, by way of Interlaken, to Meiringen. It was a lovely trip, the dainty green of the spring below, the virgin white of the winter above; but it was clear to me that never for one instant did Holmes forget the shadow which lay across him. In the homely Alpine villages or in the lonely mountain passes, I could still tell by his quick glancing eyes and his sharp scrutiny of every face that passed us, that he was well convinced that, walk where we would, we could not walk ourselves clear of the danger which was dogging our footsteps.

Once, I remember, as we passed over the Gemmi, and walked along the border of the melancholy Daubensee, a large rock which had been dislodged from the ridge upon our right clattered down and roared into the lake behind us. In an instant Holmes had raced up on to the ridge, and, standing upon a lofty pinnacle, craned his neck in every direction. It was in vain that our guide assured him that a fall of stones was a common chance in the springtime at that spot. He said nothing, but he smiled at me with the air of a man who sees the fulfilment of that which he had expected.

And yet for all his watchfulness he was never depressed. On the contrary, I can never recollect having seen him in such exuberant spirits. Again and again he recurred to the fact that if he could be assured that society was freed from Professor Moriarty he would cheerfully bring his own career to a conclusion.

'I think that I may go so far as to say, Watson, that I have not lived wholly in vain,' he remarked. 'If my record were closed to-night I could still survey it with equanimity. The air of London is the sweeter for my presence. In

Eine bezaubernde Woche lang wanderten wir das Rhône-Tal hinauf, überquerten, bei Leuk abzweigend, den noch tief verschneiten Gemmi-Pass und gelangten so über Interlaken nach Meiringen. Es war eine reizende Wanderung, unter uns das zarte Grün des Frühlings, über uns das jungfräuliche Weiß des Winters; doch mir war klar, dass Holmes nicht einen Moment lang den Schatten vergaß, der auf ihm lag. Sei's in den heimeligen Alpendörfern, sei's auf den einsamen Bergpässen, seine raschen, wachsamen Blicke und das scharfe Prüfen jedes einzelnen Gesichts, das uns entgegenkam, verrieten mir stets aufs Neue, dass er vollauf überzeugt war, wir könnten, wohin wir auch gingen, jener Gefahr nicht entgehen, die uns beharrlich auf Schritt und Tritt folgte.

Ich entsinne mich, wie einmal, als wir den Gemmi überquerten und am Ufer des melancholischen Daubensees entlanggingen, ein großer Felsbrocken, der sich aus dem Berggrat zu unserer Rechten gelöst hatte, herabpolterte und hinter uns in den See donnerte. Im Nu war Holmes auf den Grat gestürmt und reckte, auf einer erhöhten Spitze stehend, den Hals in alle Richtungen. Vergeblich versicherte ihm unser Führer, ein Steinschlag sei den Frühling über an dieser Stelle keineswegs etwas Ungewöhnliches. Er sagte nichts, sondern lächelte mir nur zu mit der Miene eines Mannes, der vor sich die Erfüllung dessen sieht, was er erwartet hatte.

Trotz all der Wachsamkeit war er dennoch nie gedrückter Stimmung. Im Gegenteil, ich kann mich nicht erinnern, ihn je zuvor so ausgelassen gesehen zu haben. Immer wieder kam er darauf zurück, dass er seine eigene Karriere mit Freuden zum Abschluss bringen würde, sobald er sicher sein könnte, dass die Gesellschaft von Professor Moriarty befreit wäre.

»Ich glaube, ich darf so weit gehen zu sagen, Watson, dass ich nicht völlig umsonst gelebt habe«, bemerkte er. »Würde meine Akte heute Abend geschlossen, ich könnte sie dennoch mit Gleichmut betrachten. Die Londoner Luft ist frischer geworden

over a thousand cases I am not aware that I have ever used my powers upon the wrong side. Of late I have been tempted to look into the problems furnished by nature rather than those more superficial ones for which our artificial state of society is responsible. Your memoirs will draw to an end, Watson, upon the day that I crown my career by the capture or extinction of the most dangerous and capable criminal in Europe.'

I shall be brief, and yet exact, in the little which remains for me to tell. It is not a subject on which I would willingly dwell, and yet I am conscious that a duty devolves upon me to omit no detail.

It was on the third of May that we reached the little village of Meiringen, where we put up at the Englischer Hof, then kept by Peter Steiler the elder. Our landlord was an intelligent man and spoke excellent English, having served for three years as waiter at the Grosvenor Hotel in London. At his advice, on the afternoon of the fourth we set off together, with the intention of crossing the hills and spending the night at the hamlet of Rosenlaui. We had strict injunctions, however, on no account to pass the falls of Reichenbach, which are about halfway up the hills, without making a small detour to see them.

It is, indeed, a fearful place. The torrent, swollen by the melting snow, plunges into a tremendous abyss, from which the spray rolls up like the smoke from a burning house. The shaft into which the river hurls itself is an immense chasm, lined by glistening coal-black rock, and narrowing into a creaming, boiling pit of incalculable depth, which brims over and shoots the stream onward over its jagged lip. The long sweep of green water roaring forever down, and the thick flickering curtain of spray hissing forever upward, turn a man giddy with their con-

dank meiner Gegenwart. In über tausend Fällen habe ich, wie ich zu wissen glaube, meine Fähigkeiten nie auf der falschen Seite eingesetzt. Neuerdings reizt es mich mehr und mehr, die Probleme zu untersuchen, die in der Natur gründen, statt jener oberflächlicheren, für die der gekünstelte Zustand der Gesellschaft verantwortlich ist. Ihre Berichte wird es ab dem Tag nicht mehr geben, Watson, an dem ich meine Karriere mit der Ergreifung oder Vernichtung des gefährlichsten und fähigsten Verbrechers in Europa kröne.«

Es soll kurz und dennoch genau sein, jenes wenige, das mir noch zu erzählen bleibt. Es ist kein Gegenstand, bei dem ich gern verweile, und doch bin ich mir bewusst, dass ich die Pflicht habe, kein Detail auszulassen.

Am 3. Mai erreichten wir das kleine Dorf Meiringen, wo wir im Englischen Hof abstiegen, der damals von Peter Steiler dem Älteren geführt wurde. Unser Wirt war ein verständiger Mann und sprach hervorragend Englisch, nachdem er drei Jahre lang als Kellner im Grosvenor Hotel in London gearbeitet hatte. Auf seinen Rat hin machten wir uns am Nachmittag des 4. auf den Weg, in der Absicht, die Hänge zu überqueren und die Nacht im Örtchen Rosenlaui zu verbringen. Man hatte uns indes eingeschärft, am Reichenbachfall, der etwa auf halbem Weg bergan liegt, unter keinen Umständen vorbeizugehen, ohne den kleinen Umweg zu machen und ihn uns anzusehen.

Es ist in der Tat ein Ehrfurcht gebietender Ort. Der Wildbach, angeschwollen vom schmelzenden Schnee, stürzt in einen gewaltigen Abgrund, aus dem die Gischt heraufwallt wie Rauch aus einem brennenden Haus. Der Schacht, in den der Strom sich hinabwirft, ist eine riesige Klamm, gesäumt von glänzendem, kohlschwarzem Fels und sich verengend zu einem schäumenden, brodelnden Schlund von unermesslicher Tiefe, der übervoll ist und die Fluten des Stroms über seinen zerklüfteten Rand hinausspeit. Die unablässig hinabdonnernde Wand aus grünem Wasser und der unablässig heraufzischende dichte, flirrende

stant whirl and clamour. We stood near the edge peering down at the gleam of the breaking water far below us against the black rocks, and listening to the half-human shout which came booming up with the spray out of the abyss.

The path has been cut halfway round the fall to afford a complete view, but it ends abruptly, and the traveller has to return as he came. We had turned to do so, when we saw a Swiss lad come running along it with a letter in his hand. It bore the mark of the hotel which we had just left and was addressed to me by the landlord. It appeared that within a very few minutes of our leaving, an English lady had arrived who was in the last stage of consumption. She had wintered at Davos Platz and was journeying now to join her friends at Lucerne, when a sudden hemorrhage had overtaken her. It was thought that she could hardly live a few hours, but it would be a great consolation to her to see an English doctor, and, if I would only return, etc. The good Steiler assured me in a postscript that he would himself look upon my compliance as a very great favour, since the lady absolutely refused to see a Swiss physician, and he could not but feel that he was incurring a great responsibility.

The appeal was one which could not be ignored. It was impossible to refuse the request of a fellow-countrywoman dying in a strange land. Yet I had my scruples about leaving Holmes. It was finally agreed, however, that he should retain the young Swiss messenger with him as guide and companion while I returned to Meiringen. My friend would stay some little time at the fall, he said, and would then walk slowly over the hill to Rosenlaui, where I was to rejoin him in the evening. As I turned away I saw

Gischtvorhang machen einen Menschen schwindlig mit ihrem ständigen Wirbeln und Tosen. Wir standen nahe am Rand, spähten hinab auf den Schimmer des weit unter uns an den schwarzen Felsen zerberstenden Wassers und lauschten dem halb menschlichen Brüllen, das mit der Gischt aus dem Abgrund heraufdröhnte.

Der Pfad ist bis zur Mitte rund um den Fall in den Fels getrieben worden, um freie Aussicht zu bieten, doch er endet abrupt, und der Wanderer muss denselben Weg zurück nehmen. Wir hatten soeben kehrtgemacht, da sahen wir einen Schweizer Jungen den Pfad entlanglaufen, in seiner Hand einen Brief. Dieser trug den Stempel des Hotels, das wir gerade verlassen hatten, und war vom Wirt an mich adressiert. Wie es schien, war nur wenige Minuten nach unserem Aufbruch eine englische Lady eingetroffen, die sich im letzten Stadium der Schwindsucht befand. Sie habe den Winter in Davos Platz verbracht und sei nun unterwegs gewesen, um sich in Luzern ihren Freunden anzuschließen, als sie einen plötzlichen Blutsturz erlitten habe. Man denke, dass sie nur noch wenige Stunden zu leben habe, und es sei ihr gewiss ein großer Trost, einen englischen Arzt zu sehen, und, falls ich denn zurückkäme, etc. Der gute Steiler versicherte mir in einem Postskriptum, ich täte damit auch ihm einen sehr großen Gefallen, da die Lady sich strikt weigere, einen Schweizer Arzt zu sehen, und er nicht umhinkönne, eine schwere Verantwortung auf sich lasten zu fühlen.

Diese dringende Bitte konnte man nicht unbeachtet lassen. Es war unmöglich, den Wunsch einer Landsmännin abzuschlagen, die in der Fremde im Sterben lag. Allerdings hatte ich Bedenken, Holmes allein zu lassen. Schließlich kamen wir überein, dass er den jungen Schweizer Boten als Führer und Begleiter bei sich behalten sollte, während ich nach Meiringen zurückkehrte. Mein Freund würde ein Weilchen beim Wasserfall bleiben, wie er sagte, und dann langsam über den Hang nach Rosenlaui wandern, wo ich am Abend wieder zu ihm stoßen sollte. Als ich fort-

Holmes, with his back against a rock and his arms folded, gazing down at the rush of the waters. It was the last that I was ever destined to see of him in this world.

When I was near the bottom of the descent I looked back. It was impossible, from that position, to see the fall, but I could see the curving path which winds over the shoulder of the hills and leads to it. Along this a man was, I remember, walking very rapidly.

I could see his black figure clearly outlined against the green behind him. I noted him, and the energy with which he walked, but he passed from my mind again as I hurried on upon my errand.

It may have been a little over an hour before I reached Meiringen. Old Steiler was standing at the porch of his hotel.

'Well,' said I, as I came hurrying up, 'I trust that she is no worse?'

A look of surprise passed over his face, and at the first quiver of his eyebrows my heart turned to lead in my breast.

'You did not write this?' I said, pulling the letter from my pocket. 'There is no sick Englishwoman in the hotel?'

'Certainly not!' he cried. 'But it has the hotel mark upon it! Ha, it must have been written by that tall Englishman who came in after you had gone. He said–'

But I waited for none of the landlord's explanation. In a tingle of fear I was already running down the village street, and making for the path which I had so lately descended. It had taken me an hour to come down. For all my efforts two more had passed before I found myself at the fall of Reichenbach once more. There was Holmes's Alpine-stock still leaning against the rock by which I had

ging, sah ich Holmes, den Rücken gegen den Fels gelehnt und die Arme verschränkt, in die tosenden Wasser hinabstarren. Das war das Letzte, was ich auf dieser Welt je von ihm sehen sollte.

Als ich den Abstieg fast geschafft hatte, schaute ich zurück. Von dieser Position aus war es unmöglich, die Wasserfälle zu sehen, doch ich konnte den gewundenen Pfad erkennen, der sich über die Schultern der Hänge schlängelt und zu ihm hinführt. Dort entlang, erinnere ich mich, lief sehr rasch ein Mann.

Ich sah seine schwarze Gestalt, vom Grün des Hintergrunds scharf umrissen. Er fiel mir auf, ebenso wie die Energie, mit der er ausschritt, doch während ich meiner Pflicht entgegeneilte, geriet er mir wieder aus dem Sinn.

Nach vielleicht etwas mehr als einer Stunde erreichte ich Meiringen. Der alte Steiler stand in der Vorhalle seines Hotels.

»Nun«, sagte ich, als ich heraufhastete, »ich hoffe, es geht ihr nicht schlechter?«

Ein Anflug von Erstaunen huschte über sein Gesicht, und beim ersten Zucken seiner Augenbrauen wurde mir das Herz in der Brust zu Blei.

»Sie haben das nicht geschrieben?«, fragte ich und zog den Brief aus der Tasche. »Es gibt keine kranke Engländerin im Hotel?«

»Bestimmt nicht!«, rief er. »Aber das ist ja der Stempel des Hotels! Ha, den muss dieser hochgewachsene Engländer geschrieben haben, der hereinkam, nachdem Sie gegangen waren. Er sagte …«

Doch ich wartete die Erklärung des Wirts nicht ab. Zitternd vor Furcht lief ich bereits die Dorfstraße entlang und stürzte in Richtung des Pfads, auf dem ich erst vor Kurzem herabgekommen war. Für den Abstieg hatte ich eine Stunde gebraucht. Trotz all meiner Anstrengungen waren zwei weitere vergangen, ehe ich mich erneut am Reichenbachfall befand. Holmes' Bergstock lehnte noch immer an jenem Felsen, an dem ich mich von ihm ge-

left him. But there was no sign of him, and it was in vain that I shouted. My only answer was my own voice reverberating in a rolling echo from the cliffs around me.

It was the sight of that Alpine-stock which turned me cold and sick. He had not gone to Rosenlaui, then. He had remained on that three-foot path, with sheer wall on one side and sheer drop on the other, until his enemy had overtaken him. The young Swiss had gone too. He had probably been in the pay of Moriarty and had left the two men together. And then what had happened? Who was to tell us what had happened then?

I stood for a minute or two to collect myself, for I was dazed with the horror of the thing. Then I began to think of Holmes's own methods and to try to practise them in reading this tragedy. It was, alas, only too easy to do. During our conversation we had not gone to the end of the path, and the Alpine-stock marked the place where we had stood. The blackish soil is kept forever soft by the incessant drift of spray, and a bird would leave its tread upon it. Two lines of footmarks were clearly marked along the farther end of the path, both leading away from me. There were none returning. A few yards from the end the soil was all ploughed up into a patch of mud, and the brambles and ferns which fringed the chasm were torn and bedraggled. I lay upon my face and peered over with the spray spouting up all around me. It had darkened since I left, and now I could only see here and there the glistening of moisture upon the black walls, and far away down at the end of the shaft the gleam of the broken water. I shouted; but only that same half-human cry of the fall was borne back to my ears.

But it was destined that I should, after all, have a last word of greeting from my friend and comrade. I have said

trennt hatte. Von ihm selbst war nichts zu sehen, und ich rief vergeblich nach ihm. Die einzige Antwort war meine eigene Stimme, die in rollendem Echo von den Felswänden ringsum widerhallte.

Beim Anblick dieses Bergstocks wurde mir eiskalt und elend. Holmes war also nicht nach Rosenlaui gegangen. Er war auf jenem drei Fuß breiten Pfad geblieben, die steile Felswand auf der einen und den steilen Abgrund auf der anderen Seite, bis sein Feind ihn eingeholt hatte. Auch der junge Schweizer war verschwunden. Er hatte vermutlich im Sold Moriartys gestanden und die beiden Männer allein gelassen. Und dann, was war dann geschehen? Wer sollte uns sagen, was dann geschehen war?

Ein, zwei Minuten stand ich still, um mich zu sammeln, denn ich war ganz betäubt vor Entsetzen. Dann begann ich, an Holmes' Methoden zu denken und zu versuchen, sie zur Klärung dieser Tragödie einzusetzen. Ach, es war nur allzu leicht. Während unseres Gesprächs waren wir nicht bis zum Ende des Pfads gegangen, und der Bergstock markierte die Stelle, an der wir gestanden hatten. Die schwärzliche Erde wird von der ständig wirbelnden Gischt immerfort weich gehalten, und selbst ein Vogel würde Spuren auf ihr hinterlassen. Auf dem hinteren Teil des Pfades waren deutlich zwei Reihen von Fußabdrücken zu erkennen, beide führten von mir weg. Keine führte wieder zurück. Einige Yards vor dem Ende war die Erde zu einer schlammigen Stelle aufgewühlt, das Brombeergestrüpp und die Farne, die den Rand der Klamm säumten, waren niedergerissen und lehmverschmiert. Ich legte mich auf den Bauch und spähte hinunter, überall um mich die spritzende Gischt. Es war dunkler geworden, seit ich gegangen war, und ich konnte jetzt nur hier und da das Glitzern von Feuchtigkeit auf den schwarzen Felswänden erkennen und weit unten auf dem Grund des Schachts den Schimmer des berstenden Wassers. Ich schrie; doch nur jenes halb menschliche Brüllen des Falls drang bis hinauf an mein Ohr.

Wenigstens war es mir noch bestimmt, ein letztes Grußwort von meinem Freund und Kameraden zu erhalten. Ich sagte schon,

that his Alpine-stock had been left leaning against a rock which jutted on to the path. From the top of this bowlder the gleam of something bright caught my eye, and raising my hand I found that it came from the silver cigarette-case which he used to carry. As I took it up a small square of paper upon which it had lain fluttered down on to the ground. Unfolding it, I found that it consisted of three pages torn from his notebook and addressed to me. It was characteristic of the man that the direction was as precise, and the writing as firm and clear, as though it had been written in his study.

MY DEAR WATSON [it said]:
I write these few lines through the courtesy of Mr. Moriarty, who awaits my convenience for the final discussion of those questions which lie between us. He has been giving me a sketch of the methods by which he avoided the English police and kept himself informed of our movements. They certainly confirm the very high opinion which I had formed of his abilities. I am pleased to think that I shall be able to free society from any further effects of his presence, though I fear that it is at a cost which will give pain to my friends, and especially, my dear Watson, to you. I have already explained to you, however, that my career had in any case reached its crisis, and that no possible conclusion to it could be more congenial to me than this. Indeed, if I may make a full confession to you, I was quite convinced that the letter from Meiringen was a hoax, and I allowed you to depart on that errand under the persuasion that some development of this sort would follow. Tell Inspector Patterson that

dass sein Bergstock stehen gelassen worden war, an einen Felsen gelehnt, der in den Pfad hineinragte. Am oberen Teil dieses Brockens fiel mir etwas Glitzerndes ins Auge, und als ich die Hand hob, sah ich, dass es das silberne Zigarettenetui war, das er bei sich zu tragen pflegte. Ich nahm es an mich, woraufhin ein kleines quadratisches Papier zu Boden flatterte, das daruntergelegen hatte. Ich faltete es auseinander und stellte fest, dass es aus drei Blättern seines Notizbuchs bestand, die herausgerissen und an mich gerichtet waren. Es war charakteristisch für diesen Mann, dass die Adresse so präzise und die Schrift so sicher und klar war, als wären sie in seinem Arbeitszimmer geschrieben worden.

> MEIN LIEBER WATSON [stand da],
> ich schreibe diese wenigen Zeilen mit freundlicher Erlaubnis Mr Moriartys, der wartet, bis ich bereit bin für die abschließende Debatte jener Streitpunkte, die zwischen uns stehen. Er hat mir kurz die Methoden skizziert, mittels derer er der englischen Polizei entging und stets über unsere Bewegungen unterrichtet blieb. Sie bestätigen ohne Zweifel die sehr hohe Meinung, die ich mir von seinen Fähigkeiten gebildet hatte. Mit Freude denke ich daran, dass ich die Gesellschaft von allen künftigen Folgen seiner Gegenwart befreien kann, wenngleich ich befürchte, dass der Preis dafür meinen Freunden Schmerz bereiten wird, und Ihnen, mein lieber Watson, besonders. Ich habe Ihnen jedoch bereits erklärt, dass meine Karriere ohnehin ihren Wendepunkt erreicht hatte und kein anderer möglicher Abschluss mir mehr zusagen könnte als dieser. In der Tat war mir, wenn ich Ihnen ein volles Geständnis ablegen darf, durchaus bewusst, dass der Brief aus Meiringen ein Schwindel war, und ich ließ Sie zu Ihrem Auftrag davongehen in der Überzeugung, dass eine Entwicklung dieser Art folgen würde. Sagen Sie Inspektor Patterson, dass die Papiere,

the papers which he needs to convict the gang are in pigeonhole M., done up in a blue envelope and inscribed 'Moriarty.' I made every disposition of my property before leaving England and handed it to my brother Mycroft. Pray give my greetings to Mrs. Watson, and believe me to be, my dear fellow,

Very sincerely yours,

SHERLOCK HOLMES.

A few words may suffice to tell the little that remains. An examination by experts leaves little doubt that a personal contest between the two men ended, as it could hardly fail to end in such a situation, in their reeling over, locked in each other's arms. Any attempt at recovering the bodies was absolutely hopeless, and there, deep down in that dreadful cauldron of swirling water and seething foam, will lie for all time the most dangerous criminal and the foremost champion of the law of their generation. The Swiss youth was never found again, and there can be no doubt that he was one of the numerous agents whom Moriarty kept in his employ. As to the gang, it will be within the memory of the public how completely the evidence which Holmes had accumulated exposed their organization, and how heavily the hand of the dead man weighed upon them. Of their terrible chief few details came out during the proceedings, and if I have now been compelled to make a clear statement of his career, it is due to those injudicious champions who have endeavoured to clear his memory by attacks upon him whom I shall ever regard as the best and the wisest man whom I have ever known.

die er zur Überführung der Bande benötigt, sich im Ablagefach M. befinden, in einem blauen Umschlag mit der Aufschrift »Moriarty«. Ich habe alle Verfügungen über mein Vermögen getroffen, ehe ich England verließ, und sie meinem Bruder Mycroft übergeben. Bitte richten Sie Mrs Watson meine Grüße aus, und erinnern Sie mich, mein lieber Freund,

als stets den Ihren

SHERLOCK HOLMES

Ein paar Worte mögen genügen, das wenige, was noch bleibt, zu erzählen. Eine Untersuchung durch Experten hat wenig Zweifel gelassen, dass ein handfester Streit der beiden Männer, wie unter solchen Umständen kaum anders zu erwarten, damit endete, dass sie einer den andern umklammernd über den Rand hinabstürzten. Jeder Versuch, die Leichen zu bergen, war absolut hoffnungslos, und dort, tief unten in jenem furchtbaren Kessel aus strudelndem Wasser und brodelndem Schaum, ruhen auf ewig der gefährlichste Verbrecher und der hehrste Verfechter des Rechts ihrer Generation. Der Schweizer Jüngling blieb verschwunden, und es kann keinen Zweifel geben, dass er einer der zahlreichen Handlanger war, die Moriarty beschäftigte. Was die Bande angeht, so wird der Öffentlichkeit noch in Erinnerung sein, wie umfassend die von Holmes gesammelten Beweise ihre Organisation entlarvten und wie schwer noch die Hand des Toten auf ihr lag. Über ihr schreckliches Oberhaupt kamen im Prozess nur wenige Details zutage, und wenn ich jetzt gezwungen war, mich klar zu seiner Laufbahn zu äußern, dann wegen jener unbesonnenen Fürsprecher, die sich mühten, sein Andenken reinzuwaschen durch Angriffe auf den Mann, der für mich stets der beste und weiseste Mensch bleiben wird, den ich je gekannt habe.

# The Adventure of the Empty House

It was in the spring of the year 1894 that all London was interested, and the fashionable world dismayed, by the murder of the Honourable Ronald Adair under most unusual and inexplicable circumstances. The public has already learned those particulars of the crime which came out in the police investigation, but a good deal was suppressed upon that occasion, since the case for the prosecution was so overwhelmingly strong that it was not necessary to bring forward all the facts. Only now, at the end of nearly ten years, am I allowed to supply those missing links which make up the whole of that remarkable chain. The crime was of interest in itself, but that interest was as nothing to me compared to the inconceivable sequel, which afforded me the greatest shock and surprise of any event in my adventurous life. Even now, after this long interval, I find myself thrilling as I think of it, and feeling once more that sudden flood of joy, amazement, and incredulity which utterly submerged my mind. Let me say to that public, which has shown some interest in those glimpses which I have occasionally given them of the thoughts and actions of a very remarkable man, that they are not to blame me if I have not shared my knowledge with them, for I should have considered it my first duty to do so, had I not been barred by a positive prohibition from his own lips, which was only withdrawn upon the third of last month.

It can be imagined that my close intimacy with Sherlock Holmes had interested me deeply in crime, and that after his disappearance I never failed to read with care the various problems which came before the public. And I

# Das leere Haus

Im Frühjahr des Jahres 1894 zeigte ganz London sich interessiert und die vornehme Welt sich bestürzt angesichts der Ermordung des Ehrenwerten Ronald Adair, die unter höchst ungewöhnlichen und unerklärlichen Umständen geschah. Die Öffentlichkeit kennt bereits jene Einzelheiten des Verbrechens, die bei der polizeilichen Untersuchung zutage kamen, doch wurde dabei ein Gutteil verschwiegen, da der Fall für die Anklage so überwältigend klar lag, dass es nicht notwendig war, sämtliche Fakten offenzulegen. Erst jetzt, knapp zehn Jahre später, ist es mir erlaubt, die fehlenden Glieder zu liefern, die diese bemerkenswerte Ereigniskette vervollständigen. Schon das Verbrechen an sich war von Interesse, doch galt mir dieses Interesse nichts im Vergleich zu dem unbegreiflichen Nachspiel, das mir den größten Schock und Überraschungseffekt meines aufregenden Lebens bescherte. Selbst jetzt, nach so langer Zeit, zittere ich bei dem Gedanken daran und fühle aufs Neue die jähe Flut von Freude, Erstaunen und Ungläubigkeit, die meinen Geist schier überschwemmte. Ich möchte jenem Publikum, das einiges Interesse an den flüchtigen Einblicken gezeigt hat, die ich ihm gelegentlich in die Gedanken und Taten eines ganz außergewöhnlichen Mannes gewährt habe, sagen, es möge mich nicht dafür tadeln, dass ich ihm mein Wissen nicht mitgeteilt habe, denn ich würde dies für meine erste Pflicht gehalten haben, wenn nicht ein striktes Verbot aus seinem Mund mich zurückgehalten hätte, das erst am Dritten des vorigen Monats aufgehoben wurde.

Man kann sich vorstellen, dass meine enge Vertrautheit mit Sherlock Holmes mich in den Bann des Verbrechens gezogen hatte und dass ich es nach seinem Verschwinden niemals versäumte, die verschiedenen Fälle, die öffentlich wurden, aufmerk-

even attempted, more than once, for my own private satisfaction, to employ his methods in their solution, though with indifferent success. There was none, however, which appealed to me like this tragedy of Ronald Adair. As I read the evidence at the inquest, which led up to a verdict of wilful murder against some person or persons unknown, I realized more clearly than I had ever done the loss which the community had sustained by the death of Sherlock Holmes. There were points about this strange business which would, I was sure, have specially appealed to him, and the efforts of the police would have been supplemented, or more probably anticipated, by the trained observation and the alert mind of the first criminal agent in Europe. All day, as I drove upon my round, I turned over the case in my mind and found no explanation which appeared to me to be adequate. At the risk of telling a twice-told tale, I will recapitulate the facts as they were known to the public at the conclusion of the inquest.

The Honourable Ronald Adair was the second son of the Earl of Maynooth, at that time governor of one of the Australian colonies. Adair's mother had returned from Australia to undergo the operation for cataract, and she, her son Ronald, and her daughter Hilda were living together at 427 Park Lane. The youth moved in the best society, had, so far as was known, no enemies and no particular vices. He had been engaged to Miss Edith Woodley, of Carstairs, but the engagement had been broken off by mutual consent some months before, and there was no sign that it had left any very profound feeling behind it. For the rest of the man's life moved in a narrow and conventional circle, for his habits were quiet and his nature unemotional. Yet it was upon this easy-going young aristocrat that death came, in most strange and unexpected form, between the hours of ten and eleven-twenty on the night of March 30, 1894.

sam zu verfolgen. Mehr als einmal versuchte ich sogar, zu meiner privaten Befriedigung seine Methoden anzuwenden, wenn auch mit wenig Erfolg. Nichts jedoch reizte mich derart wie jene Tragödie des Ronald Adair. Als ich die gerichtlichen Zeugenaussagen las, die zu einem Schuldspruch wegen vorsätzlichen Mordes gegen einen oder mehrere Unbekannte führten, wurde mir der Verlust, den die Allgemeinheit durch Sherlock Holmes' Tod erlitten hatte, klarer als je zuvor. Einige Aspekte dieses sonderbaren Falls würden ihn, da war ich sicher, besonders gereizt haben, und die Arbeit der Polizei wäre ergänzt oder, wahrscheinlicher noch, beschleunigt worden von dem geschulten Auge und wachen Verstand des besten Kriminalisten Europas. Tag für Tag, während ich zu meinen Visiten fuhr, überdachte ich den Fall und fand keine Erklärung, die mir passend zu sein schien. Auf das Risiko, eine alte Geschichte wieder aufzuwärmen, werde ich nun den Tatbestand rekapitulieren, wie er der Öffentlichkeit bei Abschluss der Untersuchung bekannt war.

Der Ehrenwerte Ronald Adair war der zweite Sohn des Grafen von Maynooth, damals Gouverneur einer der australischen Kolonien. Adairs Mutter war aus Australien zurückgekehrt, um ihren grauen Star operieren zu lassen, und sie, ihr Sohn Ronald und ihre Tochter Hilda wohnten gemeinsam in der Park Lane 427. Der Jüngling bewegte sich in bester Gesellschaft und hatte, soweit bekannt, keine Feinde oder ausgeprägten Laster. Er war mit Miss Edith Woodley aus Carstairs verlobt gewesen, doch die Verlobung war wenige Monate zuvor in beiderseitigem Einvernehmen gelöst worden, und es gab keinerlei Anzeichen dafür, dass besonders tiefe Gefühle zurückgeblieben wären. Denn die noch verbleibende Zeit im Leben des Mannes verlief in engen und üblichen Bahnen, sein Gebaren war ruhig und sein Wesen leidenschaftslos. Trotzdem ereilte diesen unbeschwerten jungen Aristokraten der Tod, und zwar auf höchst seltsame und unerwartete Weise zwischen zehn und elf Uhr zwanzig am Abend des 30. März 1894.

Ronald Adair was fond of cards—playing continually, but never for such stakes as would hurt him. He was a member of the Baldwin, the Cavendish, and the Bagatelle card clubs. It was shown that, after dinner on the day of his death, he had played a rubber of whist at the latter club. He had also played there in the afternoon. The evidence of those who had played with him—Mr. Murray, Sir John Hardy, and Colonel Moran—showed that the game was whist, and that there was a fairly equal fall of the cards. Adair might have lost five pounds, but not more. His fortune was a considerable one, and such a loss could not in any way affect him. He had played nearly every day at one club or other, but he was a cautious player, and usually rose a winner. It came out in evidence that, in partnership with Colonel Moran, he had actually won as much as £450 in a sitting, some weeks before, from Godfrey Milner and Lord Balmoral. So much for his recent history as it came out at the inquest.

On the evening of the crime, he returned from the club exactly at ten. His mother and sister were out spending the evening with a relation. The servant deposed that she heard him enter the front room on the second floor, generally used as his sitting-room. She had lit a fire there, and as it smoked she had opened the window. No sound was heard from the room until eleven-twenty, the hour of the return of Lady Maynooth and her daughter. Desiring to say good-night, she attempted to enter her son's room. The door was locked on the inside, and no answer could be got to their cries and knocking. Help was obtained, and the door forced. The unfortunate young man was found lying near the table. His head had been horribly mutilated by an expanding revolver bullet, but no weapon of any sort was to be found in the room. On the table lay two banknotes for £10 each and £17 10s. in silver and gold,

Ronald Adair spielte gern Karten – er spielte ständig, doch niemals um Einsätze, die ihm wehtun konnten. Er war Mitglied des Baldwin-, des Cavendish- und des Bagatelle-Kartenclubs. Es zeigte sich, dass er am Tag seines Todes nach dem Dinner im letztgenannten Club einen Rubber Whist gespielt hatte. Am Nachmittag hatte er ebenfalls dort gespielt. Die Aussagen seiner Mitspieler – Mr Murray, Sir John Hardy und Colonel Moran – ergaben, dass Whist gespielt wurde und das Kartenglück sich ziemlich gleichmäßig verteilte. Adair hatte ungefähr fünf Pfund verloren, nicht mehr. Sein Vermögen war beträchtlich, und ein Verlust wie dieser konnte ihn keinesfalls in Verlegenheit bringen. Er hatte fast täglich in diesem oder jenem Club gespielt, doch er war ein besonnener Spieler und ging zumeist als Gewinner vom Tisch. Die Zeugenvernehmung ergab, dass er, gemeinsam mit Colonel Moran, einige Wochen zuvor rund 420 Pfund in einer Sitzung gewonnen hatte, und zwar von Godfrey Milner und Lord Balmoral. So viel zu seiner jüngsten Geschichte, wie die Untersuchung sie ans Licht brachte.

Am Abend des Verbrechens kam er Punkt zehn aus dem Club zurück. Seine Mutter und seine Schwester waren ausgegangen und verbrachten den Abend mit einer Verwandten. Die Bedienstete sagte unter Eid aus, sie habe ihn das vordere Zimmer im zweiten Stock betreten hören, das er gewöhnlich als Wohnzimmer nutzte. Sie habe dort den Kamin angezündet und ein Fenster geöffnet, als dieser qualmte. Aus dem Zimmer sei nichts zu hören gewesen bis zwanzig nach elf, als Lady Maynooth mit ihrer Tochter zurückkehrte. Da sie ihrem Sohn Gute Nacht sagen wollte, versuchte sie, in sein Zimmer zu gehen. Die Tür war von innen verschlossen, und auf ihr Rufen und Klopfen kam keine Antwort. Man holte Hilfe und brach die Tür auf. Der unglückliche junge Mann lag neben dem Tisch. Sein Kopf war von einer sich ausdehnenden Revolverkugel grässlich zerfetzt worden, doch im Zimmer war keinerlei Waffe zu finden. Auf dem Tisch lagen zwei Banknoten zu je 10 Pfund sowie 17 Pfund, 10 Shil-

the money arranged in little piles of varying amount. There were some figures also upon a sheet of paper, with the names of some club friends opposite to them, from which it was conjectured that before his death he was endeavouring to make out his losses or winnings at cards.

A minute examination of the circumstances served only to make the case more complex. In the first place, no reason could be given why the young man should have fastened the door upon the inside. There was the possibility that the murderer had done this, and had afterwards escaped by the window. The drop was at least twenty feet, however, and a bed of crocuses in full bloom lay beneath. Neither the flowers nor the earth showed any sign of having been disturbed, nor were there any marks upon the narrow strip of grass which separated the house from the road. Apparently, therefore, it was the young man himself who had fastened the door. But how did he come by his death? No one could have climbed up to the window without leaving traces. Suppose a man had fired through the window, it would indeed be a remarkable shot who could with a revolver inflict so deadly a wound. Again, Park Lane is a frequented thoroughfare, and there is a cab stand within a hundred yards of the house. No one had heard a shot. And yet there was the dead man, and there the revolver bullet, which had mushroomed out as soft-nosed bullets will, and so inflicted a wound which must have caused instantaneous death. Such were the circumstances of the Park Lane Mystery, which were further complicated by entire absence of motive, since, as I have said, young Adair was not known to have any enemy, and no attempt had been made to remove the money or valuables in the room.

All day I turned these facts over in my mind, endeavouring to hit upon some theory which could reconcile

ling in Silber- und Goldmünzen, geordnet zu Stapeln verschiedener Beträge. Auf einem Blatt Papier standen zudem ein paar Zahlen und daneben die Namen einiger Clubfreunde, woraus man schloss, dass er vor seinem Tod damit beschäftigt war, eine Liste seiner Verluste und Gewinne beim Kartenspiel zu erstellen.

Eine sorgfältige Untersuchung der Umstände machte den Fall nur noch komplizierter. Vor allem fand sich kein Grund, weshalb der junge Mann die Tür von innen verschlossen haben sollte. Möglich war, dass der Mörder dies getan hatte und anschließend durch das Fenster entkommen war. Die Fallhöhe betrug allerdings mindestens zwanzig Fuß, und unten befand sich ein Krokusbeet in voller Blüte. Weder Blumen noch Erde trugen irgendwelche Spuren, ebenso wenig wie der schmale Rasenstreifen, der das Haus von der Straße trennte. Folglich hatte der junge Mann die Tür offenbar selbst verriegelt. Doch wie fand er dann den Tod? Zum Fenster konnte niemand hinaufklettern, ohne Spuren zu hinterlassen. Angenommen, jemand hatte durchs Fenster geschossen, das wäre ein wirklich bemerkenswerter Schütze gewesen, der mit einem Revolver eine so tödliche Wunde verursachen konnte. Außerdem ist die Park Lane eine belebte Durchgangsstraße, und knapp hundert Yards vom Haus entfernt befindet sich ein Droschkenstand. Niemand hatte einen Schuss gehört. Trotzdem gab es den Toten, und es gab die Revolverkugel, die sich wie ein Teilmantelgeschoss pilzartig verformt und so eine Wunde verursacht hatte, die zum sofortigen Tod geführt haben musste. Das also waren die Umstände des Park-Lane-Rätsels, dessen Aufklärung zusätzlich erschwert wurde durch das völlige Fehlen eines Motivs, da, wie ich schon sagte, niemand von irgendwelchen Feinen des jungen Adair wusste und auch niemand versucht hatte, Geld oder Wertsachen aus dem Zimmer zu entwenden.

Den ganzen Tag über dachte ich an diesen Fakten herum, bemüht, auf eine Theorie zu kommen, die alles in Einklang brächte,

them all, and to find that line of least resistance which my poor friend had declared to be the starting-point of every investigation. I confess that I made little progress. In the evening I strolled across the Park, and found myself about six o'clock at the Oxford Street end of Park Lane. A group of loafers upon the pavements, all staring up at a particular window, directed me to the house which I had come to see. A tall, thin man with coloured glasses, whom I strongly suspected of being a plain-clothes detective, was pointing out some theory of his own, while the others crowded round to listen to what he said. I got as near him as I could, but his observations seemed to me to be absurd, so I withdrew again in some disgust. As I did so I struck against an elderly, deformed man, who had been behind me, and I knocked down several books which he was carrying. I remember that as I picked them up, I observed the title of one of them, *The Origin of Tree Worship*, and it struck me that the fellow must be some poor bibliophile, who, either as a trade or as a hobby, was a collector of obscure volumes. I endeavoured to apologize for the accident, but it was evident that these books which I had so unfortunately maltreated were very precious objects in the eyes of their owner. With a snarl of contempt he turned upon his heel, and I saw his curved back and white side-whiskers disappear among the throng.

My observations of No. 427 Park Lane did little to clear up the problem in which I was interested. The house was separated from the street by a low wall and railing, the whole not more than five feet high. It was perfectly easy, therefore, for anyone to get into the garden, but the window was entirely inaccessible, since there was no waterpipe or anything which could help the most active man to climb it. More puzzled than ever, I retraced my steps to Kensington. I had not been in my study five minutes when

und jenen Weg des geringsten Widerstands zu finden, den mein armer Freund zum Ausgangspunkt jeder Untersuchung erklärt hatte. Ich gebe zu, ich machte kaum Forschritte. Am Abend schlenderte ich durch den Park und gelangte gegen sechs Uhr ans Oxford-Street-Ende der Park Lane. Eine Gruppe von Eckenstehern, die vom Gehsteig aus allesamt zu einem bestimmten Fenster hinaufstarrten, führte mich zu dem Haus, das ich mir ansehen wollte. Ein großer, hagerer Mann mit dunkler Brille, den ich stark im Verdacht hatte, ein Zivilpolizist zu sein, erläuterte gerade seine ganz eigene Theorie, während die Übrigen sich um ihn drängten und ihm zuhörten. Ich ging so nah an ihn heran, wie ich konnte, doch seine Bemerkungen schienen mir absurd, und so zog ich mich reichlich verärgert wieder zurück. Dabei stieß ich gegen einen älteren, missgestalteten Mann, der hinter mir gestanden hatte, und schlug ihm mehrere Bücher aus der Hand. Ich erinnere mich, dass ich einen der Titel sah, als ich sie aufhob, *Der Ursprung des Baumkultus*, und dass mir der Gedanke kam, der Bursche müsse irgendein armer Büchernarr sein, der als Händler oder aus Liebhaberei obskure Bände sammelte. Ich suchte mich für den Unfall zu entschuldigen, doch offenbar waren diese Bücher, die ich so unglücklich malträtiert hatte, in den Augen ihres Besitzers sehr kostbare Gegenstände. Verächtlich knurrend machte er auf dem Absatz kehrt, und ich sah seinen krummen Rücken und seinen weißen Backenbart im Gedränge verschwinden.

Meine Beobachtungen an der Park Lane 427 trugen zur Klärung des Rätsels, an dem ich interessiert war, kaum etwas bei. Das Haus war von der Straße durch eine niedrige Mauer mit Gitterzaun getrennt, das Ganze nicht höher als fünf Fuß. In den Garten konnte also jeder ganz leicht gelangen, das Fenster aber war absolut unerreichbar, da es weder ein Wasserrohr noch sonst etwas gab, was selbst dem Agilsten das Hinaufklettern ermöglicht hätte. Verwirrter denn je ging ich denselben Weg zurück nach Kensington. Ich war keine fünf Minuten in meinem Ar-

the maid entered to say that a person desired to see me. To my astonishment it was none other than my strange old book collector, his sharp, wizened face peering out from a frame of white hair, and his precious volumes, a dozen of them at least, wedged under his right arm.

'You're surprised to see me, sir,' said he, in a strange, croaking voice.

I acknowledged that I was.

'Well, I've a conscience, sir, and when I chanced to see you go into this house, as I came hobbling after you, I thought to myself, I'll just step in and see that kind gentleman, and tell him that if I was a bit gruff in my manner there was not any harm meant and that I am much obliged to him for picking up my books.'

'You make too much of a trifle,' said I. 'May I ask how you knew who I was?'

'Well, sir, if it isn't too great a liberty, I am a neighbour of yours, for you'll find my little bookshop at the corner of Church Street, and very happy to see you, I am sure. Maybe you collect yourself, sir. Here's *British Birds,* and *Catullus,* and *The Holy War*–a bargain, every one of them. With five volumes you could just fill that gap on that second shelf. It looks untidy, does it not, sir?'

I moved my head to look at the cabinet behind me. When I turned again, Sherlock Holmes was standing smiling at me across my study table. I rose to my feet, stared at him for some seconds in utter amazement, and then it appears that I must have fainted for the first and the last time in my life. Certainly a gray mist swirled before my eyes, and when it cleared I found my collar-ends undone and the tingling after-taste of brandy upon

beitszimmer, als das Dienstmädchen eintrat und verkündete, dass eine Person mich zu sehen wünsche. Zu meinem Erstaunen war es kein anderer als mein seltsamer alter Büchersammler, dessen spitzes, runzliges Gesicht aus einem Rahmen weißen Haars hervorlugte und unter dessen rechtem Arm mindestens ein Dutzend seiner kostbaren Bücher klemmten.

»'s überrascht Sie, mich zu sehen, Sir«, sagte er mit seltsam krächzender Stimme.

Ich gab zu, das tat es.

»Tja, ich hab ein Gewissen, Sir, und dann sah ich Sie zufällig in dieses Haus gehen, als ich Ihnen nachhumpelte, und da dachte ich mir, ich geh einfach rein, um diesen netten Gentleman zu besuchen und ihm zu sagen, dass, falls mein Benehmen etwas barsch war, ich ihm damit nichts Böses wollte und dass ich ihm sehr verbunden bin fürs Aufheben meiner Bücher.«

»Sie geben zu viel um eine Kleinigkeit«, sagte ich. »Darf ich fragen, woher Sie wussten, wer ich bin?«

»Na ja, Sir, falls das nicht zu forsch klingt, ich bin ein Nachbar von Ihnen, Sie finden meinen kleinen Buchladen Ecke Church Street und sind herzlich willkommen, sage ich Ihnen. Vielleicht sammeln Sie ja selbst, Sir. Hier sind *Englands Vögel* und *Catull* und *Der Heilige Krieg* – Schnäppchen, eins wie's andere. Mit fünf Bänden könnten Sie just diese Lücke da auf dem zweiten Regal füllen. Wirkt doch unordentlich, oder nicht, Sir?«

Ich wandte den Kopf, um den Vitrinenschrank hinter mir anzusehen. Als ich mich wieder umdrehte, stand Sherlock Holmes vor meinem Schreibtisch und lächelte mir zu. Ich sprang auf, starrte ihn einige Sekunden in äußerster Verblüffung an, und dann muss ich wohl zum ersten und letzten Mal in meinem Leben ohnmächtig geworden sein. Jedenfalls wirbelte grauer Nebel vor meinen Augen, und als er aufklarte, fand ich meinen Kragen geöffnet und auf meinen Lippen den brennenden Nachge-

my lips. Holmes was bending over my chair, his flask in his hand.

'My dear Watson,' said the well-remembered voice, 'I owe you a thousand apologies. I had no idea that you would be so affected.'

I gripped him by the arm.

'Holmes!' I cried. 'Is it really you? Can it indeed be that you are alive? Is it possible that you succeeded in climbing out of that awful abyss?'

'Wait a moment,' said he. 'Are you sure that you are really fit to discuss things? I have given you a serious shock by my unnecessarily dramatic reappearance.'

'I am all right, but indeed, Holmes, I can hardly believe my eyes. Good heavens! to think that you–you of all men–should be standing in my study!' Again I gripped him by the sleeve, and felt the thin, sinewy arm beneath it. 'Well, you're not a spirit, anyhow,' said I. 'My dear chap, I'm overjoyed to see you. Sit down, and tell me how you came alive out of that dreadful chasm.'

He sat opposite to me and lit a cigarette in his old, nonchalant manner. He was dressed in the seedy frock-coat of the book merchant, but the rest of that individual lay in a pile of white hair and old books upon the table. Holmes looked even thinner and keener than of old, but there was a dead-white tinge in his aquiline face which told me that his life recently had not been a healthy one.

'I am glad to stretch myself, Watson,' said he. 'It is no joke when a tall man has to take a foot off his stature for several hours on end. Now, my dear fellow, in the matter of these explanations, we have, if I may ask for your cooperation, a hard and dangerous night's work in front

schmack von Brandy. Holmes beugte sich über meinen Sessel, in seiner Hand seine Taschenflasche.

»Mein lieber Watson«, sagte die unvergessene Stimme, »ich muss Ihnen tausend Abbitten leisten. Ich ahnte ja nicht, dass Sie derart ergriffen sein würden.«

Ich packte ihn beim Arm.

»Holmes!«, rief ich. »Sind Sie es wirklich? Kann es tatsächlich sein, dass Sie leben? Ist es möglich, dass es Ihnen gelang, aus diesem schrecklichen Abgrund zu klettern?«

»Warten Sie einen Moment«, sagte er. »Sind Sie sicher, dass Sie sich stark genug fühlen, um über alles zu reden? Ich habe Ihnen durch mein unnötig dramatisches Wiedererscheinen einen ernsten Schock versetzt.«

»Mir geht es gut, aber fürwahr, Holmes, ich kann meinen Augen kaum trauen. Gütiger Himmel! Zu denken, dass Sie – ausgerechnet Sie – in meinem Arbeitszimmer stehen!« Wieder fasste ich ihn beim Ärmel und fühlte darunter den dünnen, sehnigen Arm. »Na, ein Geist sind Sie jedenfalls nicht«, sagte ich. »Mein alter Junge, ich bin überglücklich, Sie zu sehen. Setzen Sie sich, und erzählen Sie mir, wie Sie aus dieser furchtbaren Klamm lebendig herauskamen.«

Er nahm mir gegenüber Platz und zündete sich in seiner alten, nonchalanten Art eine Zigarette an. Er trug noch den schäbigen Gehrock des Buchhändlers, doch der Rest dieser Person lag als Stapel weißen Haars und alter Bücher auf dem Tisch. Holmes wirkte noch dünner und feinnerviger als früher, aber auf seinem Adlergesicht lag ein Anflug von Totenblässe, der mir verriet, dass er in letzter Zeit kein gesundes Leben geführt hatte.

»Ich bin froh, dass ich mich strecken kann, Watson«, sagte er. »Es ist kein Spaß, wenn ein groß gewachsener Mann sich stundenlang einen Kopf kleiner machen muss. Nun, lieber Freund, was diese Aufklärungen betrifft, liegt vor uns, falls ich um Ihre Mitwirkung bitten darf, eine harte und gefährliche Nacht voll

of us. Perhaps it would be better if I gave you an account of the whole situation when that work is finished.'

'I am full of curiosity. I should much prefer to hear now.'

'You'll come with me to-night?'

'When you like and where you like.'

'This is, indeed, like the old days. We shall have time for a mouthful of dinner before we need go. Well, then, about that chasm. I had no serious difficulty in getting out of it, for the very simple reason that I never was in it.'

'You never were in it?'

'No, Watson, I never was in it. My note to you was absolutely genuine. I had little doubt that I had come to the end of my career when I perceived the somewhat sinister figure of the late Professor Moriarty standing upon the narrow pathway which led to safety. I read an inexorable purpose in his gray eyes. I exchanged some remarks with him, therefore, and obtained his courteous permission to write the short note which you afterwards received. I left it with my cigarette-box and my stick, and I walked along the pathway, Moriarty still at my heels. When I reached the end I stood at bay. He drew no weapon, but he rushed at me and threw his long arms around me. He knew that his own game was up, and was only anxious to revenge himself upon me. We tottered together upon the brink of the fall. I have some knowledge, however, of baritsu, or the Japanese system of wrestling, which has more than once been very useful to me. I slipped through his grip, and he with a horrible scream kicked madly for a few seconds, and clawed the air with both his hands. But for all his efforts he could not get his balance, and over he went. With my face over the brink, I saw him fall for a long way.

Arbeit. Vielleicht sollte ich Ihnen besser erst dann über alles Bericht erstatten, wenn dieser Teil getan ist.«

»Ich platze vor Neugier. Ich würde es vorziehen, jetzt davon zu hören.«

»Sie begleiten mich heute Nacht?«

»Wann und wohin Sie wollen.«

»Wahrlich wie in alten Tagen. Wir werden noch Zeit haben, ein kleines Abendessen einzunehmen, ehe wir gehen müssen. Nun denn, zu jener Klamm. Ich hatte keine ernstlichen Schwierigkeiten, dort herauszukommen, und zwar aus dem ganz simplen Grund, weil ich nicht drin war.«

»Sie waren nicht drin?«

»So ist es, Watson, ich war nicht drin. Meine Nachricht an Sie war völlig authentisch. Ich hatte wenig Zweifel, das Ende meiner Karriere erreicht zu haben, als ich die etwas sinistre Gestalt des verstorbenen Professors Moriarty auf dem schmalen Pfad erkannte, der auf sicheres Terrain führte. In seinen grauen Augen las ich unerbittliche Entschlossenheit. Ich wechselte daher einige Worte mit ihm und bekam seine freundliche Erlaubnis, die kurze Nachricht zu schreiben, die Sie später erhielten. Ich ließ sie mit meinem Zigarettenetui und meinem Stock zurück und ging den Pfad entlang, Moriarty mir dicht auf den Fersen. Als ich das Ende erreichte, war die Hetzjagd vorüber. Er zog keine Waffe, sondern stürzte sich auf mich und schlang seine langen Arme um mich. Er wusste, er hatte ausgespielt, und war allein darauf aus, sich an mir zu rächen. Gemeinsam taumelten wir am Rand des Abgrunds entlang. Ich habe jedoch einige Kenntnisse im Bartitsu, der japanischen Art des Ringkampfs, die mir schon mehr als einmal äußerst nützlich gewesen ist. Ich entwand mich seinem Griff, und mit einem entsetzlichen Schrei trat er einige Sekunden lang wild um sich und umkrallte mit beiden Händen die Luft. Doch trotz all seiner Mühen konnte er die Balance nicht halten, und hinab ging's mit ihm. Ich spähte über den Rand und sah ihn

Then he struck a rock, bounded off, and splashed into the water.'

I listened with amazement to this explanation, which Holmes delivered between the puffs of his cigarette.

'But the tracks!' I cried. 'I saw, with my own eyes, that two went down the path and none returned.'

'It came about in this way. The instant that the Professor had disappeared, it struck me what a really extraordinarily lucky chance Fate had placed in my way. I knew that Moriarty was not the only man who had sworn my death. There were at least three others whose desire for vengeance upon me would only be increased by the death of their leader. They were all most dangerous men. One or other would certainly get me. On the other hand, if all the world was convinced that I was dead they would take liberties, these men, they would lay themselves open, and sooner or later I could destroy them. Then it would be time for me to announce that I was still in the land of the living. So rapidly does the brain act that I believe I had thought this all out before Professor Moriarty had reached the bottom of the Reichenbach Fall.

'I stood up and examined the rocky wall behind me. In your picturesque account of the matter, which I read with great interest some months later, you assert that the wall was sheer. That was not literally true. A few small footholds presented themselves, and there was some indication of a ledge. The cliff is so high that to climb it all was an obvious impossibility, and it was equally impossible to make my way along the wet path without leaving some tracks. I might, it is true, have reversed my boots, as I have done on similar occasions, but the sight of three sets of tracks in one direction would certainly have suggested a deception. On the whole, then, it was best that I should risk the climb. It was not a pleasant busi-

lange fallen. Dann schlug er an einen Felsen, prallte ab und klatschte ins Wasser.«

Mit Verwunderung lauschte ich dieser Erklärung, die Holmes zwischen den Zügen an seiner Zigarette vorbrachte.

»Aber die Spuren!«, rief ich. »Ich sah mit eigenen Augen, dass zwei den Pfad hinabführten und keine von beiden wieder zurück.«

»Damit steht es wie folgt. In dem Moment, da der Professor verschwunden war, kam mir plötzlich der Gedanke, welch wirklich überaus glücklichen Zufall das Schicksal mir beschert hatte. Ich wusste, Moriarty war nicht der Einzige, der mir tödliche Rache geschworen hatte. Es gab wenigstens drei weitere Männer, deren Wunsch nach Vergeltung durch den Tod ihres Anführers nur noch gesteigert würde. Sie alle waren höchst gefährlich. Einer von ihnen würde mich sicher erwischen. Andererseits, wenn die ganze Welt von meinem Tod überzeugt wäre, würden sich diese Männer gewisse Freiheiten gönnen, sich eine Blöße geben, und früher oder später könnte ich sie vernichten. Dann wäre es Zeit für mich zu verkünden, dass ich noch unter den Lebenden weilte. Das Hirn arbeitet so blitzartig, dass ich glaube, all dies zu Ende gedacht zu haben, noch ehe Professor Moriarty den Grund des Reichenbachfalls erreicht hatte.

Ich stand auf und untersuchte die Felswand hinter mir. In Ihrem anschaulichen Bericht von der Sache, den ich einige Monate später mit großem Interesse las, behaupten Sie, die Steilwand sei glatt gewesen. Das entsprach nicht ganz den Tatsachen. Einige schmale Tritte zeigten sich, ebenso wie die Andeutung eines Vorsprungs. Die Felswand ist so hoch, dass es ein offenkundiges Ding der Unmöglichkeit war, sie ganz zu erklimmen, und genauso unmöglich war es, auf dem nassen Pfad zurückzugehen, ohne Spuren zu hinterlassen. Sicher, ich hätte rückwärtsgehen können, wie ich es bei ähnlichen Gelegenheiten schon getan habe, doch beim Anblick von drei Spuren in einer Richtung hätte man gewiss auf eine Täuschung geschlossen. Im Ganzen war es also am besten, die Kletterpartie zu riskieren. Keine ange-

ness, Watson. The fall roared beneath me. I am not a fanciful person, but I give you my word that I seemed to hear Moriarty's voice screaming at me out of the abyss. A mistake would have been fatal. More than once, as tufts of grass came out in my hand or my foot slipped in the wet notches of the rock, I thought that I was gone. But I struggled upward, and at last I reached a ledge several feet deep and covered with soft green moss, where I could lie unseen, in the most perfect comfort. There I was stretched, when you, my dear Watson, and all your following were investigating in the most sympathetic and inefficient manner the circumstances of my death.

'At last, when you had all formed your inevitable and totally erroneous conclusions, you departed for the hotel, and I was left alone. I had imagined that I had reached the end of my adventures, but a very unexpected occurrence showed me that there were surprises still in store for me. A huge rock, falling from above, boomed past me, struck the path, and bounded over into the chasm. For an instant I thought that it was an accident, but a moment later, looking up, I saw a man's head against the darkening sky, and another stone struck the very ledge upon which I was stretched, within a foot of my head. Of course, the meaning of this was obvious. Moriarty had not been alone. A confederate–and even that one glance had told me how dangerous a man that confederate was–had kept guard while the Professor had attacked me. From a distance, unseen by me, he had been a witness of his friend's death and of my escape. He had waited, and then, making his way round to the top of the cliff, he had endeavoured to succeed where his comrade had failed.

'I did not take long to think about it, Watson. Again I saw that grim face look over the cliff, and I knew that it

nehme Sache, Watson. Unter mir tobte der Wasserfall. Ich neige nicht zu Fantastereien, aber ich gebe Ihnen mein Wort, dass ich glaubte, Moriarty aus dem Abgrund nach mir schreien zu hören. Ein Fehltritt wäre tödlich gewesen. Mehr als einmal, wenn Grasbüschel plötzlich ausrissen oder meine Füße an den feuchten Felsspalten abglitten, dachte ich, ich sei verloren. Aber ich kämpfte mich aufwärts, und schließlich erreichte ich einen Vorsprung, mehrere Fuß tief und mit weichem grünen Moos bedeckt, auf dem ich unsichtbar und höchst komfortabel liegen konnte. Dort hatte ich mich ausgestreckt, als Sie, mein lieber Watson, mitsamt Ihrem Gefolge auf überaus sympathische und ineffiziente Weise die Umstände meines Todes untersuchten.

Nachdem jeder von Ihnen seine unvermeidlichen und vollkommen irrigen Schlüsse gezogen hatte, gingen Sie schließlich zurück zum Hotel, und ich war wieder allein. Ich hatte geglaubt, das Ende meiner Abenteuer erreicht zu haben, doch ein ganz unerwartetes Ereignis zeigte mir, dass noch so manche Überraschung auf mich wartete. Ein riesiger Felsblock stürzte donnernd von oben herunter, schlug auf den Pfad und prallte hinab in die Klamm. Einen Augenblick lang dachte ich, es sei Zufall gewesen, doch im nächsten erkannte ich, als ich nach oben schaute, den Kopf eines Mannes vor dem dämmernden Himmel, und ein weiterer Stein traf den Vorsprung, auf dem ich lag, einen Fuß neben meinem Kopf. Was das bedeutete, verstand sich von selbst. Moriarty war nicht allein gewesen. Ein Komplize – und schon dieser eine flüchtige Blick hatte mir gezeigt, was für ein gefährlicher Mann dieser Komplize war – hatte Wache gehalten, als der Professor mich angriff. Aus der Ferne, von mir unbemerkt, war er Zeuge des Todes seines Freundes und auch meiner Flucht gewesen. Er hatte gewartet, war dann von hinten auf den Gipfel der Felswand gestiegen und versuchte nun, das zu vollenden, was seinem Kameraden misslungen war.

Ich dachte nicht lange darüber nach, Watson. Wieder sah ich jenes grimmige Gesicht über die Klippe spähen, und ich wusste,

was the precursor of another stone. I scrambled down on to the path. I don't think I could have done it in cold blood. It was a hundred times more difficult than getting up. But I had no time to think of the danger, for another stone sang past me as I hung by my hands from the edge of the ledge. Halfway down I slipped, but, by the blessing of God, I landed, torn and bleeding, upon the path. I took to my heels, did ten miles over the mountains in the darkness, and a week later I found myself in Florence, with the certainty that no one in the world knew what had become of me.

'I had only one confidant–my brother Mycroft. I owe you many apologies, my dear Watson, but it was all-important that it should be thought I was dead, and it is quite certain that you would not have written so convincing an account of my unhappy end had you not yourself thought that it was true. Several times during the last three years I have taken up my pen to write to you, but always I feared lest your affectionate regard for me should tempt you to some indiscretion which would betray my secret. For that reason I turned away from you this evening when you upset my books, for I was in danger at the time, and any show of surprise and emotion upon your part might have drawn attention to my identity and led to the most deplorable and irreparable results. As to Mycroft, I had to confide in him in order to obtain the money which I needed. The course of events in London did not run so well as I had hoped, for the trial of the Moriarty gang left two of its most dangerous members, my own most vindictive enemies, at liberty. I travelled for two years in Tibet, therefore, and amused myself by visiting Lhassa, and spending some days with the head Lama. You may have read of the remarkable explorations of a Norwegian named Sigerson, but I am sure that it never

dies war der Vorbote eines weiteren Steins. Ich hangelte mich zum Pfad hinunter. Ich glaube nicht, dass ich dies bei klarem Verstand hätte tun können. Es war hundertmal schwieriger als der Aufstieg. Doch mir blieb keine Zeit, an die Gefahr zu denken, denn schon wieder sauste ein Stein an mir vorbei, während ich mit den Händen am Rand des Vorsprungs hing. Auf halber Strecke rutschte ich ab, landete aber, durch göttliche Fügung, zerschunden und blutend auf dem Pfad. Schnurstracks rannte ich los, schaffte im Dunkeln zehn Meilen über die Berge und war eine Woche später in Florenz, mit der Gewissheit, dass niemand auf der Welt wusste, was aus mir geworden war.

Ich hatte nur einen Vertrauten – meinen Bruder Mycroft. Ich muss Sie vielmals um Verzeihung bitten, mein lieber Watson, aber es war von entscheidender Bedeutung, dass man mich für tot hielt, und Sie würden ganz gewiss keinen so überzeugenden Bericht über mein unglückliches Ende verfasst haben, hätten Sie es nicht selbst für wahr gehalten. Während der letzten drei Jahre habe ich mehrfach zur Feder gegriffen, um Ihnen zu schreiben, doch jedes Mal fürchtete ich, Ihre liebevolle Hochachtung vor mir werde Sie zu einer Unbedachtheit verleiten, die mein Geheimnis aufdecken würde. Aus demselben Grund wandte ich mich heute Abend von Ihnen ab, als Sie meine Bücher über den Haufen warfen, denn ich befand mich zu der Zeit in Gefahr, und jedes Zeichen der Überraschung oder einer Gefühlsregung Ihrerseits hätte Aufmerksamkeit auf meine Identität lenken sowie höchst beklagenswerte und irreparable Folgen zeitigen können. Was Mycroft betrifft, so musste ich mich ihm anvertrauen, um an das Geld zu kommen, das ich benötigte. In London liefen die Dinge nicht so gut, wie ich gehofft hatte, denn der Prozess gegen die Moriarty-Bande ließ zwei ihrer gefährlichsten Mitglieder, meine rachehungrigsten Feinde, auf freiem Fuß. Ich reiste deshalb zwei Jahre lang durch Tibet und vertrieb mir die Zeit, indem ich Lhasa besuchte und einige Tage beim obersten Lama verbrachte. Vielleicht haben Sie von den beachtenswerten Forschungsreisen eines Nor-

occurred to you that you were receiving news of your friend. I then passed through Persia, looked in at Mecca, and paid a short but interesting visit to the Khalifa at Khartoum, the results of which I have communicated to the Foreign Office. Returning to France, I spent some months in a research into the coal-tar derivatives, which I conducted in a laboratory at Montpellier, in the south of France. Having concluded this to my satisfaction and learning that only one of my enemies was now left in London, I was about to return when my movements were hastened by the news of this very remarkable Park Lane Mystery, which not only appealed to me by its own merits, but which seemed to offer some most peculiar personal opportunities. I came over at once to London, called in my own person at Baker Street, threw Mrs. Hudson into violent hysterics, and found that Mycroft had preserved my rooms and my papers exactly as they had always been. So it was, my dear Watson, that at two o'clock to-day I found myself in my old armchair in my own old room, and only wishing that I could have seen my old friend Watson in the other chair which he has so often adorned.'

Such was the remarkable narrative to which I listened on that April evening—a narrative which would have been utterly incredible to me had it not been confirmed by the actual sight of the tall, spare figure and the keen, eager face, which I had never thought to see again. In some manner he had learned of my own sad bereavement, and his sympathy was shown in his manner rather than in his words. 'Work is the best antidote to sorrow, my dear Watson,' said he, 'and I have a piece of work for us both to-night which, if we can bring it to a successful conclu-

wegers namens Sigerson gelesen, doch ich bin sicher, Ihnen kam dabei nie in den Sinn, dass Sie Nachrichten von Ihrem Freund erhielten. Danach durchquerte ich Persien, ging nach Mekka und stattete dem Kalifen von Khartum einen kurzen, aber interessanten Besuch ab, dessen Ergebnisse ich dem Außenministerium mitteilte. Nachdem ich nach Frankreich zurückkehrt war, verbrachte ich einige Monate mit Forschungen über die Derivate des Steinkohlenteers, die ich in einem Labor im südfranzösischen Montpellier durchführte. Als ich diese zu meiner Zufriedenheit abgeschlossen und erfahren hatte, dass jetzt nur noch einer meiner Feinde in London weilte, stand ich bereits im Begriff zurückzukehren, da wurden meine Vorbereitungen noch einmal beschleunigt durch das Bekanntwerden dieses höchst ungewöhnlichen Park-Lane-Rätsels, das mich nicht nur um seiner selbst willen reizte, sondern mir auch einige ganz spezielle persönliche Gelegenheiten zu bieten schien. Unverzüglich kam ich nach London, sprach höchstpersönlich in der Baker Street vor, stürzte Mrs Hudson in einen heftigen hysterischen Anfall und stellte fest, dass Mycroft meine Wohnung und meine Papiere genau so bewahrt hatte, wie sie immer gewesen waren. Und so kam es, mein lieber Watson, dass ich mich heute um zwei Uhr in meinem alten Sessel in meinem eigenen alten Zimmer wiederfand und mir nur wünschen konnte, ich hätte meinen alten Freund Watson in jenem anderen Sessel sehen können, den er so häufig geziert hat.«

Dies also war die merkwürdige Geschichte, der ich an jenem Aprilabend lauschte – eine Geschichte, die ich für völlig unglaublich gehalten hätte, wäre sie nicht bestätigt worden durch den leibhaftigen Anblick der großen, hageren Gestalt und des wachen, markanten Gesichts, die wiederzusehen ich nie geglaubt hatte. Auf irgendeine Weise hatte er von meinem eigenen schmerzlichen Verlust erfahren, und sein Mitgefühl zeigte sich eher in seinem Verhalten als in seinen Worten. »Arbeit ist das beste Antidot gegen Kummer, mein lieber Watson«, sagte er, »und heute Nacht habe ich für uns beide ein Stück Arbeit, das an sich schon, bringen wir

sion, will in itself justify a man's life on this planet.' In vain I begged him to tell me more. 'You will hear and see enough before morning,' he answered. 'We have three years of the past to discuss. Let that suffice until half-past nine, when we start upon the notable adventure of the empty house.'

It was indeed like old times when, at that hour, I found myself seated beside him in a hansom, my revolver in my pocket, and the thrill of adventure in my heart. Holmes was cold and stern and silent. As the gleam of the street-lamps flashed upon his austere features, I saw that his brows were drawn down in thought and his thin lips compressed. I knew not what wild beast we were about to hunt down in the dark jungle of criminal London, but I was well assured, from the bearing of this master huntsman, that the adventure was a most grave one—while the sardonic smile which occasionally broke through his ascetic gloom boded little good for the object of our quest.

I had imagined that we were bound for Baker Street, but Holmes stopped the cab at the corner of Cavendish Square. I observed that as he stepped out he gave a most searching glance to right and left, and at every subsequent street corner he took the utmost pains to assure that he was not followed. Our route was certainly a singular one. Holmes's knowledge of the byways of London was extraordinary, and on this occasion he passed rapidly and with an assured step through a network of mews and stables, the very existence of which I had never known. We emerged at last into a small road, lined with old, gloomy houses, which led us into Manchester Street, and so to Blandford Street. Here he turned swiftly down a narrow passage, passed through a wooden gate into a deserted yard, and then opened with a key the back door of a house. We entered together, and he closed it behind us.

es zu einem erfolgreichen Ende, das Dasein eines Mannes auf diesem Planeten rechtfertigen kann.« Ich bat ihn vergeblich, mir mehr zu sagen. »Sie werden genug hören und sehen, bevor die Nacht zu Ende geht«, erwiderte er. »Wir haben die vergangenen drei Jahre zu bereden. Das dürfte reichen bis halb zehn – wenn wir das denkwürdige Unternehmen Leeres Haus beginnen.«

Es war tatsächlich wie in alten Zeiten, als ich zu genannter Stunde neben ihm in einem Hansom saß, den Revolver in der Tasche, den Kitzel des Abenteuers in der Brust. Holmes blieb kühl und eisern und stumm. Wenn der Schein der Straßenlaternen seine strengen Züge streifte, sah ich, dass er gedankenverloren die Stirn runzelte und seine schmalen Lippen aufeinanderpresste. Ich wusste nicht, welches wilde Tier wir im düsteren Dschungel des kriminellen London zur Strecke bringen würden, doch das Verhalten dieses Meisterjägers machte mir mehr als deutlich, dass es sich um ein höchst bedrohliches Unterfangen handelte – wobei das sardonische Grinsen, das bisweilen seine asketisch umdüsterte Miene durchbrach, dem Ziel unserer Suche wenig Gutes verhieß.

Ich hatte angenommen, wir würden in die Baker Street fahren, doch Holmes hieß den Wagen an der Ecke Cavendish Square halten. Ich merkte, dass er beim Aussteigen überaus gründlich nach rechts und links blickte und sich an jeder weiteren Straßenecke mit äußerster Sorgfalt vergewisserte, dass er nicht verfolgt wurde. Unsere Route war in der Tat eigenartig. Holmes' Kenntnis der Londoner Seitenstraßen war außergewöhnlich, und so lief er nun rasch und mit sicheren Schritten durch ein Geflecht von Unterständen und Stallungen, von dem ich nicht einmal gewusst hatte, dass es existiert. Schließlich gelangten wir auf eine kleine Straße, die von alten, düsteren Häusern gesäumt war und uns zur Manchester Street und weiter zur Blandford Street führte. Hier bog er rasch in eine schmale Passage, betrat durch ein Holztor einen verlassenen Hof und öffnete dann mit einem Schlüssel die Hintertür eines Hauses. Wir gingen gemeinsam hinein, und er schloss hinter uns ab.

The place was pitch-dark, but it was evident to me that it was an empty house. Our feet creaked and crackled over the bare planking, and my outstretched hand touched a wall from which the paper was hanging in ribbons. Holmes's cold, thin fingers closed round my wrist and led me forward down a long hall, until I dimly saw the murky fanlight over the door. Here Holmes turned suddenly to the right, and we found ourselves in a large, square, empty room, heavily shadowed in the corners, but faintly lit in the centre from the lights of the street beyond. There was no lamp near, and the window was thick with dust, so that we could only just discern each other's figures within. My companion put his hand upon my shoulder and his lips close to my ear.

'Do you know where we are?' he whispered.

'Surely that is Baker Street,' I answered, staring through the dim window.

'Exactly. We are in Camden House, which stands opposite to our own old quarters.'

'But why are we here?'

'Because it commands so excellent a view of that picturesque pile. Might I trouble you, my dear Watson, to draw a little nearer to the window, taking every precaution not to show yourself, and then to look up at our old rooms–the starting-point of so many of our little adventures? We will see if my three years of absence have entirely taken away my power to surprise you.'

I crept forward and looked across at the familiar window. As my eyes fell upon it, I gave a gasp and a cry of amazement. The blind was down, and a strong light was burning in the room. The shadow of a man who was seated in a chair within was thrown in hard, black outline upon the luminous screen of the window. There was no mistaking the poise of the head, the squareness of the shoulders,

Im Innern war es stockdunkel, doch mir war klar, dass dieses Haus leer stand. Die nackten Dielen knarrten und knackten unter unseren Füßen, und meine ausgestreckte Hand berührte eine Wand, von der die Tapete in Streifen herabhing. Holmes' kalte, dünne Finger schlossen sich um mein Handgelenk und führten mich durch einen langen Flur, bis ich undeutlich das trübe Oberlicht über der Vordertür erkannte. Hier wandte Holmes sich plötzlich nach rechts, und kurz darauf standen wir in einem großen, quadratischen, leeren Raum, dessen Ecken in tiefem Schatten lagen, dessen Mitte jedoch vom Straßenlicht matt erleuchtet wurde. Es gab keine Lampe, und das Fenster war dick mit Staub bedeckt, sodass wir uns selbst im Innern nur schemenhaft wahrnehmen konnten. Mein Gefährte legte mir seine Hand auf die Schulter und führte seine Lippen dicht an mein Ohr.

»Wissen Sie, wo wir sind?«, flüsterte er.

»Das muss die Baker Street sein«, antwortete ich, durch das trübe Fenster starrend.

»Exakt. Wir sind in Camden House, gleich gegenüber unserem alten Quartier.«

»Aber warum sind wir hier?«

»Weil es einen so exzellenten Ausblick auf dieses pittoreske Gebäude bietet. Dürfte ich Sie bitten, mein lieber Watson, sich etwas näher ans Fenster zu begeben – aber passen Sie auf, dass Sie auf keinen Fall gesehen werden – und dann hinauf zu unserer alten Wohnung zu blicken, Ausgangspunkt so vieler unserer kleinen Abenteuer? Wir wollen sehen, ob meine dreijährige Abwesenheit mich gänzlich der Macht beraubt hat, Sie zu überraschen.«

Ich schlich nach vorn und schaute hinüber zu dem vertrauten Fenster. Als mein Blick darauf fiel, entfuhr mir ein Keuchen, dann ein Aufschrei der Verblüffung. Das Rouleau war heruntergezogen, und ein grelles Licht brannte im Zimmer. Der Schatten eines Mannes, der dort in einem Sessel saß, wurde in scharfen, schwarzen Konturen auf die hell erleuchtete Fensterscheibe geworfen. Die Haltung des Kopfes, die Kantigkeit der Schultern, die Strenge der

the sharpness of the features. The face was turned half-round, and the effect was that of one of those black silhouettes which our grandparents loved to frame. It was a perfect reproduction of Holmes. So amazed was I that I threw out my hand to make sure that the man himself was standing beside me. He was quivering with silent laughter.

'Well?' said he.

'Good heavens!' I cried. 'It is marvellous.'

'I trust that age doth not wither nor custom stale my infinite variety,' said he, and I recognized in his voice the joy and pride which the artist takes in his own creation. 'It really is rather like me, is it not?'

'I should be prepared to swear that it was you.'

'The credit of the execution is due to Monsieur Oscar Meunier, of Grenoble, who spent some days in doing the moulding. It is a bust in wax. The rest I arranged myself during my visit to Baker Street this afternoon.'

'But why?'

'Because, my dear Watson, I had the strongest possible reason for wishing certain people to think that I was there when I was really elsewhere.'

'And you thought the rooms were watched?'

'I *knew* that they were watched.'

'By whom?'

'By my old enemies, Watson. By the charming society whose leader lies in the Reichenbach Fall. You must remember that they knew, and only they knew, that I was still alive. Sooner or later they believed that I should come back to my rooms. They watched them continuously, and this morning they saw me arrive.'

'How do you know?'

'Because I recognized their sentinel when I glanced out of my window. He is a harmless enough fellow, Parker by name, a garroter by trade, and a remarkable performer

Züge waren unverwechselbar. Das Gesicht war halb abgewandt, und die Wirkung war die eines jener schwarzen Scherenschnitte, die unsere Großeltern so gerne anfertigten. Es war ein perfektes Ebenbild von Holmes. Ich war derart verblüfft, dass ich sofort meine Hand ausstreckte, um mich zu vergewissern, dass der Mann selbst neben mir stand. Er schüttelte sich in stillem Gelächter.

»Nun?«, fragte er.

»Gütiger Himmel!«, rief ich. »Das ist fabelhaft.«

»Mich dünkt, nicht welkt das Alter noch stumpft die Gewohnheit meine grenzenlose Vielseitigkeit«, sagte er, und ich bemerkte in seiner Stimme den Stolz und die Freude, die der Künstler an seiner Schöpfung findet. »Es ist mir wirklich recht ähnlich, oder nicht?«

»Ich würde jederzeit schwören, Sie sind es.«

»Die Ehre für die Ausführung gebührt Monsieur Oscar Meunier aus Grenoble, der einige Tage über der Modellierung verbrachte. Es ist eine Wachsbüste. Den Rest arrangierte ich selbst, bei meinem Besuch in der Baker Street heute Nachmittag.«

»Aber warum?«

»Weil ich, mein lieber Watson, den allerstärksten Anlass hatte zu wünschen, dass gewisse Leute mich dort wähnen, während ich eigentlich anderswo bin.«

»Und Sie nahmen an, die Zimmer würden beobachtet?«

»Ich *wusste*, sie wurden beobachtet.«

»Von wem?«

»Von meinen alten Feinden, Watson. Von jener charmanten Gesellschaft, deren Oberhaupt im Reichenbachfall liegt. Vergessen Sie nicht, dass sie und nur sie wussten, dass ich noch am Leben war. Früher oder später, so glaubten sie, würde ich in meine Wohnung zurückkehren. Sie beobachteten sie ständig, und heute Morgen sahen sie mich ankommen.«

»Woher wissen Sie das?«

»Weil ich ihren Späher erkannte, als ich einen Blick aus dem Fenster warf. Er ist ein ziemlich harmloser Bursche, Parker mit Namen, Garrotteur von Beruf, und ein beachtlicher Maultrom-

upon the jew's-harp. I cared nothing for him. But I cared a great deal for the much more formidable person who was behind him, the bosom friend of Moriarty, the man who dropped the rocks over the cliff, the most cunning and dangerous criminal in London. That is the man who is after me to-night, Watson, and that is the man who is quite unaware that we are after *him*.'

My friend's plans were gradually revealing themselves. From this convenient retreat, the watchers were being watched and the trackers tracked. That angular shadow up yonder was the bait, and we were the hunters. In silence we stood together in the darkness and watched the hurrying figures who passed and repassed in front of us. Holmes was silent and motionless; but I could tell that he was keenly alert, and that his eyes were fixed intently upon the stream of passers-by. It was a bleak and boisterous night, and the wind whistled shrilly down the long street. Many people were moving to and fro, most of them muffled in their coats and cravats. Once or twice it seemed to me that I had seen the same figure before, and I especially noticed two men who appeared to be sheltering themselves from the wind in the doorway of a house some distance up the street. I tried to draw my companion's attention to them, but he gave a little ejaculation of impatience, and continued to stare into the street. More than once he fidgeted with his feet and tapped rapidly with his fingers upon the wall. It was evident to me that he was becoming uneasy, and that his plans were not working out altogether as he had hoped. At last, as midnight approached and the street gradually cleared, he paced up and down the room in uncontrollable agitation. I was about to make some remark to him, when I raised my eyes to the lighted window, and again experienced almost as great a surprise as before. I clutched Holmes's arm, and pointed upward.

melspieler. Er machte mir keine Sorgen. Große Sorgen allerdings machte mir die weitaus bedrohlichere Person hinter ihm, der Busenfreund Moriartys, der Mann, der die Felsbrocken über die Klippe warf, der gerissenste und gefährlichste Kriminelle Londons. Er ist der Mann, der heute Nacht Jagd auf mich macht, Watson, und dabei ist er völlig ahnungslos, dass wir Jagd auf *ihn* machen.«

Die Pläne meines Freundes wurden allmählich deutlicher. Von diesem günstigen Schlupfwinkel aus würden die Beobachter beobachtet und die Verfolger verfolgt werden. Jener kantige Schatten dort drüben war der Köder, wir waren die Jäger. Schweigend standen wir im Dunkeln beisammen und schauten den eilenden Gestalten zu, die mal hierhin, mal dorthin an uns vorüberzogen. Holmes blieb stumm und rührte sich nicht; doch ich konnte erkennen, dass er überaus angespannt war und den Strom der Passanten wachsam im Auge behielt. Die Nacht war rau und stürmisch, und der Wind pfiff schrill die lange Straße hinab. Viele Leute hasteten an uns vorbei, die meisten von ihnen tief in Schal und Mantel gehüllt. Ein- oder zweimal schien mir, ich hätte dieselbe Gestalt schon einmal gesehen, und besonders fielen mir zwei Männer auf, die in einem Hauseingang ein Stück die Straße hinauf anscheinend Schutz vor dem Wind suchten. Ich wollte die Aufmerksamkeit meines Gefährten auf sie lenken, doch er gab einen leisen Seufzer der Ungeduld von sich und starrte weiter hinaus auf die Straße. Mehr als einmal scharrte er mit den Füßen und trommelte jäh mit den Fingern gegen die Wand. Mir war klar, dass er unruhig wurde und dass seine Pläne nicht ganz so glatt aufgingen, wie er gehofft hatte. Schließlich, als es auf Mitternacht zuging und die Straße sich nach und nach leerte, schritt er in unbezähmbarer Erregung im Raum auf und ab. Gerade wollte ich etwas zu ihm sagen, da hob ich meinen Blick zu dem beleuchteten Fenster und erlebte aufs Neue eine Überraschung, fast ebenso groß wie zuvor. Ich packte Holmes am Arm und zeigte nach oben.

'The shadow has moved!' I cried.

It was indeed no longer the profile, but the back, which was turned towards us.

Three years had certainly not smoothed the asperities of his temper or his impatience with a less active intelligence than his own.

'Of course it has moved,' said he. 'Am I such a farcical bungler, Watson, that I should erect an obvious dummy, and expect that some of the sharpest men in Europe would be deceived by it? We have been in this room two hours, and Mrs. Hudson has made some change in that figure eight times, or once in every quarter of an hour. She works it from the front, so that her shadow may never be seen. Ah!' He drew in his breath with a shrill, excited intake. In the dim light I saw his head thrown forward, his whole attitude rigid with attention. Those two men might still be crouching in the doorway, but I could no longer see them. All was still and dark, save only that brilliant yellow screen in front of us with the black figure outlined upon its centre. Again in the utter silence I heard that thin, sibilant note which spoke of intense suppressed excitement. An instant later he pulled me back into the blackest corner of the room, and I felt his warning hand upon my lips. The fingers which clutched me were quivering. Never had I known my friend more moved, and yet the dark street still stretched lonely and motionless before us.

But suddenly I was aware of that which his keener senses had already distinguished. A low, stealthy sound came to my ears, not from the direction of Baker Street, but from the back of the very house in which we lay concealed. A door opened and shut. An instant later steps crept down the passage–steps which were meant to be silent, but which reverberated harshly through the empty house. Holmes crouched back against the wall, and I did

»Der Schatten hat sich bewegt!«, rief ich.

Tatsächlich war uns jetzt nicht mehr das Profil zugewandt, sondern der Rücken.

Drei Jahre hatten zweifellos weder die Schroffheit seines Temperaments geglättet noch die seiner Ungeduld mit einer weniger regen Intelligenz als der seinen.

»Natürlich hat er sich bewegt«, sagte er. »Bin ich denn ein derart alberner Stümper, Watson, dass ich eine offensichtliche Attrappe aufstelle und erwarte, einer der scharfsinnigsten Männer Europas werde sich von ihr täuschen lassen? Seit zwei Stunden sind wir in diesem Raum, und Mrs Hudson hat die Figur achtmal verrückt, also einmal jede Viertelstunde. Sie macht es von vorne, sodass ihr Schatten nie gesehen wird. Ah!« Er holte Luft mit einem scharfen, erregten Atemzug. Im trüben Licht sah ich, wie er den Kopf vorreckte, seine ganze Haltung starr vor Konzentration. Jene beiden Männer mochten sich noch immer in den Eingang ducken, doch sehen konnte ich sie nicht mehr. Alles war still und dunkel, ausgenommen das leuchtend gelbe Rouleau vor uns mit der schwarzen Silhouette in seiner Mitte. Wieder hörte ich in dieser tiefen Stille jenen dünnen, zischenden Laut, der von heftiger unterdrückter Aufregung kündete. Im nächsten Augenblick zog er mich in die schwärzeste Ecke des Zimmers zurück, und ich fühlte seine warnende Hand auf meinem Mund. Die Finger, die mich krampfhaft festhielten, zitterten. Aufgewühlter hatte ich meinen Freund nie erlebt, und doch lag die dunkle Straße noch immer einsam und unbewegt vor uns.

Dann plötzlich bemerkte auch ich, was seine schärferen Sinne längst wahrgenommen hatten. Ein leises, verstohlenes Geräusch drang an meine Ohren, nicht aus Richtung der Baker Street, sondern aus dem hinteren Teil desselben Hauses, in dem wir uns verborgen hielten. Eine Tür öffnete und schloss sich. Kurz darauf schlichen Schritte über den Gang – Schritte, die unhörbar sein sollten, die aber hohl durch das leere Haus schallten. Holmes duckte sich rückwärts gegen die Wand, und ich tat es

the same, my hand closing upon the handle of my revolver. Peering through the gloom, I saw the vague outline of a man, a shade blacker than the blackness of the open door. He stood for an instant, and then he crept forward, crouching, menacing, into the room. He was within three yards of us, this sinister figure, and I had braced myself to meet his spring, before I realized that he had no idea of our presence. He passed close beside us, stole over to the window, and very softly and noiselessly raised it for half a foot. As he sank to the level of this opening, the light of the street, no longer dimmed by the dusty glass, fell full upon his face. The man seemed to be beside himself with excitement. His two eyes shone like stars, and his features were working convulsively. He was an elderly man, with a thin, projecting nose, a high, bald forehead, and a huge grizzled moustache. An opera hat was pushed to the back of his head, and an evening dress shirt-front gleamed out through his open overcoat. His face was gaunt and swarthy, scored with deep, savage lines. In his hand he carried what appeared to be a stick, but as he laid it down upon the floor it gave a metallic clang. Then from the pocket of his overcoat he drew a bulky object, and he busied himself in some task which ended with a loud, sharp click, as as if a spring or bolt had fallen into its place. Still kneeling upon the floor he bent forward and threw all his weight and strength upon some lever, with the result that there came a long, whirling, grinding noise, ending once more in a powerful click. He straightened himself then, and I saw that what he held in his hand was a sort of gun, with a curiously misshapen butt. He opened it at the breech, put something in, and snapped the breech-lock. Then, crouching down, he rested the end of the barrel upon the ledge of the open window, and I saw his long moustache droop over the

ihm gleich, die Hand fest am Griff meines Revolvers. Ich starrte in die Düsternis und sah den Schemen eines Mannes, eine Spur schwärzer noch als die Schwärze der offenen Tür. Er blieb kurz stehen, dann schlich er vorwärts, geduckt, drohend, hinein in den Raum. Keine drei Yards war seine finstere Gestalt von uns entfernt, und ich hatte mich schon gewappnet, seinem Angriff zu begegnen, da wurde mir klar, dass er von unserer Gegenwart nichts ahnte. Er ging dicht an uns vorbei, stahl sich hinüber zum Fenster und schob es sehr sacht und geräuschlos einen halben Fuß nach oben. Als er sich bis auf die Höhe dieser Öffnung niederließ, fiel das Licht der Straße, nun nicht mehr getrübt vom staubigen Glas, voll auf sein Gesicht. Der Mann schien vor Erregung schier außer sich. Seine Augen funkelten wie Sterne, sein Gesicht zuckte wie unter Krämpfen. Er war ein älterer Mann mit einer dünnen, vorspringenden Nase, einer hohen, kahlen Stirn und einem riesigen angegrauten Schnauzbart. Seinen Klappzylinder hatte er auf den Hinterkopf geschoben, und die Brust eines Frackhemds schimmerte aus seinem offenen Mantel hervor. Sein Gesicht war hager und dunkel, von tiefen, grimmigen Furchen durchzogen. Er hielt etwas in der Hand, das ein Stock zu sein schien, doch als er es auf den Boden legte, klang es metallisch. Dann zog er einen sperrigen Gegenstand aus seiner Manteltasche und hantierte an irgendetwas herum, endend in einem lauten, scharfen Klicken, als wäre eine Feder oder ein Bolzen eingerastet. Weiterhin am Boden kniend, beugte er sich vor und drückte mit seinem ganzen Gewicht und aller Kraft auf irgendeinen Hebel, worauf ein lang gezogenes, wirbelndes, knirschendes Geräusch ertönte, das erneut in einem kräftigen Klicken endete. Dann richtete er sich auf, und ich sah, dass er eine Art Gewehr mit einem seltsam unförmigen Kolben in der Hand hielt. Er öffnete den Verschluss, steckte etwas hinein und ließ das Schloss zuschnappen. Dann kauerte er sich nieder und legte das Ende des Laufs auf den Sims des geöffneten Fensters, und ich sah seinen langen Schnauzbart über den Schaft herabhängen und

stock and his eye gleam as it peered along the sights. I heard a little sigh of satisfaction as he cuddled the butt into his shoulder, and saw that amazing target, the black man on the yellow ground, standing clear at the end of his foresight. For an instant he was rigid and motionless. Then his finger tightened on the trigger. There was a strange, loud whiz and a long, silvery tinkle of broken glass. At that instant Holmes sprang like a tiger on to the marksman's back, and hurled him flat upon his face. He was up again in a moment, and with convulsive strength he seized Holmes by the throat; but I struck him on the head with the butt of my revolver, and he dropped again upon the floor. I fell upon him, and as I held him my comrade blew a shrill call upon a whistle. There was the clatter of running feet upon the pavement, and two policemen in uniform, with one plain-clothes detective, rushed through the front entrance and into the room.

'That you, Lestrade?' said Holmes.

'Yes, Mr. Holmes. I took the job myself. It's good to see you back in London, sir.'

'I think you want a little unofficial help. Three undetected murders in one year won't do, Lestrade. But you handled the Molesey Mystery with less than your usual—that's to say, you handled it fairly well.'

We had all risen to our feet, our prisoner breathing hard, with a stalwart constable on each side of him. Already a few loiterers had begun to collect in the street. Holmes stepped up to the window, closed it, and dropped the blinds. Lestrade had produced two candles, and the policemen had uncovered their lanterns. I was able at last to have a good look at our prisoner.

It was a tremendously virile and yet sinister face which was turned towards us. With the brow of a philosopher above and the jaw of a sensualist below, the man must

sein Auge funkeln, während er durch das Visier starrte. Ich hörte einen leisen Seufzer der Genugtuung, als er den Kolben an seine Schulter schmiegte und jenes fabelhafte Ziel, den schwarzen Mann auf gelbem Grund, deutlich über dem Korn stehen sah. Für einen Moment blieb er starr und reglos. Dann spannte sein Finger sich um den Abzug. Es folgten ein sonderbares, lautes Zischen und ein lang anhaltendes, silbriges Klirren von zerbrochenem Glas. Im selben Moment sprang Holmes wie ein Tiger dem Scharfschützen in den Rücken und schleuderte ihn bäuchlings zu Boden. Der aber richtete sich sofort wieder auf und packte Holmes mit unbändiger Kraft bei der Kehle; doch ich schlug ihm den Griff meines Revolvers auf den Kopf, und er ging abermals zu Boden. Ich warf mich auf ihn, und während ich ihn festhielt, ließ mein Kamerad den schrillen Ruf einer Pfeife ertönen. Man hörte das Getrappel hastiger Schritte auf dem Pflaster, dann stürzten zwei Polizisten in Uniform und ein Beamter in Zivil durch den Vordereingang und ins Zimmer.

»Sind Sie das, Lestrade?«, fragte Holmes.

»Ja, Mr Holmes. Ich habe die Sache selbst übernommen. Schön, Sie wieder in London zu sehen, Sir.«

»Ich denke, Sie brauchen etwas inoffizielle Hilfe. Drei ungeklärte Morde in einem Jahr, das geht nicht, Lestrade. Beim Molesey-Rätsel allerdings griffen Sie etwas weniger als üblich – soll heißen, Sie hatten es ganz gut im Griff.«

Wir alle hatten uns erhoben, unser Gefangener schwer atmend, flankiert von zwei stämmigen Polizisten. Auf der Straße hatten sich bereits die ersten Schaulustigen versammelt. Holmes trat ans Fenster, schloss es und ließ das Rouleau herunter. Lestrade hatte zwei Kerzen hervorgeholt, die Polizisten hatten ihre Laternen aufgeblendet. Endlich konnte ich unseren Gefangenen eingehend betrachten.

Es war ein ungeheuer kraftvolles und doch sinistres Antlitz, das sich uns zuwandte. Angesichts der Stirn eines Philosophen und dem Kinn eines Genussmenschen musste der Mann mit gro-

have started with great capacities for good or for evil. But one could not look upon his cruel blue eyes, with their drooping, cynical lids, or upon the fierce, aggressive nose and the threatening, deep-lined brow, without reading Nature's plainest danger-signals. He took no heed of any of us, but his eyes were fixed upon Holmes's face with an expression in which hatred and amazement were equally blended. 'You fiend!' he kept on muttering. 'You clever, clever fiend!'

'Ah, Colonel!' said Holmes, arranging his rumpled collar. '"Journeys end in lovers' meetings," as the old play says. I don't think I have had the pleasure of seeing you since you favoured me with those attentions as I lay on the ledge above the Reichenbach Fall.'

The colonel still stared at my friend like a man in a trance. 'You cunning, cunning fiend!' was all that he could say.

'I have not introduced you yet,' said Holmes. 'This, gentlemen, is Colonel Sebastian Moran, once of Her Majesty's Indian Army, and the best heavy game shot that our Eastern Empire has ever produced. I believe I am correct, Colonel, in saying that your bag of tigers still remains unrivalled?'

The fierce old man said nothing, but still glared at my companion. With his savage eyes and bristling moustache he was wonderfully like a tiger himself.

'I wonder that my very simple stratagem could deceive so old a *shikari,*' said Holmes. 'It must be very familiar to you. Have you not tethered a young kid under a tree, lain above it with your rifle, and waited for the bait to bring up your tiger? This empty house is my tree, and you are my tiger. You have possibly had other guns in reserve in

ßen Talenten zum Guten wie zum Bösen begonnen haben. Doch diese grausamen blauen Augen mit ihren hängenden, zynischen Lidern oder die grimmige, angriffslustige Nase und die bedrohliche, tief zerfurchte Stirn konnte man nicht ansehen, ohne darin die deutlichsten Warnsignale der Natur zu erkennen. Keinem von uns schenkte er Beachtung, nur Holmes' Gesicht behielt er fest im Blick, mit einem Ausdruck, in dem sich gleichermaßen Hass und Verblüffung mischten. »Du Teufel!«, murmelte er immer wieder. »Du schlauer, schlauer Teufel!«

»Ah, Colonel!«, sagte Holmes und richtete seinen zerknitterten Kragen. »›So find't am End sich Herz zum Herzen‹, wie es in dem alten Stück heißt. Ich glaube nicht, dass ich das Vergnügen hatte, Sie zu sehen, seit Sie mich mit jenen Aufmerksamkeiten hofierten, während ich auf dem Vorsprung über dem Reichenbachfall lag.«

Der Colonel starrte meinen Freund noch immer an wie in Trance. »Du listiger, listiger Teufel!«, war alles, was er sagen konnte.

»Ich habe Sie noch gar nicht vorgestellt«, sagte Holmes. »Dies, Gentlemen, ist Colonel Sebastian Moran, einst bei Ihrer Majestät Indischen Armee und der beste Großwildjäger, den unser Östliches Empire jemals hervorgebracht hat. Ich gehe doch recht in der Annahme, dass Ihre Strecke von Tigern nach wie vor unübertroffen ist?«

Der grimmige alte Mann sagte nichts, sondern starrte meinen Gefährten weiterhin trotzig an. Mit seinen wilden Augen und dem sich sträubenden Schnurrbart sah er selbst einem Tiger staunenswert ähnlich.

»Ich wundere mich, dass meine recht simple List einen so alten *shikari* täuschen konnte«, sagte Holmes. »Sie müsste Ihnen doch bekannt sein. Haben Sie nie ein junges Kitz unten an einen Baum gebunden, oben mit Ihrer Büchse gelauert und gewartet, bis der Köder Ihren Tiger heranlockt? Dieses leere Haus ist mein Baum, und Sie sind mein Tiger. Sie hatten vermutlich weitere

case there should be several tigers, or in the unlikely supposition of your own aim failing you. These,' he pointed around, 'are my other guns. The parallel is exact.'

Colonel Moran sprang forward with a snarl of rage, but the constables dragged him back. The fury upon his face was terrible to look at.

'I confess that you had one small surprise for me,' said Holmes. 'I did not anticipate that you would yourself make use of this empty house and this convenient front window. I had imagined you as operating from the street, where my friend Lestrade and his merry men were awaiting you. With that exception, all has gone as I expected.'

Colonel Moran turned to the official detective.

'You may or may not have just cause for arresting me,' said he, 'but at least there can be no reason why I should submit to the gibes of this person. If I am in the hands of the law, let things be done in a legal way.'

'Well, that's reasonable enough,' said Lestrade. 'Nothing further you have to say, Mr. Holmes, before we go?'

Holmes had picked up the powerful air-gun from the floor, and was examining its mechanism.

'An admirable and unique weapon,' said he, 'noiseless and of tremendous power. I knew Von Herder, the blind German mechanic, who constructed it to the order of the late Professor Moriarty. For years I have been aware of its existence, though I have never before had the opportunity of handling it. I commend it very specially to your attention, Lestrade, and also the bullets which fit it.'

'You can trust us to look after that, Mr. Holmes,' said Lestrade, as the whole party moved towards the door. 'Anything further to say?'

Gewehre in Reserve für den Fall, dass mehrere Tiger auftauchen würden, oder in der unwahrscheinlichen Annahme, Sie könnten Ihr Ziel verfehlen. Dies«, er zeigte in die Runde, »sind meine weiteren Gewehre. Die Parallele ist vollkommen.«

Mit einem zornigen Knurren sprang Colonel Moran vorwärts, doch die Polizisten zerrten ihn zurück. Die rasende Wut in seinem Gesicht war schrecklich anzusehen.

»Ich gebe zu, eine kleine Überraschung hatten Sie doch für mich«, sagte Holmes. »Ich sah nicht voraus, dass auch Sie sich dieses leeren Hauses und dieses günstig gelegenen Vorderfensters bedienen würden. Ich hatte angenommen, Sie würden von der Straße aus operieren, wo mein Freund Lestrade und seine wackeren Männer auf Sie warteten. Doch abgesehen davon lief alles wie erwartet.«

Colonel Moran wandte sich an den Beamten.

»Meine Verhaftung mag rechtmäßig sein oder nicht«, sagte er, »aber es kann allemal keinen Grund geben, weshalb ich mich dem Gespött dieser Person aussetzen sollte. Wenn ich schon in der Hand des Gesetzes bin, dann lassen Sie die Dinge ihren gesetzlichen Weg gehen.«

»Nun, das klingt recht vernünftig«, sagte Lestrade. »Noch etwas, das Sie zu sagen haben, Mr Holmes, bevor wir gehen?«

Holmes hatte das wuchtige Luftgewehr vom Boden aufgehoben und untersuchte gerade seinen Mechanismus.

»Eine ausgezeichnete und einzigartige Waffe«, sagte er, »geräuschlos und von gewaltiger Kraft. Ich kannte von Herder, den blinden deutschen Mechaniker, der sie im Auftrag des verstorbenen Professors Moriarty konstruierte. Seit Jahren wusste ich um ihre Existenz, wenn ich auch nie zuvor die Gelegenheit hatte, sie in Händen zu halten. Ich empfehle sie ausdrücklichst Ihrer Aufmerksamkeit, Lestrade, und ebenso die Kugeln, die zu ihr gehören.«

»Seien Sie unbesorgt, Mr Holmes, wir kümmern uns darum«, sagte Lestrade, während sich die ganze Gesellschaft auf die Tür zubewegte. »Sonst noch etwas?«

'Only to ask what charge you intend to prefer?'

'What charge, sir? Why, of course, the attempted murder of Mr. Sherlock Holmes.'

'Not so, Lestrade. I do not propose to appear in the matter at all. To you, and to you only, belongs the credit of the remarkable arrest which you have effected. Yes, Lestrade, I congratulate you! With your usual happy mixture of cunning and audacity, you have got him.'

'Got him! Got whom, Mr. Holmes?'

'The man that the whole force has been seeking in vain—Colonel Sebastian Moran, who shot the Honourable Ronald Adair with an expanding bullet from an air-gun through the open window of the second-floor front of No. 427 Park Lane, upon the 30th of last month. That's the charge, Lestrade. And now, Watson, if you can endure the draught from a broken window, I think that half an hour in my study over a cigar may afford you some profitable amusement.'

Our old chambers had been left unchanged through the supervision of Mycroft Holmes and the immediate care of Mrs. Hudson. As I entered I saw, it is true, an unwonted tidiness, but the old landmarks were all in their place. There were the chemical corner and the acid-stained, deal-topped table. There upon a shelf was the row of formidable scrap-books and books of reference which many of our fellow-citizens would have been so glad to burn. The diagrams, the violin-case, and the pipe-rack—even the Persian slipper which contained the tobacco—all met my eyes as I glanced round me. There were two occupants of the room—one, Mrs. Hudson, who beamed upon us both as we entered—the other, the strange dummy which had played so important a part in the evening's adventures. It was a wax-coloured model

»Nur die Frage, welche Anklage Sie vorzuziehen gedenken?«

»Welche Anklage, Sir? Tja, natürlich den versuchten Mord an Mr Sherlock Holmes.«

»Nicht doch, Lestrade. Ich habe nicht vor, in dieser Sache überhaupt in Erscheinung zu treten. Ihnen, und Ihnen allein, gebührt die Ehre für diese bemerkenswerte Verhaftung, die Sie vorgenommen haben. Ja, Lestrade, ich gratuliere Ihnen! Mit Ihrer üblichen trefflichen Mischung aus Schlauheit und Waghalsigkeit haben Sie ihn erwischt.«

»Ihn erwischt! Wen erwischt, Mr Holmes?«

»Den Mann, den sämtliche Polizeikräfte vergeblich gesucht haben – Colonel Sebastian Moran, der am dreißigsten des letzten Monats den Ehrenwerten Ronald Adair mit einer sich ausdehnenden Kugel aus einem Luftgewehr durch das geöffnete Vorderfenster im zweiten Stock der Park Lane Nr. 427 erschoss. Das ist die Anklage, Lestrade. Und nun, Watson, falls Sie die Zugluft von einem zerbrochenen Fenster nicht scheuen, dürfte Ihnen, denke ich, eine halbe Stunde in meinem Arbeitszimmer bei einer Zigarre ein lohnender Zeitvertreib sein.«

Unsere ehemaligen Zimmer waren unter der Aufsicht von Mycroft Holmes und in der unmittelbaren Obhut von Mrs Hudson unverändert geblieben. Mehr noch, ich bemerkte eine ungewöhnliche Sauberkeit, als ich eintrat, doch die vertrauten Wahrzeichen waren alle noch an ihrem Platz. Dort war die Chemie-Ecke mit dem säurefleckigen Brettertisch. Dort drüben im Regal stand jene Reihe eindrucksvoller Sammelalben und Nachschlagewerke, die zahlreiche unserer Mitbürger so gern verbrannt hätten. Die Diagramme, der Geigenkasten und der Pfeifenständer – selbst der persische Pantoffel, in dem der Tabak steckte – alles fiel mir in die Augen, als ich mich flüchtig umschaute. Zwei Personen waren im Zimmer – zum einen Mrs Hudson, die uns anstrahlte, als wir eintraten, zum anderen diese seltsame Attrappe, die im Lauf der Ereignisse dieses Abends eine so wichtige Rolle gespielt hatte. Es war ein wachsfarbenes

of my friend, so admirably done that it was a perfect facsimile. It stood on a small pedestal table with an old dressing-gown of Holmes's so draped round it that the illusion from the street was absolutely perfect.

'I hope you preserved all precautions, Mrs. Hudson?' said Holmes.

'I went to it on my knees, sir, just as you told me.'

'Excellent. You carried the thing out very well. Did you observe where the bullet went?'

'Yes, sir. I'm afraid it has spoilt your beautiful bust, for it passed right through the head and flattened itself on the wall. I picked it up from the carpet. Here it is!'

Holmes held it out to me. 'A soft revolver bullet, as you perceive, Watson. There's genius in that, for who would expect to find such a thing fired from an air-gun? All right, Mrs. Hudson. I am much obliged for your assistance. And now, Watson, let me see you in your old seat once more, for there are several points which I should like to discuss with you.'

He had thrown off the seedy frock-coat, and now he was the Holmes of old in the mouse-coloured dressing-gown which he took from his effigy.

'The old *shikari's* nerves have not lost their steadiness, nor his eyes their keenness,' said he, with a laugh, as he inspected the shattered forehead of his bust.

'Plumb in the middle of the back of the head and smack through the brain. He was the best shot in India, and I expect that there are few better in London. Have you heard the name?'

'No, I have not.'

'Well, well, such is fame! But, then, if I remember right, you had not heard the name of Professor James Moriarty,

Modell meines Freundes, so hervorragend gearbeitet, dass es eine makellose Nachbildung darstellte. Es stand auf einem kleinen Sockeltisch und war mit einem alten Morgenmantel von Holmes so drapiert, dass die Illusion von der Straße aus absolut perfekt war.

»Ich hoffe, Sie haben alle Vorsichtsmaßregeln befolgt, Mrs Hudson?«, fragte Holmes.

»Ich bin auf den Knien hingerutscht, Sir, so wie Sie's mir gesagt haben.«

»Ausgezeichnet. Sie haben Ihre Sache sehr gut gemacht. Konnten Sie sehen, wohin es die Kugel verschlagen hat?«

»Ja, Sir. Ich fürchte, sie hat Ihre hübsche Büste verdorben, denn sie ging direkt durch den Kopf und wurde an der Wand ganz platt gedrückt. Ich hob sie vom Teppich auf. Hier ist sie!«

Holmes hielt sie mir hin. »Eine weiche Revolverkugel, wie Sie sehen, Watson. Das zeugt von Genialität, denn wer würde erwarten, dass so etwas aus einem Luftgewehr abgeschossen wird? Schön, Mrs Hudson. Ich bin Ihnen für Ihre Hilfe sehr verbunden. Und nun, Watson, will ich Sie noch einmal in Ihrem alten Sessel sitzen sehen, denn es gibt mehrere Punkte, die ich gern mit Ihnen bereden würde.«

Er hatte den schäbigen Gehrock abgeworfen und war nun wieder ganz der Holmes von ehedem in seinem mausgrauen Morgenmantel, den er seinem Ebenbild abgenommen hatte.

»Die Nerven des alten *shikari* haben nichts an Stärke verloren, ebenso wenig wie seine Augen an Schärfe«, sagte er lachend, als er die zertrümmerte Stirn seiner Büste untersuchte.

»Genau mittig in den Hinterkopf und dann geradewegs durchs Hirn. Er war der beste Schütze Indiens, und ich vermute, es gibt in London kaum einen besseren. Sagt Ihnen der Name etwas?«

»Nein, tut er nicht.«

»Tja, nun, so steht's mit dem Ruhm! Aber Sie hatten ja, wenn ich mich recht entsinne, den Namen von Professor James Mori-

who had one of the great brains of the century. Just give me down my index of biographies from the shelf.'

He turned over the pages lazily, leaning back in his chair and blowing great clouds from his cigar.

'My collection of M's is a fine one,' said he. 'Moriarty himself is enough to make any letter illustrious, and here is Morgan the poisoner, and Merridew of abominable memory, and Mathews, who knocked out my left canine in the waiting-room at Charing Cross, and, finally, here is our friend of to-night.'

He handed over the book, and I read:

*Moran, Sebastian, Colonel.* Unemployed. Formerly 1st Bengalore Pioneers. Born London, 1840. Son of Sir Augustus Moran, C.B., once British Minister to Persia. Educated Eton and Oxford. Served in Jowaki Campaign, Afghan Campaign, Charasiab (despatches), Sherpur, and Cabul. Author of *Heavy Game of the Western Himalayas* (1881); *Three Months in the Jungle* (1884). Address: Conduit Street. Clubs: The Anglo-Indian, the Tankerville, the Bagatelle Card Club.

On the margin was written, in Holmes's precise hand: The second most dangerous man in London.

'This is astonishing,' said I, as I handed back the volume. 'The man's career is that of an honourable soldier.'

'It is true,' Holmes answered. 'Up to a certain point he did well. He was always a man of iron nerve, and the story is still told in India how he crawled down a drain after a wounded man-eating tiger. There are some trees, Watson, which grow to a certain height, and then suddenly develop some unsightly eccentricity. You will see it often in humans. I have a theory that the individual represents

arty auch noch nie gehört, der immerhin einer der größten Köpfe des Jahrhunderts war. Holen Sie mir doch kurz meinen Index mit Biografien vom Regal.«

Er blätterte träge die Seiten um, während er sich im Sessel zurücklehnte und dicke Rauchwolken aus seiner Zigarre blies.

»Meine M-Kollektion ist vortrefflich«, sagte er. »Einer wie Moriarty würde schon genügen, um jedem Buchstaben Glanz zu verleihen, und dann haben wir noch Morgan, den Giftmischer, und Merridew abscheulichen Angedenkens, und Mathews, der mir im Wartesaal der Charing Cross Station den linken Eckzahn ausschlug, und hier schließlich ist unser Freund von heute Nacht.«

Er reichte das Buch herüber, und ich las:

*Moran, Sebastian, Colonel.* Unbeschäftigt. Ehemals 1. Bangalore Pionierregiment. Geboren 1840 in London. Sohn von Sir Augustus Moran, C.B., einst britischer Gesandter in Persien. Ausbildung in Eton und Oxford. Diente beim Jowaki- und beim Afghanistan-Feldzug in Charasiab (Kriegsberichte), Sherpur und Kabul. Verfasser von *Das Großwild des westlichen Himalaya* (1881); *Drei Monate im Dschungel* (1884). Adresse: Conduit Street. Clubs: Anglo-Indian, Tankerville, Bagatelle-Kartenclub.

Am Rand stand in Holmes' gestochener Handschrift: Der zweitgefährlichste Mann in London.

»Das ist erstaunlich«, sagte ich, als ich ihm den Band zurückgab. »Die Karriere dieses Mannes ist die eines ehrbaren Soldaten.«

»So ist es«, antwortete Holmes. »Bis zu einem gewissen Punkt machte er sich gut. Er war stets ein Mann mit eisernen Nerven, und in Indien erzählt man sich bis heute die Geschichte, wie er einem verwundeten menschenfressenden Tiger in ein Abwasserrohr nachgekrochen ist. Manche Bäume, Watson, wachsen bis zu einer bestimmten Höhe, und dann plötzlich treiben sie unansehnliche Auswüchse. Sie werden das oft auch bei Menschen sehen.

in his development the whole procession of his ancestors, and that such a sudden turn to good or evil stands for some strong influence which came into the line of his pedigree. The person becomes, as it were, the epitome of the history of his own family.'

'It is surely rather fanciful.'

'Well, I don't insist upon it. Whatever the cause, Colonel Moran began to go wrong. Without any open scandal, he still made India too hot to hold him. He retired, came to London, and again acquired an evil name. It was at this time that he was sought out by Professor Moriarty, to whom for a time he was chief of the staff. Moriarty supplied him liberally with money, and used him only in one or two very high-class jobs, which no ordinary criminal could have undertaken. You may have some recollection of the death of Mrs. Stewart, of Lauder, in 1887. Not? Well, I am sure Moran was at the bottom of it, but nothing could be proved. So cleverly was the colonel concealed that, even when the Moriarty gang was broken up, we could not incriminate him. You remember at that date, when I called upon you in your rooms, how I put up the shutters for fear of air-guns? No doubt you thought me fanciful. I knew exactly what I was doing, for I knew of the existence of this remarkable gun, and I knew also that one of the best shots in the world would be behind it. When we were in Switzerland he followed us with Moriarty, and it was undoubtedly he who gave me that evil five minutes on the Reichenbach ledge.

You may think that I read the papers with some attention during my sojourn in France, on the look-out for any chance of laying him by the heels. So long as he was free in London, my life would really not have been worth liv-

Ich habe eine Theorie, nach der das Individuum in seiner Entwicklung die gesamte Riege seiner Ahnen verkörpert und eine solch plötzliche Wendung zum Guten oder Bösen auf irgendeinen starken Einfluss zurückgeht, den es irgendwo in der Ahnenreihe seines Stammbaums gegeben hat. Der Einzelne wird gewissermaßen zum Inbegriff seiner eigenen Familiengeschichte.«

»Das ist doch wohl ziemlich abseitig.«

»Na ja, ich bestehe nicht darauf. Was immer der Grund war, Colonel Moran geriet auf Abwege. Ohne jeden offenen Skandal brachte er Indien doch derart gegen sich auf, dass er unhaltbar wurde. Er nahm seinen Hut, kam nach London und machte sich erneut einen schlechten Namen. Damals wurde Professor Moriarty auf ihn aufmerksam, für den er eine Zeitlang den Stabschef gab. Moriarty versorgte ihn großzügig mit Geld und setzte ihn nur bei ein oder zwei überaus hochkarätigen Aufträgen ein, die kein Durchschnittskrimineller hätte ausführen können. Ihnen ist vielleicht der Tod von Mrs Stewart aus Lauder im Jahr 1887 erinnerlich. Nein? Nun, ich bin sicher, Moran steckte dahinter, doch beweisen ließ sich nichts. Der Colonel war so raffiniert getarnt, dass wir ihn selbst dann nicht belasten konnten, als die Moriarty-Bande zerschlagen war. Sie erinnern sich, wie ich damals, als ich zu Ihnen in Ihr Haus kam, aus Angst vor Luftgewehren die Läden schloss? Sicher verdächtigten Sie mich bizarrer Ideen. Ich wusste jedoch genau, was ich tat, da ich Kenntnis von der Existenz dieses bemerkenswerten Gewehrs hatte und noch dazu wusste, dass einer der besten Schützen der Welt es im Anschlag haben würde. Während wir in der Schweiz waren, folgte er uns gemeinsam mit Moriarty, und zweifellos war er es, der mir jene üblen fünf Minuten auf dem Felsvorsprung am Reichenbachfall bescherte.

Sie können sich denken, dass ich die Zeitungen während meines Aufenthalts in Frankreich mit einiger Aufmerksamkeit las, auf der Suche nach einer Möglichkeit, ihn zur Strecke zu bringen. Solange er in London frei herumlief, wäre mein Leben nicht wirklich

ing. Night and day the shadow would have been over me, and sooner or later his chance must have come. What could I do? I could not shoot him at sight, or I should myself be in the dock. There was no use appealing to a magistrate. They cannot interfere on the strength of what would appear to them to be a wild suspicion. So I could do nothing. But I watched the criminal news, knowing that sooner or later I should get him. Then came the death of this Ronald Adair. My chance had come at last. Knowing what I did, was it not certain that Colonel Moran had done it? He had played cards with the lad, he had followed him home from the club, he had shot him through the open window. There was not a doubt of it. The bullets alone are enough to put his head in a noose. I came over at once. I was seen by the sentinel, who would, I knew, direct the colonel's attention to my presence. He could not fail to connect my sudden return with his crime, and to be terribly alarmed. I was sure that he would make an attempt to get me out of the way *at once*, and would bring round his murderous weapon for that purpose. I left him an excellent mark in the window, and, having warned the police that they might be needed–by the way, Watson, you spotted their presence in that doorway with unerring accuracy–I took up what seemed to me to be a judicious post for observation, never dreaming that he would choose the same spot for his attack. Now, my dear Watson, does anything remain for me to explain?'

'Yes,' said I. 'You have not made it clear what was Colonel Moran's motive in murdering the Honourable Ronald Adair.'

'Ah! my dear Watson, there we come into those realms of conjecture, where the most logical mind may be at

lebenswert gewesen. Tag und Nacht hätte sein Schatten auf mir gelegen, und früher oder später würde er seine Chance bekommen haben. Was konnte ich tun? Vom Fleck weg erschießen konnte ich ihn nicht, sonst hätte ich selbst auf der Anklagebank gesessen. Mich an einen Ermittlungsrichter zu wenden war zwecklos. Die können nicht auf der Grundlage von etwas eingreifen, das ihnen als wilder Verdacht erschienen wäre. Also blieb mir nichts weiter zu tun. Ich behielt nur die Verbrechensmeldungen im Auge, denn ich wusste, über kurz oder lang würde ich ihn erwischen. Dann hörte ich vom Tod dieses Ronald Adair. Endlich war meine Stunde gekommen. Bei allem, was ich wusste, war es da nicht gewiss, dass Colonel Moran es getan hatte? Er hatte mit dem Jungen Karten gespielt, er hatte ihm vom Club bis nach Hause nachgestellt, er hatte ihn durchs offene Fenster erschossen. Es gab keinen Zweifel. Die Kugeln allein genügen, um seinen Kopf in die Schlinge zu legen. Ich kam sofort hierher. Der Späher bemerkte mich, und er würde, das wusste ich, die Aufmerksamkeit des Colonels auf meine Anwesenheit lenken. Dieser konnte nicht umhin, mein plötzliches Auftauchen auf sein Verbrechen zurückzuführen und schrecklich beunruhigt zu sein. Ich war sicher, dass er versuchen würde, mich *schnellstens* aus dem Weg zu räumen, und zu diesem Zweck seine mörderische Waffe mitbrächte. Ich stellte ihm eine vortreffliche Zielscheibe ins Fenster, und nachdem ich die Polizei hatte wissen lassen, sie werde vielleicht gebraucht – nebenbei, Watson, Sie entdeckten deren Anwesenheit in jenem Hauseingang mit untrüglicher Präzision –, nahm ich einen, wie mir schien, klug gewählten Beobachtungsposten ein, ohne auch nur zu ahnen, dass er sich dieselbe Stelle für seine Attacke aussuchen würde. Nun, mein lieber Watson, bleibt mir noch etwas zu erläutern?«

»Ja«, sagte ich. »Sie haben nicht deutlich gemacht, was Colonel Morans Motiv für die Ermordung des Ehrenwerten Ronald Adair war.«

»Ah! Mein lieber Watson, hier stoßen wir in jene Bereiche der Mutmaßung vor, wo selbst der logischste Geist irren kann. An-

fault. Each may form his own hypothesis upon the present evidence, and yours is as likely to be correct as mine.'

'You have formed one, then?'

'I think that it is not difficult to explain the facts. It came out in evidence that Colonel Moran and young Adair had, between them, won a considerable amount of money. Now, Moran undoubtedly played foul—of that I have long been aware. I believe that on the day of the murder Adair had discovered that Moran was cheating. Very likely he had spoken to him privately, and had threatened to expose him unless he voluntarily resigned his membership of the club, and promised not to play cards again. It is unlikely that a youngster like Adair would at once make a hideous scandal by exposing a well known man so much older than himself. Probably he acted as I suggest. The exclusion from his clubs would mean ruin to Moran, who lived by his ill-gotten card-gains. He therefore murdered Adair, who at the time was endeavouring to work out how much money he should himself return, since he could not profit by his partner's foul play. He locked the door lest the ladies should surprise him and insist upon knowing what he was doing with these names and coins. Will it pass?'

'I have no doubt that you have hit upon the truth.'

'It will be verified or disproved at the trial. Meanwhile, come what may, Colonel Moran will trouble us no more. The famous air-gun of Von Herder will embellish the Scotland Yard Museum, and once again Mr. Sherlock Holmes is free to devote his life to examining those interesting little problems which the complex life of London so plentifully presents.'

hand der vorliegenden Beweise mag jeder seine eigene Hypothese aufstellen, und Ihre könnte ebenso korrekt sein wie meine.«

»Demnach haben Sie eine aufgestellt?«

»Ich denke, es ist nicht schwer, die Fakten zu deuten. Im Lauf der Ermittlungen kam heraus, dass Colonel Moran und der junge Adair gemeinsam eine ansehnliche Summe Geldes gewonnen hatten. Nun, Moran spielte zweifellos falsch – das ist mir bereits seit Langem bekannt. Ich bin der Überzeugung, dass Adair am Tag des Mordes entdeckt hat, dass Moran betrog. Sehr wahrscheinlich hat er unter vier Augen mit ihm gesprochen und damit gedroht, ihn bloßzustellen, sollte er seine Mitgliedschaft im Club nicht freiwillig aufgeben und versprechen, nie wieder Karten zu spielen. Es ist unwahrscheinlich, dass ein Jüngling wie Adair sofort einen hässlichen Skandal auslösen würde, indem er einen wohlbekannten Mann bloßstellte, der so viel älter war als er selbst. Vermutlich handelte er so, wie ich annehme. Der Ausschluss aus seinen Clubs hätte für Moran, der von seinen unrechtmäßigen Kartengewinnen lebte, den Ruin bedeutet. Also ermordete er Adair, der gerade auszurechnen versuchte, wie viel Geld er selbst würde zurückerstatten müssen, da er nicht vom Falschspiel seines Partners profitieren wollte. Er verschloss die Tür, damit die Ladys ihn nicht überraschen und darauf bestehen konnten zu erfahren, was er mit diesen Namen und Münzen anfing. Klingt das plausibel?«

»Ich habe keinen Zweifel, dass Sie die Wahrheit getroffen haben.«

»Im Prozess wird es bestätigt oder widerlegt werden. Bis dahin, komme, was wolle, wird Colonel Moran uns nicht weiter belästigen. Das famose Luftgewehr von Herders wird das Scotland Yard Museum zieren, und Mr Sherlock Holmes hat aufs Neue die Freiheit, sein Leben der Untersuchung jener interessanten kleinen Probleme zu widmen, die das vielschichtige Londoner Leben so überreich darbietet.«

# HIS LAST BOW

## An Epilogue of Sherlock Holmes

It was nine o'clock at night upon the second of August—the most terrible August in the history of the world. One might have thought already that God's curse hung heavy over a degenerate world, for there was an awesome hush and a feeling of vague expectancy in the sultry and stagnant air. The sun had long set, but one blood-red gash like an open wound lay low in the distant west. Above, the stars were shining brightly, and below, the lights of the shipping glimmered in the bay. The two famous Germans stood beside the stone parapet of the garden walk, with the long, low, heavily gabled house behind them, and they looked down upon the broad sweep of the beach at the foot of the great chalk cliff on which Von Bork, like some wandering eagle, had perched himself four years before. They stood with their heads close together, talking in low, confidential tones. From below the two glowing ends of their cigars might have been the smouldering eyes of some malignant fiend looking down in the darkness.

A remarkable man this Von Bork—a man who could hardly be matched among all the devoted agents of the Kaiser. It was his talents which had first recommended him for the English mission, the most important mission of all, but since he had taken it over those talents had become more and more manifest to the half-dozen people in the world who were really in touch with the truth. One of these was his present companion, Baron Von Herling, the chief secretary of the legation, whose huge 100-

# Seine Abschiedsvorstellung

## Ein Sherlock-Holmes-Epilog

Es war neun Uhr am Abend des zweiten August – des furchtbarsten August der Weltgeschichte. Vielleicht hat mancher sich bereits gedacht, Gottes Fluch laste schwer auf einer verkommenen Welt, denn eine Ehrfurcht gebietende Stille und ein Gefühl dunkler Vorahnung hingen in der schwülen, unbewegten Luft. Die Sonne war längst untergegangen, nur ein letzter blutroter Spalt klaffte wie eine offene Wunde fern am westlichen Horizont. Darüber glänzten hell die Sterne, darunter schimmerten die Schiffslichter in der Bucht. Die beiden berühmten Deutschen standen an der steinernen Brüstung der Gartenpromenade, das lang gestreckte, niedrige Haus mit den wuchtigen Giebeln hinter sich, und blickten hinunter auf den in weitem Bogen verlaufenden Strand am Fuß des mächtigen Kreidefelsens, auf dem von Bork, einem umherziehenden Adler ähnlich, sich vor vier Jahren niedergelassen hatte. So standen sie, die Köpfe dicht beieinander, und unterhielten sich in leisem, vertraulichem Ton. Von unten hätte man die glühenden Enden ihrer Zigarren für die glimmenden Augen eines boshaften Dämons halten können, der im Dunkeln hinabspähte.

Ein bemerkenswerter Mann, dieser von Bork – ein Mann, der unter all den treuen Agenten des Kaisers kaum seinesgleichen hatte. Von vornherein hatten seine Talente ihn für die Mission in England, die bedeutendste aller Missionen, empfohlen, doch seit er sie übernommen hatte, waren diese Talente für jenes halbe Dutzend Personen weltweit, die wirklich um die Wahrheit wussten, immer noch offenkundiger geworden. Eine von ihnen war sein derzeitiger Gesellschafter, Baron von Herling, Oberster Rat der Gesandtschaft, dessen riesiger, 100 PS starker Benz die

horse-power Benz car was blocking the country lane as it waited to waft its owner back to London.

'So far as I can judge the trend of events, you will probably be back in Berlin within the week,' the secretary was saying. 'When you get there, my dear Von Bork, I think you will be surprised at the welcome you will receive. I happen to know what is thought in the highest quarters of your work in this country.' He was a huge man, the secretary, deep, broad, and tall, with a slow, heavy fashion of speech which had been his main asset in his political career.

Von Bork laughed.

'They are not very hard to deceive,' he remarked. 'A more docile, simple folk could not be imagined.'

'I don't know about that,' said the other thoughtfully. 'They have strange limits and one must learn to observe them. It is that surface simplicity of theirs which makes a trap for the stranger. One's first impression is that they are entirely soft. Then one comes suddenly upon something very hard, and you know that you have reached the limit and must adapt yourself to the fact. They have, for example, their insular conventions which simply *must* be observed.'

'Meaning, "good form" and that sort of thing?' Von Bork sighed as one who had suffered much.

'Meaning British prejudice in all its queer manifestations. As an example I may quote one of my own worst blunders—I can afford to talk of my blunders, for you know my work well enough to be aware of my successes. It was on my first arrival. I was invited to a weekend gathering at the country house of a cabinet minister. The conversation was amazingly indiscreet.'

Landstraße blockierte, während er darauf wartete, seinen Besitzer wie auf Wolken zurück nach London zu tragen.

»Soweit ich den Lauf der Dinge einschätzen kann, dürften Sie noch binnen dieser Woche wieder in Berlin sein«, sagte der Gesandtschaftsrat gerade. »Wenn Sie dort ankommen, mein lieber von Bork, werden Sie, denke ich, überrascht sein von dem Empfang, den man Ihnen bereiten wird. Ich weiß nämlich zufällig, was man an höchster Stelle von Ihrer Arbeit in diesem Land hält.« Er war ein hünenhafter Mann, der Gesandtschaftsrat, stämmig, breit und hoch gewachsen, mit einer langsamen, gewichtigen Art zu sprechen, die in seiner politischen Laufbahn sein größter Vorzug war.

Von Bork lachte.

»Es ist nicht sehr schwer, sie zu täuschen«, bemerkte er. »Ein fügsameres, naiveres Volk lässt sich nicht denken.«

»Ich weiß nicht so recht«, sagte der andere gedankenvoll. »Die Menschen hier haben seltsame Grenzen, und man muss lernen, sie zu beachten. Gerade auf diese äußerliche Naivität kann ein Fremder hereinfallen. Zuerst hat man den Eindruck, sie seien durch und durch weich. Dann trifft man plötzlich auf etwas sehr Hartes und man weiß, dass man die Grenze erreicht und sich den Gegebenheiten anzupassen hat. Zum Beispiel haben sie ihre insularen Konventionen, die man schlicht im Blick haben *muss*.«

»Soll heißen, ›gute Umgangsformen‹ und dergleichen?« Von Bork seufzte wie jemand, der schon vieles erlitten hat.

»Soll heißen, britische Voreingenommenheit in all ihren sonderbaren Facetten. Als Beispiel darf ich einen meiner gröbsten Schnitzer anführen – vor Ihnen kann ich es mir ja erlauben, von meinen Schnitzern zu reden, denn Sie kennen meine Arbeit gut genug und wissen um meine Erfolge. Es war kurz nach meiner Ankunft. Man lud mich zu einer Wochenendgesellschaft ins Landhaus eines Kabinettsministers. Die Unterhaltung war verblüffend indiskret.«

Von Bork nodded. 'I've been there,' said he dryly.

'Exactly. Well, I naturally sent a resume of the information to Berlin. Unfortunately our good chancellor is a little heavy-handed in these matters, and he transmitted a remark which showed that he was aware of what had been said. This, of course, took the trail straight up to me. You've no idea the harm that it did me. There was nothing soft about our British hosts on that occasion, I can assure you. I was two years living it down. Now you, with this sporting pose of yours–'

'No, no, don't call it a pose. A pose is an artificial thing. This is quite natural. I am a born sportsman. I enjoy it.'

'Well, that makes it the more effective. You yacht against them, you hunt with them, you play polo, you match them in every game, your four-in-hand takes the prize at Olympia. I have even heard that you go the length of boxing with the young officers. What is the result? Nobody takes you seriously. You are a "good old sport," "quite a decent fellow for a German," a hard-drinking, night-club, knock-about-town, devil-may-care young fellow. And all the time this quiet country house of yours is the centre of half the mischief in England, and the sporting squire the most astute secret-service man in Europe. Genius, my dear Von Bork–genius!'

'You flatter me, Baron. But certainly I may claim that my four years in this country have not been unproductive. I've never shown you my little store. Would you mind stepping in for a moment?'

The door of the study opened straight on to the terrace. Von Bork pushed it back, and, leading the way, he clicked the switch of the electric light. He then closed the door behind the bulky form which followed him and care-

Von Bork nickte. »Kenne ich«, sagte er trocken.

»Sehen Sie. Nun, ich schickte natürlich ein Resümee der Informationen nach Berlin. Bedauerlicherweise ist unser guter Kanzler ein wenig unbeholfen in derlei Belangen, und so ließ er eine Bemerkung fallen, aus der hervorging, dass er wusste, was besprochen worden war. Die Spur führte selbstredend direkt zu mir. Sie haben keine Vorstellung, wie sehr mir das geschadet hat. In dieser Sache gab es nichts Weiches an unseren britischen Gastgebern, das kann ich Ihnen versichern. Ich brauchte zwei Jahre, um die Wogen zu glätten. Nun, Sie dagegen mit Ihrer Sportlerpose –«

»Nein, nein, sprechen Sie nicht von Pose. Eine Pose ist etwas Künstliches. Das hier ist ganz natürlich. Ich bin ein geborener Sportsmann. Es gefällt mir.«

»Na, das macht es umso wirkungsvoller. Sie segeln mit ihnen, Sie jagen mit ihnen, Sie spielen Polo, Sie sind ihnen bei jedem Spiel gewachsen, Ihr Vierspänner gewinnt den Preis im Olympia. Ich habe sogar gehört, dass Sie so weit gehen, gegen die jungen Offiziere zu boxen. Und was ist das Resultat? Kein Mensch nimmt Sie ernst. Sie sind ein ›anständiger Kerl‹, ein ›ganz passabler Bursche für einen Deutschen‹, ein trinkfreudiger, nachtclubverrückter, flatterhafter, draufgängerischer Jüngling. Und die ganze Zeit über geht die Hälfte allen Unheils für England von diesem ruhigen Landhaus hier aus, und der sportliche Gutsherr ist der raffinierteste Geheimagent in Europa. Genial, mein lieber von Bork – genial!«

»Sie schmeicheln mir, Baron. Auch wenn ich gewiss behaupten darf, dass meine vier Jahre in diesem Land nicht unergiebig gewesen sind. Ich habe Ihnen nie mein kleines Lager gezeigt. Wenn wir einen Moment hineingehen wollen?«

Die Tür seines Arbeitszimmers öffnete sich direkt auf die Terrasse. Von Bork stieß sie auf, ging voran und betätigte den Schalter für das elektrische Licht. Dann schloss er die Tür hinter der massigen Gestalt, die ihm folgte, und zog sorgsam den schweren

fully adjusted the heavy curtain over the latticed window. Only when all these precautions had been taken and tested did he turn his sunburned aquiline face to his guest.

'Some of my papers have gone,' said he. 'When my wife and the household left yesterday for Flushing they took the less important with them. I must, of course, claim the protection of the embassy for the others.'

'Your name has already been filed as one of the personal suite. There will be no difficulties for you or your baggage. Of course, it is just possible that we may not have to go. England may leave France to her fate. We are sure that there is no binding treaty between them.'

'And Belgium?'

'Yes, and Belgium, too.'

Von Bork shook his head. 'I don't see how that could be. There is a definite treaty there. She could never recover from such a humiliation.'

'She would at least have peace for the moment.'

'But her honour?'

'Tut, my dear sir, we live in a utilitarian age. Honour is a mediaeval conception. Besides England is not ready. It is an inconceivable thing, but even our special war tax of fifty million, which one would think made our purpose as clear as if we had advertised it on the front page of the *Times,* has not roused these people from their slumbers. Here and there one hears a question. It is my business to find an answer. Here and there also there is an irritation. It is my business to soothe it. But I can assure you that so far as the essentials go—the storage of munitions, the preparation for submarine attack, the arrangements for making high explosives—nothing is prepared. How, then, can England come in, especially when we have stirred her up such a devil's brew of Irish civil war, window-breaking

Vorhang vor das vergitterte Fenster. Erst als all diese Vorkehrungen getroffen und geprüft waren, wandte er sein sonnengebräuntes Adlergesicht seinem Gast zu.

»Einige meiner Papiere sind bereits fort«, sagte er. »Als meine Frau und der Hausstand sich gestern nach Vlissingen aufmachten, nahmen sie die weniger wichtigen mit. Für alle anderen muss ich freilich den Schutz der Botschaft in Anspruch nehmen.«

»Ihr Name steht schon in den Akten als Teil des persönlichen Gefolges. Es wird keinerlei Schwierigkeiten geben, weder für Sie noch für Ihr Gepäck. Natürlich ist es ebenso gut denkbar, dass wir nicht gehen müssen. England könnte Frankreich auch seinem Schicksal überlassen. Wir sind sicher, dass es zwischen ihnen kein bindendes Abkommen gibt.«

»Und Belgien?«

»Belgien ebenso.«

Von Bork schüttelte den Kopf. »Ich wüsste nicht, wie das zugehen sollte. Mit Belgien gibt es einen klaren Vertrag. Die Briten könnten solch eine Demütigung niemals verwinden.«

»Dafür hätten sie wenigstens für den Augenblick Frieden.«

»Aber ihre Ehre?«

»Na, na, Verehrtester, wir leben in utilitaristischen Zeiten. Ehre ist eine Idee aus dem Mittelalter. Außerdem ist England nicht vorbereitet. Es ist unbegreiflich, aber nicht einmal unsere Sonderkriegssteuer von fünfzig Millionen, die, sollte man meinen, unsere Absichten derart klargemacht hat, als hätten wir sie auf der Titelseite der *Times* annonciert, hat diese Leute aus ihrem Schlummer gerissen. Hier und da wird gefragt. Meine Aufgabe ist es, Antwort zu geben. Hier und da zeigt man sich auch irritiert. Meine Aufgabe ist, zu beschwichtigen. Aber ich kann Ihnen versichern: Was das Wesentliche anbelangt – den Vorrat an Munition, die Vorbereitung eines U-Boot-Angriffs, die Fertigung hochexplosiver Sprengstoffe – ist nichts vorbereitet. Wie also sollten die Engländer sich ins Spiel bringen, zumal wir ihnen solch ein Teufelsgebräu angerührt haben aus irischem Bürger-

Furies, and God knows what to keep her thoughts at home?'

'She must think of her future.'

'Ah, that is another matter. I fancy that in the future we have our own very definite plans about England, and that your information will be very vital to us. It is to-day or to-morrow with Mr. John Bull. If he prefers to-day we are perfectly ready. If it is to-morrow we shall be more ready still. I should think they would be wiser to fight with allies than without them, but that is their own affair. This week is their week of destiny. But you were speaking of your papers.' He sat in the armchair with the light shining upon his broad bald head, while he puffed sedately at his cigar.

The large oak-panelled, book-lined room had a curtain hung in the further corner. When this was drawn it disclosed a large, brass-bound safe. Von Bork detached a small key from his watch-chain, and after some considerable manipulation of the lock he swung open the heavy door.

'Look!' said he, standing clear, with a wave of his hand.

The light shone vividly into the opened safe, and the secretary of the embassy gazed with an absorbed interest at the rows of stuffed pigeon-holes with which it was furnished. Each pigeon-hole had its label, and his eyes as he glanced along them read a long series of such titles as 'Fords,' 'Harbour-defences,' 'Aeroplanes,' 'Ireland,' 'Egypt,' 'Portsmouth forts,' 'The Channel,' 'Rosyth,' and a score of others. Each compartment was bristling with papers and plans.

'Colossal!' said the secretary. Putting down his cigar he softly clapped his fat hands.

'And all in four years, Baron. Not such a bad show for the hard-drinking, hard-riding country squire. But the gem

krieg, fensterzerschlagenden Furien und weiß Gott was sie sonst noch mit den Gedanken daheim hält?«

»England muss an seine Zukunft denken.«

»Ah, das ist ein anderes Thema. Ich glaube, dass wir zukünftig unsere ganz eigenen konkreten Pläne mit dem Briten haben und dass Ihre Informationen für uns dabei mehr als entscheidend sein werden. Für Mr John Bull heißt es heute oder morgen. Falls ihm heute lieber ist, sind wir bestens gewappnet. Falls morgen, so werden wir noch besser gerüstet sein. Ich würde meinen, sie wären klüger beraten, mit Alliierten statt ohne zu kämpfen, aber das ist ihre Sache. Diese Woche ist ihre Schicksalswoche. Doch Sie sprachen gerade von Ihren Papieren.« Er setzte sich in einen Sessel, und das Licht glänzte auf seinem breiten, kahlen Schädel, während er gelassen seine Zigarre paffte.

In der gegenüberliegenden Ecke des geräumigen eichegetäfelten, von Büchern gesäumten Zimmers hing ein Vorhang. Als er beiseitegezogen war, zeigte sich ein großer, messingbeschlagener Safe. Von Bork löste einen kleinen Schlüssel von seiner Uhrkette, und nach aufwendigem Hantieren am Schloss ließ er die massive Tür aufschwingen.

»Schauen Sie!«, sagte er und trat mit einladender Geste etwas zurück.

Das Licht schien hell in den geöffneten Safe, und der Botschaftsrat starrte gebannt auf die Reihen prallvoller Fächer, mit denen das Innere ausgestattet war. Jedes Fach trug ein eigenes Etikett, und als er sie mit schnellem Blick überflog, las er eine lange Serie von Titeln wie »Furten«, »Hafenverteidigung«, »Flugzeuge«, »Irland«, »Ägypten«, »Festungen Portsmouth«, »Ärmelkanal«, »Rosyth« und vielen anderen mehr. Jedes Abteil strotzte nur so von Papieren und Plänen.

»Kolossal!«, rief der Botschaftsrat. Er legte seine Zigarre ab und applaudierte sacht mit seinen fleischigen Händen.

»Und all das in nur vier Jahren, Baron. Keine schlechte Ausbeute für einen trinkfreudigen, pferdeversessenen Landjunker.

of my collection is coming and there is the setting all ready for it.' He pointed to a space over which 'Naval Signals' was printed.

'But you have a good dossier there already.'

'Out of date and waste paper. The Admiralty in some way got the alarm and every code has been changed. It was a blow, Baron–the worst setback in my whole campaign. But thanks to my check-book and the good Altamont all will be well to-night.'

The Baron looked at his watch and gave a guttural exclamation of disappointment.

'Well, I really can wait no longer. You can imagine that things are moving at present in Carlton Terrace and that we have all to be at our posts. I had hoped to be able to bring news of your great coup. Did Altamont name no hour?'

Von Bork pushed over a telegram.

Will come without fail to-night and bring new sparking plugs. ALTAMONT.

'Sparking plugs, eh?'

'You see he poses as a motor expert and I keep a full garage. In our code everything likely to come up is named after some spare part. If he talks of a radiator it is a battleship, of an oil pump a cruiser, and so on. Sparking plugs are naval signals.'

'From Portsmouth at midday,' said the secretary, examining the superscription. 'By the way, what do you give him?'

'Five hundred pounds for this particular job. Of course he has a salary as well.'

'The greedy rogue. They are useful, these traitors, but I grudge them their blood money.'

Doch das Juwel meiner Kollektion kommt erst noch, und die Fassung dafür ist schon vorbereitet.« Er deutete auf eine Lücke, über der die Aufschrift »Flottensignale« prangte.

»Sie haben doch bereits ein ansehnliches Dossier dazu.«

»Vollkommen überholt, Makulatur. Irgendetwas hat die Admiralität aufgeschreckt, sämtliche Codes sind geändert worden. Das war ein Tiefschlag, Baron – die ärgste Schlappe meines gesamten Feldzugs. Aber dank meines Scheckbuchs und des tüchtigen Altamont kommt heute Abend alles ins Lot.«

Der Baron schaute auf seine Uhr und gab einen kehligen Laut der Enttäuschung von sich.

»Tja, ich kann wirklich nicht länger warten. Sie können sich vorstellen, dass sich in Carlton Terrace derzeit einiges tut und wir alle auf unseren Posten sein müssen. Ich hatte gehofft, Nachrichten von Ihrem großen Coup mitbringen zu können. Hat Altamont keine Uhrzeit genannt?«

Von Bork schob ihm ein Telegramm zu.

Komme ganz bestimmt heute Abend und bringe neue Zündkerzen. ALTAMONT.

»Zündkerzen, hm?«

»Wissen Sie, er figuriert als Motorenexperte und ich habe eine volle Garage. In unserem Code trägt alles, was womöglich spruchreif wird, den Namen eines Ersatzteils. Sagt er Kühler, meint er Schlachtschiff, bei einer Ölpumpe einen Kreuzer und so fort. Zündkerzen sind Flottensignale.«

»Mittags in Portsmouth aufgegeben«, sagte der Botschaftsrat, indem er die Aufschrift untersuchte. »Nebenbei, was zahlen Sie ihm?«

»Fünfhundert Pfund für diese spezielle Sache. Natürlich bezieht er außerdem ein Gehalt.«

»Der gierige Schuft. Nützlich sind sie, diese Verräter, aber ich verüble ihnen ihr Blutgeld.«

'I grudge Altamont nothing. He is a wonderful worker. If I pay him well, at least he delivers the goods, to use his own phrase. Besides he is not a traitor. I assure you that our most pan-Germanic Junker is a sucking dove in his feelings towards England as compared with a real bitter Irish-American.'

'Oh, an Irish-American?'

'If you heard him talk you would not doubt it. Sometimes I assure you I can hardly understand him. He seems to have declared war on the King's English as well as on the English king. Must you really go? He may be here any moment.'

'No. I'm sorry, but I have already overstayed my time. We shall expect you early to-morrow, and when you get that signal book through the little door on the Duke of York's steps you can put a triumphant Finis to your record in England. What! Tokay!' He indicated a heavily sealed dust-covered bottle which stood with two high glasses upon a salver.

'May I offer you a glass before your journey?'

'No, thanks. But it looks like revelry.'

'Altamont has a nice taste in wines, and he took a fancy to my Tokay. He is a touchy fellow and needs humouring in small things. I have to study him, I assure you.' They had strolled out on to the terrace again, and along it to the further end where at a touch from the Baron's chauffeur the great car shivered and chuckled. 'Those are the lights of Harwich, I suppose,' said the secretary, pulling on his dust coat. 'How still and peaceful it all seems. There may be other lights within the week, and the English coast a less tranquil place! The heavens, too, may not be quite so peaceful if all that the good Zeppelin promises us comes true. By the way, who is that?'

»Ich verüble Altamont gar nichts. Er leistet hervorragende Arbeit. Bezahle ich ihn gut, wird er den Stoff wenigstens liefern, um es mit seinen Worten zu sagen. Im Übrigen ist er kein Verräter. Ich versichere Ihnen, unser pangermanischster Junker ist, was seine Gefühle gegenüber England betrifft, frommer als lammfromm verglichen mit einem wirklich verbitterten Irisch-Amerikaner.«

»Oh, ein Irisch-Amerikaner?«

»Würden Sie ihn sprechen hören, Sie würden nicht daran zweifeln. Glauben Sie's, manchmal verstehe ich ihn kaum. Er scheint dem Englischen des Königs ebenso den Krieg erklärt zu haben wie dem englischen König. Müssen Sie tatsächlich gehen? Er dürfte jeden Moment hier sein.«

»Ja. Bedaure, aber ich bin jetzt schon spät dran. Wir erwarten Sie morgen früh, und wenn Sie dann dieses Signalbuch durch die kleine Tür bei der Duke-of-York-Treppe getragen haben, können Sie ein triumphales *Finis* unter Ihr Werk in England setzen. Was! Tokaier!« Er wies auf eine dick versiegelte, staubbedeckte Flasche, die mit zwei hohen Gläsern auf einem Tablett stand.

»Darf ich Ihnen ein Glas anbieten, bevor Sie gehen?«

»Nein, danke. Aber das sieht nach einem Gelage aus.«

»Altamont hat ein Näschen für Wein und Gefallen an meinem Tokaier gefunden. Er ist ein empfindlicher Bursche und will mit Kleinigkeiten bei Laune gehalten werden. Ich muss ihn umgarnen, glauben Sie mir.« Sie waren wieder hinaus auf die Terrasse geschlendert bis zu deren entferntem Ende, wo unter der Hand des Chauffeurs der große Wagen des Barons bebte und tuckerte. »Das dort sind die Lichter von Harwich, nehme ich an«, sagte der Botschaftsrat und zog sich seinen Staubmantel über. »Wie still und friedvoll alles scheint. Binnen einer Woche könnte hier andere Lichter leuchten und die englische Küste weniger ruhig sein! Auch der Himmel dürfte nicht mehr ganz so friedvoll sein, sollte sich all das bewahrheiten, was der gute Zeppelin verspricht. Übrigens, wer ist das da?«

Only one window showed a light behind them; in it there stood a lamp, and beside it, seated at a table, was a dear old ruddy-faced woman in a country cap. She was bending over her knitting and stopping occasionally to stroke a large black cat upon a stool beside her.

'That is Martha, the only servant I have left.'

The secretary chuckled.

'She might almost personify Britannia,' said he, 'with her complete self-absorption and general air of comfortable somnolence. Well, *au revoir*, Von Bork!' With a final wave of his hand he sprang into the car, and a moment later the two golden cones from the headlights shot forward through the darkness. The secretary lay back in the cushions of the luxurious limousine, with his thoughts so full of the impending European tragedy that he hardly observed that as his car swung round the village street it nearly passed over a little Ford coming in the opposite direction.

Von Bork walked slowly back to the study when the last gleams of the motor lamps had faded into the distance. As he passed he observed that his old housekeeper had put out her lamp and retired. It was a new experience to him, the silence and darkness of his widespread house, for his family and household had been a large one. It was a relief to him, however, to think that they were all in safety and that, but for that one old woman who had lingered in the kitchen, he had the whole place to himself. There was a good deal of tidying up to do inside his study and he set himself to do it until his keen, handsome face was flushed with the heat of the burning papers. A leather valise stood beside his table, and into this he began to pack very neatly and systematically the precious contents of his safe. He had hardly got

Nur in einem der Fenster hinter ihnen brannte Licht; eine Lampe stand auf dem Fensterbrett, und an einem Tisch daneben saß eine alte, liebenswert rotbackige Frau mit einer bäurischen Haube. Sie war über ihr Strickzeug gebeugt und hielt dann und wann inne, um eine große, schwarze Katze zu streicheln, die neben ihr auf einem Schemel hockte.

»Das ist Martha, meine einzig verbliebene Hausangestellte.«

Der Botschaftsrat kicherte.

»Sie könnte fast die Britannia verkörpern«, sagte er, »mit ihrer völligen Selbstvergessenheit und ihrer Aura behaglicher Schläfrigkeit. Nun denn, *au revoir*, von Bork!« Mit einem letzten Wink seiner Hand sprang er in den Wagen, und kurz darauf schossen die beiden goldenen Lichtkegel der Scheinwerfer durch die Dunkelheit davon. Der Botschaftsrat ließ sich in die Polster seiner Luxuslimousine zurücksinken und hatte den Kopf so voll von der bevorstehenden europäischen Tragödie, dass er kaum bemerkte, wie sein Wagen beim Durchkurven der Dorfstraße fast einen kleinen Ford gerammt hätte, der ihnen entgegenkam.

Als der letzte Schimmer der Autolichter in der Ferne verblasst war, ging von Bork gemächlich zurück in sein Arbeitszimmer. Im Vorbeigehen sah er, dass seine alte Haushälterin ihre Lampe gelöscht und sich zur Ruhe begeben hatte. Es war eine neue Erfahrung für ihn, diese Stille und Dunkelheit in seinem weitläufigen Haus, denn die Mitglieder seiner Familie und Dienerschaft waren zahlreich gewesen. Es erleichterte ihn jedoch, daran zu denken, dass sie alle in Sicherheit waren und dass er, abgesehen von dieser alten Frau, die noch für die Küche geblieben war, das Haus komplett für sich allein hatte. Es gab in seinem Arbeitszimmer eine ganze Menge in Ordnung zu bringen, und so machte er sich daran, bis sein markantes, ebenmäßiges Gesicht von der Hitze des brennenden Papiers ganz gerötet war. Eine lederne Reisetasche stand neben seinem Tisch, in die er nun sehr sorgsam und systematisch den kostbaren Inhalt seines Safes zu

started with the work, however, when his quick ears caught the sound of a distant car. Instantly he gave an exclamation of satisfaction, strapped up the valise, shut the safe, locked it, and hurried out on to the terrace. He was just in time to see the lights of a small car come to a halt at the gate. A passenger sprang out of it and advanced swiftly towards him, while the chauffeur, a heavily built, elderly man with a gray moustache, settled down like one who resigns himself to a long vigil.

'Well?' asked Von Bork eagerly, running forward to meet his visitor.

For answer the man waved a small brown-paper parcel triumphantly above his head.

'You can give me the glad hand to-night, mister,' he cried. 'I'm bringing home the bacon at last.'

'The signals?'

'Same as I said in my cable. Every last one of them, semaphore, lamp code, Marconi–a copy, mind you, not the original. That was too dangerous. But it's the real goods, and you can lay to that.' He slapped the German upon the shoulder with a rough familiarity from which the other winced.

'Come in,' he said. 'I'm all alone in the house. I was only waiting for this. Of course a copy is better than the original. If an original were missing they would change the whole thing. You think it's all safe about the copy?'

The Irish-American had entered the study and stretched his long limbs from the armchair. He was a tall, gaunt man of sixty, with clear-cut features and a small goatee beard which gave him a general resemblance to the caricatures of Uncle Sam. A half-smoked, sodden cigar hung from the corner of his mouth, and as he sat

packen begann. Er hatte allerdings kaum damit angefangen, da nahm sein feines Gehör das ferne Geräusch eines Wagens wahr. Sofort schrie er befriedigt auf, schnallte die Reisetasche zu, schloss den Safe, verriegelte ihn und eilte hinaus auf die Terrasse. Er kam gerade rechtzeitig, um die Lichter eines kleinen Wagens vor dem Tor zum Stillstand kommen zu sehen. Ein Insasse sprang heraus und hastete rasch auf ihn zu, während der Fahrer, ein kräftig gebauter, älterer Mann mit grauem Schnauzbart, es sich gemütlich machte wie jemand, der sich auf eine lange Nachtwache einrichtet.

»Und?«, rief von Bork eifrig, indem er seinem Besucher entgegenlief.

Als Antwort schwenkte der Mann triumphierend ein in Packpapier gewickeltes Päckchen über dem Kopf.

»Heute Abend können Sie mich umarmen, Mister«, schrie er. »Diesmal gibt's endlich die Butter aufs Brot.«

»Die Signale?«

»Wie's in meinem Telegramm steht. Die ganze Chose, Flaggenzeichen, Lichtsignale, Funkschlüssel – 'ne Kopie wohlgemerkt, kein Original. Das war zu gefährlich. Aber alles der echte Stoff, verlassen Sie sich drauf.« Er schlug dem Deutschen mit derart herber Vertraulichkeit auf die Schulter, dass dieser zusammenzuckte.

»Herein mit Ihnen«, sagte von Bork. »Ich bin ganz allein im Haus. Ich habe nur noch auf das hier gewartet. Natürlich ist eine Kopie besser als das Original. Würde ein Original fehlen, sie würden sofort alles ändern. Glauben Sie, die Kopie ist zuverlässig?«

Der Irisch-Amerikaner war ins Arbeitszimmer getreten und streckte nun seine langen Glieder aus dem Sessel. Er war ein großer, hagerer Mann um die sechzig, mit scharf geschnittenen Zügen und einem Ziegenbärtchen, das ihm eine gewisse Ähnlichkeit mit den Karikaturen von Uncle Sam verlieh. Eine halbgerauchte, aufgeweichte Zigarre hing in seinem Mundwinkel, und

down he struck a match and relit it. 'Making ready for a move?' he remarked as he looked round him. 'Say, mister,' he added, as his eyes fell upon the safe from which the curtain was now removed, 'you don't tell me you keep your papers in that?'

'Why not?'

'Gosh, in a wide-open contraption like that! And they reckon you to be some spy. Why, a Yankee crook would be into that with a can-opener. If I'd known that any letter of mine was goin' to lie loose in a thing like that I'd have been a mug to write to you at all.'

'It would puzzle any crook to force that safe,' Von Bork answered. 'You won't cut that metal with any tool.'

'But the lock?'

'No, it's a double combination lock. You know what that is?'

'Search me,' said the American.

'Well, you need a word as well as a set of figures before you can get the lock to work.' He rose and showed a double-radiating disc round the keyhole. 'This outer one is for the letters, the inner one for the figures.'

'Well, well, that's fine.'

'So it's not quite as simple as you thought. It was four years ago that I had it made, and what do you think I chose for the word and figures?'

'It's beyond me.'

'Well, I chose August for the word, and 1914 for the figures, and here we are.'

The American's face showed his surprise and admiration.

'My, but that was smart! You had it down to a fine thing.'

im Hinsetzen riss er ein Streichholz an und entzündete sie aufs Neue. »Steht wohl ein Umzug ins Haus?«, bemerkte er, wobei er sich umsah. »Sagen Sie, Mister«, fügte er hinzu, als sein Blick auf den Safe fiel, der vom Vorhang nicht mehr verdeckt wurde, »Sie wollen mir doch wohl nicht erzählen, dass Sie da drin Ihre Papiere aufbewahren?«

»Warum nicht?«

»Mann, in dem Scheunentor von Apparillo! Und die denken, Sie wär'n so 'ne Art Spion. Herrje, den knackt Ihnen ein Yankee-Gauner doch mit 'nem Büchsenöffner. Wenn ich gewusst hätte, dass irgendwelche Post von mir in so 'nem Ding rumliegt, wär ich ja 'n Trottel gewesen, Ihnen überhaupt zu schreiben.«

»Diesen Safe aufzubrechen würde jedem Gauner Kopfschmerzen machen«, erwiderte von Bork. »Kein Werkzeug schafft es durch dieses Metall.«

»Und das Schloss?«

»Ist ein doppeltes Kombinationsschloss. Wissen Sie, was das ist?«

»Keinen Schimmer«, sagte der Amerikaner.

»Nun, Sie brauchen sowohl ein Wort als auch eine Ziffernfolge, bevor Sie das Schloss öffnen können.« Er stand auf und deutete auf zwei drehbare Scheiben um das Schlüsselloch. »Die äußere ist für die Buchstaben, die innere für die Ziffern.«

»Schon gut, alles klar.«

»Das Ganze ist also nicht ganz so simpel, wie Sie dachten. Ich ließ es mir vor vier Jahren einbauen, und was glauben Sie, für welches Wort und welche Ziffern ich mich entschied?«

»Keine Ahnung.«

»Nun, das Wort war August und die Ziffern 1914, und da wären wir.«

Das Gesicht des Amerikaners verriet Erstaunen und Bewunderung.

»Hei, ganz schön clever! Sie haben's voll getroffen.«

'Yes, a few of us even then could have guessed the date. Here it is, and I'm shutting down to-morrow morning.'

'Well, I guess you'll have to fix me up also. I'm not staying in this goldarned country all on my lonesome. In a week or less, from what I see, John Bull will be on his hind legs and fair ramping. I'd rather watch him from over the water.'

'But you're an American citizen?'

'Well, so was Jack James an American citizen, but he's doing time in Portland all the same. It cuts no ice with a British copper to tell him you're an American citizen. "It's British law and order over here," says he. By the way, mister, talking of Jack James, it seems to me you don't do much to cover your men.'

'What do you mean?' Von Bork asked sharply.

'Well, you are their employer, ain't you? It's up to you to see that they don't fall down. But they do fall down, and when did you ever pick them up? There's James–'

'It was James's own fault. You know that yourself. He was too self-willed for the job.'

'James was a bonehead–I give you that. Then there was Hollis.'

'The man was mad.'

'Well, he went a bit woozy towards the end. It's enough to make a man bughouse when he has to play a part from morning to night with a hundred guys all ready to set the coppers wise to him. But now there is Steiner—'

Von Bork started violently, and his ruddy face turned a shade paler.

'What about Steiner?'

'Well, they've got him, that's all. They raided his store last night, and he and his papers are all in Portsmouth jail.

»Ja, ein paar von uns konnten schon damals das Datum voraussehen. Jetzt ist es da, und morgen früh breche ich die Zelte ab.«

»Tja, ich schätze, Sie werden mich mitnehmen müssen. Ich hocke nicht mutterseelenallein in diesem gottverdammten Land. In 'ner Woche oder weniger, wie ich das sehe, steht John Bull auf den Hinterbeinen und schlägt ordentlich aus. Das seh ich mir lieber vom andern Ufer aus an.«

»Aber Sie sind amerikanischer Staatsbürger!«

»Ach, Jack James war auch amerikanischer Staatsbürger, und trotzdem sitzt er in Portland im Bau. Das zieht nicht bei 'nem englischen Bullen, wenn du ihm erzählst, dass du amerikanischer Staatsbürger bist. ›Hier gilt britisches Recht und Gesetz‹, sagt der dann. Übrigens, Mister, wo wir grad bei Jack James sind, mir scheint, Sie tun nicht gerade viel, um Ihre Leute zu decken.«

»Was soll das heißen?«, fragte von Bork scharf.

»Na ja, Sie sind ihr Arbeitgeber, oder? Sie sollten sich drum kümmern, dass die nicht auf die Nase fallen. Aber die fallen auf die Nase, und wann haben Sie denen je wieder aufgeholfen? Bei James –«

»Es war James' eigene Schuld. Das wissen Sie doch selbst. Er war zu eigensinnig für den Job.«

»James war ein Hohlkopf – geschenkt. Dann gab's da noch Hollis.«

»Der Mann war verrückt.«

»Na ja, gegen Ende war er 'n bisschen wirr im Hirn. Klar, dass einer undicht wird, wenn er von früh bis spät 'ne Rolle spielen muss und hundert Typen nur darauf warten, ihn bei den Bullen anzuschwärzen. Aber jetzt auch noch Steiner …«

Von Bork schrak heftig zusammen, sein rotes Gesicht wurde einen Hauch blasser.

»Was ist mit Steiner?«

»Na, sie haben ihn drangekriegt, das ist alles. Gestern Nacht krempeln sie ihm den Laden um, und nu hockt er mit seinen Pa-

You'll go off and he, poor devil, will have to stand the racket, and lucky if he gets off with his life. That's why I want to get over the water as soon as you do.'

Von Bork was a strong, self-contained man, but it was easy to see that the news had shaken him.

'How could they have got on to Steiner?' he muttered. 'That's the worst blow yet.'

'Well, you nearly had a worse one, for I believe they are not far off me.'

'You don't mean that!'

'Sure thing. My landlady down Fratton way had some inquiries, and when I heard of it I guessed it was time for me to hustle. But what I want to know, mister, is how the coppers know these things? Steiner is the fifth man you've lost since I signed on with you, and I know the name of the sixth if I don't get a move on. How do you explain it, and ain't you ashamed to see your men go down like this?'

Von Bork flushed crimson.

'How dare you speak in such a way!'

'If I didn't dare things, mister, I wouldn't be in your service. But I'll tell you straight what is in my mind. I've heard that with you German politicians when an agent has done his work you are not sorry to see him put away.'

Von Bork sprang to his feet.

'Do you dare to suggest that I have given away my own agents!'

'I don't stand for that, mister, but there's a stool pigeon or a cross somewhere, and it's up to you to find out where it is. Anyhow I am taking no more chances. It's me for little Holland, and the sooner the better.'

Von Bork had mastered his anger.

pieren in Portsmouth im Knast. Sie machen sich dünne, und der arme Teufel muss alles ausbaden und hat noch Glück, wenn er mit dem Leben davonkommt. Ebendrum will ich auch übers Wasser, genauso schnell wie Sie.«

Von Bork war ein kräftiger, selbstbeherrschter Mann, doch es war leicht zu sehen, dass die Nachricht ihn erschüttert hatte.

»Wie sind die bloß auf Steiner gekommen?«, murmelte er. »Das ist der heftigste Schlag bisher.«

»Tja, fast wär's für Sie noch heftiger geworden, ich glaube nämlich, die sind auch dicht an mir dran.«

»Das ist nicht Ihr Ernst!«

»Aber sicher. Die haben meine Hauswirtin unten in Fratton ausgequetscht, und als ich das hörte, dachte ich, es wird Zeit zu verduften. Aber, Mister, was ich gern wüsste, ist, wieso die Bullen das alles wissen? Steiner ist der Fünfte, der Ihnen verschüttging, seit ich bei Ihnen angeheuert hab, und ich weiß auch schon, wie der Sechste heißt, wenn ich mich nicht vom Acker mache. Wie erklären Sie sich das, und schämen Sie sich nicht, Ihre Männer so in den Bau wandern zu sehen?«

Von Bork lief puterrot an.

»Wie können Sie es wagen, so mit mir zu sprechen!«

»Wenn ich nichts wagen würde, Mister, würde ich nicht für Sie arbeiten. Aber ich sag's Ihnen ehrlich, was mir durch den Kopf geht. Ich hab gehört, mit euch deutschen Politikern steht's so, dass ihr nicht traurig drum seid, wenn ein Agent nach getaner Arbeit weggesperrt wird.«

Von Bork sprang auf.

»Sie wagen es anzudeuten, ich hätte meine eigenen Agenten verraten!«

»Das nu nicht grade, Mister, aber irgendwo gibt's 'nen Spitzel oder 'nen Quertreiber, und es ist Ihr Bier rauszufinden, wo. Ich jedenfalls lass es nicht mehr drauf ankommen. Für mich geht's ab ins kleine Holland, je eher, desto besser.«

Von Bork hatte seinen Ärger bezwungen.

'We have been allies too long to quarrel now at the very hour of victory,' he said. 'You've done splendid work and taken risks and I can't forget it. By all means go to Holland, and you can get a boat from Rotterdam to New York. No other line will be safe a week from now. I'll take that book and pack it with the rest.'

The American held the small parcel in his hand, but made no motion to give it up.

'What about the dough?' he asked.

'The what?'

'The boodle. The reward. The £500. The gunner turned damned nasty at the last, and I had to square him with an extra hundred dollars or it would have been nitsky for you and me. "Nothin' doin'!" says he, and he meant it, too, but the last hundred did it. It's cost me two hundred pound from first to last, so it isn't likely I'd give it up without gettin' my wad.'

Von Bork smiled with some bitterness. 'You don't seem to have a very high opinion of my honour,' said he, 'you want the money before you give up the book.'

'Well, mister, it is a business proposition.'

'All right. Have your way.' He sat down at the table and scribbled a check, which he tore from the book, but he refrained from handing it to his companion. 'After all, since we are to be on such terms, Mr. Altamont,' said he, 'I don't see why I should trust you any more than you trust me. Do you understand?' he added, looking back over his shoulder at the American. 'There's the check upon the table. I claim the right to examine that parcel before you pick the money up.'

The American passed it over without a word. Von Bork undid a winding of string and two wrappers of paper. Then he sat gazing for a moment in silent amazement at

»Wir sind zu lange Verbündete, um jetzt in der Stunde des Sieges zu streiten«, sagte er. »Sie haben prächtige Arbeit geleistet und viel riskiert, und ich werde das nicht vergessen. Gehen Sie unbedingt nach Holland, und in Rotterdam können Sie ein Schiff nach New York nehmen. Keine andere Linie wird in einer Woche noch sicher sein. Ich nehme das Buch da und packe es zu den anderen.«

Der Amerikaner hielt das kleine Paket in der Hand, machte jedoch keine Anstalten, es herzugeben.

»Wie steht's mit den Penunsen?«, fragte er.

»Den was?«

»Der Kohle. Dem Honorar. Den 500 Pfund. Der Kanonier wurde zum Schluss verdammt ungemütlich, und ich musste ihn mit hundert Extra-Talern schmieren, sonst wär's Essig gewesen für Sie und mich. ›Nix zu machen‹, sagt er, und das meinte er auch so, aber der letzte Hunderter hat's gebracht. Von vorn bis hinten hat die Sache mich zweihundert Pfund gekostet, da werd ich's doch wohl nicht rausrücken, ohne meine Moppen zu kriegen.«

Von Bork lächelte mit einiger Bitterkeit. »Sie scheinen keine allzu hohe Meinung von meinem Ehrgefühl zu haben«, sagte er, »da Sie das Geld wollen, bevor Sie das Buch herausgeben.«

»Tja, Mister, Geschäft ist nun mal Geschäft.«

»In Ordnung. Wie Sie wollen.« Er setzte sich an den Tisch, bekritzelte einen Scheck und riss ihn aus dem Heft, unterließ es dann aber, ihn seinem Kompagnon auszuhändigen. »Da es nun schon so steht zwischen uns, Mr Altamont«, sagte er, »eigentlich sehe ich nicht ein, weshalb ich Ihnen auch nur einen Deut mehr vertrauen sollte als Sie mir. Sie verstehen?«, fügte er hinzu und schaute den Amerikaner über die Schulter hinweg an. »Hier auf dem Tisch liegt der Scheck. Ich fordere das Recht, dieses Paket zu prüfen, bevor Sie das Geld nehmen.«

Der Amerikaner reichte ihm wortlos das Paket. Von Bork wickelte die Schnur ab und entfernte zwei Lagen Papier. Dann saß er da und betrachtete einen Moment lang entgeistert das kleine

a small blue book which lay before him. Across the cover was printed in golden letters *Practical Handbook of Bee Culture.* Only for one instant did the master spy glare at this strangely irrelevant inscription. The next he was gripped at the back of his neck by a grasp of iron, and a chloroformed sponge was held in front of his writhing face.

'Another glass, Watson!' said Mr. Sherlock Holmes, as he extended the bottle of Imperial Tokay.

The thickset chauffeur, who had seated himself by the table, pushed forward his glass with some eagerness.

'It is a good wine, Holmes.'

'A remarkable wine, Watson. Our friend upon the sofa has assured me that it is from Franz Joseph's special cellar at the Schoenbrunn Palace. Might I trouble you to open the window, for chloroform vapour does not help the palate.'

The safe was ajar, and Holmes standing in front of it was removing dossier after dossier, swiftly examining each, and then packing it neatly in Von Bork's valise. The German lay upon the sofa sleeping stertorously with a strap round his upper arms and another round his legs.

'We need not hurry ourselves, Watson. We are safe from interruption. Would you mind touching the bell? There is no one in the house except old Martha, who has played her part to admiration. I got her the situation here when first I took the matter up. Ah, Martha, you will be glad to hear that all is well.'

The pleasant old lady had appeared in the doorway. She curtseyed with a smile to Mr. Holmes, but glanced with some apprehension at the figure upon the sofa.

'It is all right, Martha. He has not been hurt at all.'

blaue Buch, das vor ihm lag. Auf dem Umschlag stand in goldenen Lettern *Praktisches Handbuch der Bienenzucht*. Nur für einen Augenblick starrte der Meisterspion auf diesen seltsam belanglosen Titel. Im nächsten packte ihn jemand mit eisernem Griff beim Nacken und drückte ihm einen chloroformgetränkten Schwamm auf sein verzerrtes Gesicht.

»Noch ein Glas, Watson!«, sagte Mr Sherlock Holmes und streckte ihm die Flasche Tokaier Imperial entgegen.

Der stämmige Fahrer hatte sich an den Tisch gesetzt und schob sein Glas fast schon begierig nach vorn.

»Ein guter Wein, Holmes.«

»Ein ausgezeichneter Wein, Watson. Unser Freund auf dem Sofa dort hat mir versichert, dass er aus Franz Josephs Privatkeller auf Schloss Schönbrunn kommt. Dürfte ich Sie bemühen, das Fenster zu öffnen, die Chloroformdämpfe sind dem Geschmackssinn nicht sonderlich zuträglich.«

Holmes stand vor dem halbgeöffneten Safe und nahm ein Dossier nach dem anderen heraus, prüfte es kurz und verstaute es dann fein säuberlich in von Borks Reisetasche. Der Deutsche lag schnarchend auf dem Sofa, mit einem Riemen um die Oberarme und einem weiteren um die Beine.

»Wir brauchen uns nicht zu hetzen, Watson. Kein Mensch wird uns stören. Wären Sie so gut, auf die Klingel zu drücken? Im Haus ist niemand außer der alten Martha, die ihre Rolle bravourös gespielt hat. Ich verschaffte ihr den Posten hier, als ich mich der Sache annahm. Ah, Martha, es freut Sie sicher zu hören, dass alles im Lot ist.«

Die liebenswerte alte Lady stand nun in der Türöffnung. Sie knickste lächelnd vor Mr Holmes, linste aber ein wenig besorgt zu der Gestalt auf dem Sofa hinüber.

»Alles in Ordnung, Martha. Er hat nicht einen Kratzer abbekommen.«

'I am glad of that, Mr. Holmes. According to his lights he has been a kind master. He wanted me to go with his wife to Germany yesterday, but that would hardly have suited your plans, would it, sir?'

'No, indeed, Martha. So long as you were here I was easy in my mind. We waited some time for your signal to-night.'

'It was the secretary, sir.'

'I know. His car passed ours.'

'I thought he would never go. I knew that it would not suit your plans, sir, to find him here.'

'No, indeed. Well, it only meant that we waited half an hour or so until I saw your lamp go out and knew that the coast was clear. You can report to me to-morrow in London, Martha, at Claridge's Hotel.'

'Very good, sir.'

'I suppose you have everything ready to leave.'

'Yes, sir. He posted seven letters to-day. I have the addresses as usual.'

'Very good, Martha. I will look into them to-morrow. Good night. These papers,' he continued, as the old lady vanished, 'are not of very great importance, for, of course, the information which they represent has been sent off long ago to the German government. These are the originals which could not safely be got out of the country.'

'Then they are of no use.'

'I should not go so far as to say that, Watson. They will at least show our people what is known and what is not. I may say that a good many of these papers have come through me, and I need not add are thoroughly untrustworthy. It would brighten my declining years to see a German cruiser navigating the Solent according to the mine-field plans which I have furnished. But you, Watson,' he stopped his work and took his old friend by the

»Da bin ich froh, Mr Holmes. Für einen wie ihn ist er als Herr recht gutherzig gewesen. Gestern wollte er, dass ich mit seiner Frau nach Deutschland gehe, aber das hätte wohl kaum zu Ihren Plänen gepasst, nicht wahr, Sir?«

»Allerdings nicht, Martha. Solange Sie hier waren, hatte ich keine Sorge. Wir warteten heute Abend einige Zeit auf Ihr Signal.«

»Das lag am Botschaftsrat, Sir.«

»Ich weiß. Sein Wagen kam unserem entgegen.«

»Ich dachte schon, er bleibt ewig. Mir war klar, das passt nicht zu Ihren Plänen, Sir, sollten Sie ihn hier treffen.«

»Nein, in der Tat. Nun, es bedeutete nur, dass wir gut eine halbe Stunde warten mussten, bis ich Ihre Lampe ausgehen sah und wusste, die Luft ist rein. Sie können mir morgen in London berichten, Martha, im Claridge's Hotel.«

»Sehr wohl, Sir.«

»Ich nehme an, bei Ihnen ist alles zur Abfahrt bereit.«

»Ja, Sir. Er hat heute sieben Briefe aufgegeben. Ich habe die Adressen, wie üblich.«

»Sehr gut, Martha. Ich werde sie mir morgen ansehen. Gute Nacht. Diese Papiere«, fuhr er fort, als die alte Lady gegangen war, »sind nicht von großem Belang, denn natürlich haben die Informationen, die sie enthalten, die deutsche Regierung längst erreicht. Das hier sind die Originale, die außer Landes zu schaffen zu unsicher war.«

»Dann sind sie also wertlos.«

»So weit würde ich nicht gehen, Watson. Zumindest können unsere Leute daran ablesen, was die Deutschen wissen und was nicht. Ich darf verraten, dass ein Gutteil dieser Papiere durch mich hierherkam, und ich muss wohl nicht hinzufügen, dass der Inhalt alles andere als vertrauenswürdig ist. Es würde mir meinen Lebensabend versüßen zu sehen, wie ein deutscher Kreuzer nach den von mir gelieferten Minenkarten durch den Solent navigiert. Aber Sie, Watson«, er unterbrach seine Arbeit und fasste

shoulders, 'I've hardly seen you in the light yet. How have the years used you? You look the same blithe boy as ever.'

'I feel twenty years younger, Holmes. I have seldom felt so happy as when I got your wire asking me to meet you at Harwich with the car. But you, Holmes—you have changed very little—save for that horrible goatee.'

'These are the sacrifices one makes for one's country, Watson,' said Holmes, pulling at his little tuft. 'To-morrow it will be but a dreadful memory. With my hair cut and a few other superficial changes I shall no doubt reappear at Claridge's to-morrow as I was before this American stunt—I beg your pardon, Watson, my well of English seems to be permanently defiled—before this American job came my way.'

'But you had retired, Holmes. We heard of you as living the life of a hermit among your bees and your books in a small farm upon the South Downs.'

'Exactly, Watson. Here is the fruit of my leisured ease, the *magnum opus* of my latter years!' He picked up the volume from the table and read out the whole title, *Practical Handbook of Bee Culture, with some Observations upon the Segregation of the Queen.* 'Alone I did it. Behold the fruit of pensive nights and laborious days when I watched the little working gangs as once I watched the criminal world of London.'

'But how did you get to work again?'

'Ah, I have often marvelled at it myself. The Foreign Minister alone I could have withstood, but when the Premier also deigned to visit my humble roof—! The fact is, Watson, that this gentleman upon the sofa was a bit too good for our people. He was in a class by himself. Things were going wrong, and no one could understand why

den alten Freund bei den Schultern, »Sie habe ich mir ja noch kaum bei Licht besehen. Wie ist es Ihnen ergangen? Sie scheinen mir derselbe muntere Knabe zu sein wie damals.«

»Ich fühle mich zwanzig Jahre jünger, Holmes. Ich war selten so glücklich, wie als ich Ihr Telegramm erhielt mit der Bitte, Sie in Harwich mit dem Wagen abzuholen. Aber Sie, Holmes – Sie haben sich kaum verändert … mal abgesehen von diesem scheußlichen Ziegenbärtchen.«

»Dies sind die Opfer, die man dem Vaterland bringt, Watson«, sagte Holmes und zog an dem spärlichen Büschel. »Morgen ist das nichts weiter als eine böse Erinnerung. Ein Haarschnitt und ein paar weitere unbedeutende Veränderungen, und ich erscheine morgen im Claridge's wieder ganz so, wie ich war, bevor mir diese Amerikaner-Nummer – Verzeihung, Watson, der Born meines Englisch scheint bleibend verdorben –, bevor mir diese Rolle als Amerikaner angetragen wurde.«

»Aber Sie hatten sich zur Ruhe gesetzt, Holmes. Wir hörten, dass Sie inmitten Ihrer Bienen und Bücher das Leben eines Einsiedlers führen, auf einer kleinen Farm in den South Downs.«

»Sehr richtig, Watson. Hier liegt die Frucht meiner Mußestunden, das *opus magnum* meiner späten Jahre!« Er nahm den Band vom Tisch und las den vollständigen Titel vor: *Praktisches Handbuch der Bienenzucht, nebst einigen Betrachtungen zur Segregation der Königin*. »Ich allein tat es. Sie sehen die Frucht gedankenerfüllter Nächte und mühevoller Tage, in denen ich die kleinen Arbeitstrupps beobachtet habe wie einst die Verbrecherwelt Londons.«

»Und wie sind Sie selbst wieder zur Arbeit gekommen?«

»Ha, darüber habe ich mich auch oft gewundert. Dem Außenminister allein hätte ich widerstehen können, doch als auch noch der Premier sich unter mein kärgliches Dach bemühte …! Tatsache ist, Watson, der Gentleman da auf dem Sofa war ein bisschen zu gut für unsere Leute. Er war eine Klasse für sich. Die Dinge liefen schief, und niemand verstand so recht, warum sie schief-

they were going wrong. Agents were suspected or even caught, but there was evidence of some strong and secret central force. It was absolutely necessary to expose it. Strong pressure was brought upon me to look into the matter. It has cost me two years, Watson, but they have not been devoid of excitement. When I say that I started my pilgrimage at Chicago, graduated in an Irish secret society at Buffalo, gave serious trouble to the constabulary at Skibbereen, and so eventually caught the eye of a subordinate agent of Von Bork, who recommended me as a likely man, you will realize that the matter was complex. Since then I have been honoured by his confidence, which has not prevented most of his plans going subtly wrong and five of his best agents being in prison. I watched them, Watson, and I picked them as they ripened. Well, sir, I hope that you are none the worse!'

The last remark was addressed to Von Bork himself, who after much gasping and blinking had lain quietly listening to Holmes's statement. He broke out now into a furious stream of German invective, his face convulsed with passion. Holmes continued his swift investigation of documents while his prisoner cursed and swore.

'Though unmusical, German is the most expressive of all languages,' he observed when Von Bork had stopped from pure exhaustion. 'Hullo! Hullo!' he added as he looked hard at the corner of a tracing before putting it in the box. 'This should put another bird in the cage. I had no idea that the paymaster was such a rascal, though I have long had an eye upon him. Mister Von Bork, you have a great deal to answer for.'

The prisoner had raised himself with some difficulty upon the sofa and was staring with a strange mixture of amazement and hatred at his captor.

liefen. Einige Agenten wurden verdächtigt, manche sogar geschnappt, doch es gab Hinweise auf eine mächtige und gut getarnte lenkende Kraft. Sie zu entlarven war absolut notwendig. Ich wurde stark unter Druck gesetzt, mich der Sache anzunehmen. Das Ganze hat mich zwei Jahre gekostet, Watson, die allerdings nicht ohne Reiz waren. Wenn ich Ihnen erzähle, dass ich meine Pilgerfahrt in Chicago begann, in einen irischen Geheimbund in Buffalo aufstieg, der Polizei in Skibbereen gehörigen Ärger machte und so schließlich einem der von Bork unterstellten Agenten ins Auge stach, der mich als brauchbaren Mann empfahl, werden Sie begreifen, dass die Sache recht kompliziert war. Von da an ehrte von Bork mich mit seinem Vertrauen, was jedoch nichts daran änderte, dass die meisten seiner Pläne um Haaresbreite scheiterten und fünf seiner besten Agenten ins Gefängnis wanderten. Ich hatte sie im Auge, Watson, und ich pflückte sie, als sie reif waren. Nun, Sir, ich hoffe, Sie fühlen sich nicht allzu schlecht!«

Die letzte Bemerkung war an von Bork gerichtet, der nach einigem Keuchen und Blinzeln still dagelegen und sich Holmes' Bericht angehört hatte. Jetzt brach er in einen wilden Sturzbach deutscher Schmähungen aus, das Gesicht vor Zorn krampfhaft verzerrt. Holmes nahm die flüchtige Prüfung der Dokumente wieder auf, während sein Gefangener Flüche und Verwünschungen ausstieß.

»Das Deutsche hat zwar keinen Klang, ist aber die ausdrucksvollste aller Sprachen«, bemerkte er, als von Bork vor lauter Erschöpfung verstummt war. »Hoppla, sieh an!«, fügte er hinzu, während er die Ecke einer Pauskopie musterte, bevor er sie in der Tasche verstaute. »Das dürfte einen weiteren Vogel in den Käfig bringen. Ich hatte keine Ahnung, dass der Zahlmeister ein solcher Halunke ist, obwohl ich ihn schon länger im Auge hatte. Mr von Bork, Sie haben eine Menge zu erklären.«

Der Gefangene hatte sich mit einiger Mühe auf dem Sofa aufgesetzt und stierte mit einer seltsamen Mischung aus Verblüffung und Hass auf den Mann, der ihn geschnappt hatte.

'I shall get level with you, Altamont,' he said, speaking with slow deliberation. 'If it takes me all my life I shall get level with you!'

'The old sweet song,' said Holmes. 'How often have I heard it in days gone by. It was a favourite ditty of the late lamented Professor Moriarty. Colonel Sebastian Moran has also been known to warble it. And yet I live and keep bees upon the South Downs.'

'Curse you, you double traitor!' cried the German, straining against his bonds and glaring murder from his furious eyes.

'No, no, it is not so bad as that,' said Holmes, smiling. 'As my speech surely shows you, Mr. Altamont of Chicago had no existence in fact. I used him and he is gone.'

'Then who are you?'

'It is really immaterial who I am, but since the matter seems to interest you, Mr. Von Bork, I may say that this is not my first acquaintance with the members of your family. I have done a good deal of business in Germany in the past and my name is probably familiar to you.'

'I would wish to know it,' said the Prussian grimly.

'It was I who brought about the separation between Irene Adler and the late King of Bohemia when your cousin Heinrich was the Imperial Envoy. It was I also who saved from murder, by the Nihilist Klopman, Count Von und Zu Grafenstein, who was your mother's elder brother. It was I–'

Von Bork sat up in amazement.

'There is only one man,' he cried.

'Exactly,' said Holmes.

Von Bork groaned and sank back on the sofa. 'And most of that information came through you,' he cried. 'What is it worth? What have I done? It is my ruin forever!'

»Das zahle ich Ihnen heim, Altamont«, sagte er und sprach dabei langsam und mit Bedacht. »Selbst wenn es mein ganzes Leben dauert, das zahle ich Ihnen heim!«

»Die süße alte Leier«, versetzte Holmes. »Wie oft habe ich ihr schon gelauscht. Sie war ein Lieblingslied des früh verstorbenen Professors Moriarty. Auch Colonel Sebastian Moran war bekannt dafür, sie zu trällern. Und trotzdem lebe ich noch und züchte Bienen in den South Downs.«

»Zum Teufel mit Ihnen, Sie Doppelverräter!«, schrie der Deutsche, sträubte sich gegen seine Fesseln und sprühte Mordlust aus seinen zornfunkelnden Augen.

»Nein, nein, ganz so schlimm ist es nicht«, sagte Holmes lächelnd. »Wie Ihnen meine Sprechweise sicher verrät, hat ein Mr Altamont aus Chicago nie existiert. Ich habe mich seiner bedient, und jetzt ist er fort.«

»Wer sind Sie dann?«

»Es ist eigentlich unwichtig, wer ich bin, aber da es Sie zu interessieren scheint, Mr von Bork, darf ich sagen, dass dies nicht meine erste Bekanntschaft mit Mitgliedern Ihrer Familie ist. Ich hatte früher häufig geschäftlich in Deutschland zu tun, und mein Name ist Ihnen vermutlich bekannt.«

»Ich würde ihn gern kennen«, sagte der Preuße grimmig.

»Ich war es, der die Trennung zwischen Irene Adler und dem verstorbenen König von Böhmen ins Werk setzte, damals, als Ihr Cousin Heinrich Gesandter des Kaisers war. Ich war es auch, der den Grafen von und zu Grafenstein, den älteren Bruder Ihrer Mutter, vor der Ermordung durch den Nihilisten Klopman rettete. Ich war es –«

Von Bork setzte sich fassungslos auf.

»Da gibt es nur einen!«, schrie er.

»So ist es«, sagte Holmes.

Von Bork ächzte und sank zurück auf das Sofa. »Und die meisten dieser Informationen stammen von Ihnen!«, rief er. »Was sind die wert? Was habe ich getan? Ich bin für alle Zeiten ruiniert!«

'It is certainly a little untrustworthy,' said Holmes. 'It will require some checking and you have little time to check it. Your admiral may find the new guns rather larger than he expects, and the cruisers perhaps a trifle faster.'

Von Bork clutched at his own throat in despair.

'There are a good many other points of detail which will, no doubt, come to light in good time. But you have one quality which is very rare in a German, Mr. Von Bork: you are a sportsman and you will bear me no ill-will when you realize that you, who have outwitted so many other people, have at last been outwitted yourself. After all, you have done your best for your country, and I have done my best for mine, and what could be more natural? Besides,' he added, not unkindly, as he laid his hand upon the shoulder of the prostrate man, 'it is better than to fall before some more ignoble foe. These papers are now ready, Watson. If you will help me with our prisoner, I think that we may get started for London at once.'

It was no easy task to move Von Bork, for he was a strong and a desperate man. Finally, holding either arm, the two friends walked him very slowly down the garden walk which he had trod with such proud confidence when he received the congratulations of the famous diplomatist only a few hours before. After a short, final struggle he was hoisted, still bound hand and foot, into the spare seat of the little car. His precious valise was wedged in beside him.

'I trust that you are as comfortable as circumstances permit,' said Holmes, when the final arrangements were made. 'Should I be guilty of a liberty if I lit a cigar and placed it between your lips?'

»Zweifellos sind sie ein wenig unzuverlässig«, sagte Holmes. »Man müsste sie prüfen, und dafür fehlt Ihnen die Zeit. Ihr Admiral dürfte etwas größere neue Geschütze vorfinden, als er erwartet, und die Kreuzer sind vielleicht eine Winzigkeit flotter.«

Von Bork griff sich vor Verzweiflung an die Kehle.

»Es gibt noch eine Menge anderer Details, die sicher zur rechten Zeit ans Licht kommen werden. Aber Sie besitzen ja eine bei einem Deutschen ziemlich seltene Eigenschaft, Mr von Bork: Sie sind ein Sportsmann, und Sie werden es mir nicht nachtragen, wenn Sie feststellen, dass Sie, der Sie so viele Leute überlistet haben, schließlich selbst überlistet worden sind. Alles in allem haben Sie für Ihr Land Ihr Bestes gegeben, wie ich mein Bestes für das meinige, und wie sollte es auch anders sein? Außerdem«, fügte er nicht unfreundlich hinzu, indem er dem darniederliegenden Mann die Hand auf die Schulter legte, »ist das hier besser, als von einem weniger würdigen Gegner zu Fall gebracht zu werden. Die Papiere sind jetzt bereit, Watson. Wenn Sie mir mit unserem Gefangenen helfen, könnten wir uns, denke ich, unverzüglich nach London aufmachen.«

Es war nicht leicht, von Bork fortzubringen, denn er war kräftig und verzweifelt. Schließlich, jeder hatte sich einen Arm gegriffen, führten die beiden Freunde ihn sehr langsam die Gartenpromenade hinunter, die er nur wenige Stunden zuvor mit solcher Zuversicht entlangstolziert war, als der berühmte Diplomat ihn beglückwünscht hatte. Nach einem kurzen letzten Gerangel wurde er, an Händen und Füßen noch immer gefesselt, auf den Rücksitz des kleinen Wagens verfrachtet. Seine kostbare Reisetasche zwängte man neben ihn hinein.

»Ich hoffe sehr, Sie sitzen so bequem, wie die Verhältnisse es gestatten«, sagte Holmes, als die letzten Vorbereitungen getroffen waren. »Wäre es meinerseits eine allzu plumpe Vertraulichkeit, wenn ich eine Zigarre anzündete und sie Ihnen zwischen die Lippen steckte?«

But all amenities were wasted upon the angry German.

'I suppose you realize, Mr. Sherlock Holmes,' said he, 'that if your government bears you out in this treatment it becomes an act of war.'

'What about your government and all this treatment?' said Holmes, tapping the valise.

'You are a private individual. You have no warrant for my arrest. The whole proceeding is absolutely illegal and outrageous.'

'Absolutely,' said Holmes.

'Kidnapping a German subject.'

'And stealing his private papers.'

'Well, you realize your position, you and your accomplice here. If I were to shout for help as we pass through the village–'

'My dear sir, if you did anything so foolish you would probably enlarge the two limited titles of our village inns by giving us "The Dangling Prussian" as a signpost. The Englishman is a patient creature, but at present his temper is a little inflamed, and it would be as well not to try him too far. No, Mr. Von Bork, you will go with us in a quiet, sensible fashion to Scotland Yard, whence you can send for your friend, Baron Von Herling, and see if even now you may not fill that place which he has reserved for you in the ambassadorial suite. As to you, Watson, you are joining us with your old service, as I understand, so London won't be out of your way. Stand with me here upon the terrace, for it may be the last quiet talk that we shall ever have.'

The two friends chatted in intimate converse for a few minutes, recalling once again the days of the past, while their prisoner vainly wriggled to undo the bonds that held

Doch der wütende Deutsche war nicht empfänglich für derlei Nettigkeiten.

»Sie wissen vermutlich, Mr Sherlock Holmes«, sagte er, »dass, sollten Sie in dieser Sache von Ihrer Regierung unterstützt werden, dies als ein kriegerischer Akt gewertet wird.«

»Und was ist mit Ihrer Regierung und diesen Sachen hier?«, erwiderte Holmes und klopfte dabei auf die Reisetasche.

»Sie sind eine Privatperson. Sie haben keine Befugnis, mich zu verhaften. Ihr ganzes Vorgehen ist absolut gesetzeswidrig und empörend.«

»Absolut«, sagte Holmes.

»Entführung eines deutschen Staatsbürgers.«

»Und Diebstahl seiner privaten Papiere.«

»Tja, Sie wissen wohl um Ihre Lage, Sie und Ihr Komplize da. Sollte ich nun um Hilfe schreien, wenn wir das Dorf passieren ...«

»Verehrtester, sollten Sie etwas derartig Törichtes tun, würden Sie vermutlich den beiden klassischen Namen unserer Dorfgasthöfe einen dritten hinzufügen, nämlich das Schild ›Zum baumelnden Preußen‹. Der Engländer ist zwar ein geduldiges Wesen, doch im Augenblick etwas heißblütig, und es wäre besser, ihn nicht zu sehr herauszufordern. Nein, Mr von Bork, Sie kommen ruhig und vernünftig mit uns zu Scotland Yard, von wo aus Sie Ihren Freund, Baron von Herling, benachrichtigen können, um zu klären, ob Sie jetzt immer noch jenen Platz im Botschaftsgefolge einnehmen dürfen, den er für Sie reserviert hat. Was Sie betrifft, Watson, begleiten Sie uns, wenn ich recht verstehe, zu Ihrer alten Truppe, sodass London auf Ihrem Weg liegen dürfte. Gesellen Sie sich doch zu mir auf die Terrasse, denn dies könnte das letzte ruhige Gespräch sein, das wir je miteinander führen.«

Die beiden Freunde plauderten ein paar Minuten lang in inniger Vertrautheit und beschworen aufs Neue die alten Zeiten herauf, während ihr Gefangener sich vergeblich wand, um die Rie-

him. As they turned to the car Holmes pointed back to the moonlit sea and shook a thoughtful head.

'There's an east wind coming, Watson.'

'I think not, Holmes. It is very warm.'

'Good old Watson! You are the one fixed point in a changing age. There's an east wind coming all the same, such a wind as never blew on England yet. It will be cold and bitter, Watson, and a good many of us may wither before its blast. But it's God's own wind none the less, and a cleaner, better, stronger land will lie in the sunshine when the storm has cleared. Start her up, Watson, for it's time that we were on our way. I have a check for five hundred pounds which should be cashed early, for the drawer is quite capable of stopping it if he can.'

men zu lösen, die ihn fesselten. Als sie zum Wagen gingen, deutete Holmes auf das mondbeschienene Meer und schüttelte nachdenklich den Kopf.

»Es ist ein Ostwind im Anzug, Watson.«

»Ich glaube nicht, Holmes. Es ist sehr warm.«

»Guter alter Watson! Sie sind der einzige Fixpunkt in einer sich wandelnden Zeit. Dennoch, es ist ein Ostwind im Anzug, ein Wind, wie noch keiner über England hinweggefegt ist. Er wird bitterkalt sein, Watson, und so mancher von uns wird in seinem Ansturm verdorren. Trotzdem, es ist Gottes eigener Wind, und die Sonne wird ein reineres, besseres, stärkeres Land bescheinen, wenn der Sturm sich gelegt hat. Starten Sie, Watson, es ist Zeit, dass wir uns auf den Weg machen. Ich habe hier einen Scheck über fünfhundert Pfund, den man zügig einlösen sollte, denn der Unterzeichner ist durchaus imstande, ihn sperren zu lassen, falls er kann.«

# Glossar

## Ein Skandal in Böhmen

*Brougham* – vierrädrige, geschlossene Kutsche für zwei Passagiere, im 19. Jh. gebaut und benannt nach dem britischen Politiker Henry Peter Brougham (1778–1868).

*Boswell* – James Boswell (1740–1795), Freund, Reisebegleiter und Biograf des großen englischen Gelehrten und Schriftstellers Samuel Johnson (1709–1784).

*Chubb-Schloss* – nach seinem Erfinder Charles Chubb benanntes Schloss, das vom Hersteller als besonders einbruchsicher beworben wurde.

*Inner Temple* – eine der vier englischen Anwaltskammern (Inns of Court) für Barrister; zugleich allgemeine Bezeichnung für das Viertel, in dem sich die Gebäude der Kammer befinden.

*Hansom* – zweirädrige, nach vorn offene Kutsche für zwei Passagiere mit erhöht hinter dem Verdeck befindlichem Kutschbock, benannt nach ihrem Erfinder Joseph A. Hansom (1802–1882).

*John Hare* – Sir John Hare (1844–1921), berühmter Londoner Schauspieler und hochgeehrter Theaterdirektor.

## Das gesprenkelte Band

*Dogcart* – schlichter zweirädriger, offener Pferdewagen.

*Regency* – die Jahre 1811 bis 1820, in denen der Prince of Wales (später George IV.) die Regentschaftsgeschäfte seines Vaters, George III., weiterführte, da dieser regierungsunfähig geworden war.

*Palmer und Pritchard* – William Palmer (1824–1856) und Edward W. Pritchard (1825–1865), beide mehrfache Giftmörder mit medizinischer Ausbildung, beide für ihre Taten hingerichtet.

## Der griechische Dolmetscher

*Vernet* – vermutlich ist hier Horace Vernet (1789–1863) gemeint, doch auch dessen Vater Carle (1758–1836) und Großvater Claude Joseph (1714–1789) waren berühmte französische Maler.

## Das letzte Problem

*coup de maître* – Meisterleistung, Glanzstück.

*salle à manger* – Esszimmer bzw. Speisesaal oder -raum.

## Das leere Haus

*Rubber* – eine Doppelpartie beim Bridge- oder Whistspiel.

*Bartitsu* – Art der Selbstverteidigung, vom japanischen Jiu-Jitsu inspiriert, erfunden und nach England gebracht von dem weltläufigen Briten E. W. Barton-Wright (1860–1951), der dazu seinen Namen Barton mit der Bezeichnung Jiu-Jitsu kombinierte.

*nicht welkt das Alter noch stumpft die Gewohnheit meine grenzenlose Vielseitigkeit* – Paraphrase eines Zitats aus Shakespeares *Antonius und Kleopatra* (II, 2), im Original: »Age cannot wither her, nor custom stale / Her infinite variety [...]«.

*Garrotteur* – Straßenräuber, der sein Opfer bewusstlos macht, indem er es mit einer um den Hals gelegten Schlinge würgt.

*So find't am End sich Herz zum Herzen* – Paraphrase eines Zitats aus Shakespeares *Was ihr wollt* (II, 3), im Original: »Journeys end in lovers meeting«; hier für die Übersetzung mit einer Anleihe am Untertitel von Theodor Fontanes *Frau Jenny Treibel*.

*shikari* – anglo-indische Bezeichnung für einen Jäger.

## Seine Abschiedsvorstellung

*Olympia* – weitläufige Veranstaltungs- und Ausstellungshalle im westlichen Londoner Stadtteil Kensington.

*John Bull* – spöttischer Spitzname für England bzw. die Engländer.

*Ich allein tat es* – wörtliches Zitat aus Shakespeares *Coriolanus* (V, 6).